P. M. Carlson

Bühne frei für Mord

Aus dem Amerikanischen von Sigrid Sengpiel

Ariadne Krimi 1064
Argument

Ariadne Krimis werden herausgegeben von Frigga Haug

Titel der Originalausgabe: Rehearsal for Murder

Redaktion: Else Laudan
Lektorat: Martin Grundmann

Deutsche Erstausgabe

Rentzelstraße 1, 20146 Hamburg
Telefon 040 / 45 36 80 — Telefax 040 / 44 51 89
Titelgraphik: Johannes Nawrath
Signet: Martin Grundmann
Texterfassung durch die Übersetzerin
Fotosatz: Steinhardt, Berlin
Druck: Clausen & Bosse, Leck
Gedruckt auf säure- und chlorfreiem Papier
ISBN 3-88619-564-3

Für Yankee und Rebell
mit Liebe und Dank für alles

Besonderen Dank an Dana Mills und an Barbara Dean, die ihre Sachkenntnis mit mir teilten und denen es allen Widrigkeiten zum Trotz gelang, gleichzeitig gute Schauspielerinnen und gute Eltern zu sein; und an Robert Bruyr, den Ehrenvorsitzenden der Bühnengewerkschaft.

Erster Akt

Pflicht und Liebe

Zweiter Akt

Gott ist verrückt

Dritter Akt

Grashüpfers Onkel

Vierter Akt

Das kurze, glückliche Leben des José Santos

Die Welt ist mir soviel nur als die Welt, Gratiano;
Eine Bühne, wo jeder seine vorgegeb'ne Rolle spielt, und meine ist traurig.

Der Kaufmann von Venedig, I,1

Erster Akt

Pflicht und Liebe

(Dienstag und Mittwoch, 6. bis 7. März 1973)

I
Dienstag nachmittag

6. März 1973

»Verdammt!« Ramona Ricci schrie auf und grapschte nach einem erreichbaren Ellenbogen, um nicht hinzufallen. »Ich soll einen Prinzen gebären. Keinen Elefanten. Kein verdammtes haariges Mammut!«

»Tut mir leid.« Höchst unelegant zwischen ihren Beinen hingestreckt, den uralten Staub der Probenbühne zwischen den Zähnen, entschuldigte sich Nick O'Connor bei ihren Wadenwärmern. »Ich habe versucht, zu einem winzigen Embryo zu schrumpfen. Aber auch mit Stanislawsky kommt man nur bis zu einem bestimmten Punkt.«

»Der Prinz von Wal«, murmelte Larry Palmer, Eigentümer des schmalen und ansehnlichen Ellenbogens, den Ramona umklammerte.

»Ha-ha.« Ramona riß den Rock ihres Kostüms von Nicks Ohren. »Du findest das wohl komisch, was? Ihr werdet das erst komisch finden, wenn wir nach drei Tagen dichtmachen. Ihr arbeitslos, und ich im Schuldturm. Zum Schreien!«

Ramona war klein, temperamentvoll, und mit vierzig immer noch berühmt. Wenn sie besserer Stimmung war, fand Nick sie nett. Ein kleiner Körper mit einem riesigen Herzen. Aber jetzt eben fuhr sie mit zornlodernden Augen wütend zu der schlanken schwarzen Choreographin herum. »Daphne, mein Liebling, merke auf! Ich bin einsvierundfünfzig. Nick da unten ist ungefähr einsneunzig und wiegt mehrere Zentner. Wie kannst du erwarten, daß er zwischen meinen Beinen Purzelbäume schlägt?« Ihr zorniger Blick fiel auf das halbwüchsige schwarze Mädchen in Jeans und einem leuchtend orange und schwarz bedruckten afrikanischen Kittel, das still an der Hinterwand saß. »Und außerdem spielen wir auch noch deine verdammten Babysitter!«

»He, Moment mal, du biestiges Stinktier!« brüllte das Mädchen und sprang auf die Füße. Ihr Haar war zu einem doppelt so großen Afro aufgebauscht wie Daphnes, und in ihrer Empörung erinnerte sie Nick an einen wütenden dunklen Löwenzahn.

Daphne richtete einen gebieterischen Zeigefinger auf sie. »Du halt den Mund, Calypso Weaver!«

Das Mädchen setzte sich wieder, immer noch mit verzogenem Mund und vor Entrüstung blitzenden Augen. Ramona sagte bedauernd zu Daphne: »Die glühenden Referenzen, die ich dir geschrieben habe, ziehe ich wohl besser zurück. Eltern brauchen eine Andeutung von Intelligenz.«

Nick hatte sich jetzt in Sitzstellung gebracht und konnte die hervorschießenden Zornestränen in Daphnes Augen sehen. Verdammte Ramona. Was hatte sie denn heute? Eigenwillig war sie immer, aber noch nie bösartig gewesen. Er sagte munter: »Daphne, glaubst du, es könnte gehen, wenn wir es mit Rutschen versuchen, statt mit einem Purzelbaum? Dann könnte ich meinen Hintern unten lassen, bis ich durch bin.«

»Vielleicht. Obwohl die Purzelbäume sich gut machen, überraschender.« Daphne war wieder professionell. Sie fuhr sich mit schlanken Fingern durch den Afro und betrachtete nachdenklich mit zusammengekniffenen Augen die wenig vielversprechende Anordnung von Bühnenpodest, staubigem Fußboden und verschwitzten Körpern in dem Speicher in SoHo, malte sich wohl die turbulente Szene im Theater aus. »Vielleicht könnten wir das Podest benutzen und auf die Art zwanzig Zentimeter gewinnen.«

Nick klopfte sich den Staub vom kahlwerdenden Kopf und war froh, daß seine dumme Frage genützt hatte. Obwohl er nicht ganz so groß war, wie Ramona behauptete, und sehr gelenkig, fühlte er sich doch im Augenblick riesig und ungeschickt. Nick, der Brontosaurus. Er hoffte nur, daß zu seiner heutigen Liste von Fiaskos nicht noch die bleibende Beschädigung des Stars käme.

Trotz des vielversprechenden Anfangs war es kein guter Tag gewesen. Beim Aufwachen hatte Nick einen Augenschmaus vorgefunden: lange Beine, warme Brüste und verschlafene blaue Augen, die ihn anlächelten. Fünf Uhr dreißig früh. Eine Stunde müßte ihnen sicher sein. Noch ganz benommen, aber begeistert, hatte er sich daran gemacht, seine freundliche Partnerin an seinem Entzücken teilhaben zu lassen. So engverwoben meinem Leben und der Seele auch. Maggie war mehr als entgegenkommend. Ein paar Augenblicke lang war es wie in alten Zeiten.

Dann der Lärm.

»*Merde!*« fluchte sie, plötzlich ganz still in seinen Armen.

»Dito«, sagte Nick und hielt auch still.

Aber der Lärm kam wieder, und schnell war sie verschwunden.

Wütend und abschwellend lag Nick in dem verlassenen milchigen Bett. Sein Kopf sagte ihm, daß sie keine Wahl hatte; aber alles andere an ihm schrie Verrat. »Da ist *Casablanca*«, rief er ihr nach. »Da ist *Cyrano*. Sogar *Spiderman*. Eine Million Geschichten über den Konflikt zwischen Pflicht und Liebe. Gewinnt denn die Liebe nie?«

»Was ist mit *Romeo und Julia?*« Maggie — Baby Sarah im Arm — ließ sich die Frage gewissenhaft durch den Kopf gehen. »Oder *Carmen?* Aber ich glaube, die sagen aus: wenn die Liebe gewinnt, verlierst du.«

»Man verliert auf jeden Fall«, brummte Nick und stand auf, um zu duschen. Der überflüssige Liebhaber, O'Connor interruptus. Und alles wegen —

»Versuchen wir's vom Podest aus.« Daphnes Stimme unterbrach seine Gedanken. Arme Daphne, versuchte, die Choreographie für eine Dampfwalze zu machen und wurde dafür zusammengeschissen. Aber, tüchtiges Geschöpf, sie verbarg ihren Zorn und sagte geradezu eifrig: »Geh auf dieser Ebene in die Rolle und komm dann vor Victoria und Albert heraus, statt dahinter.«

»Vor uns?« fragte Ramona mißtrauisch.

»Wir stehen auf dem Podest, liebste Victoria. Sehr königlich«, sagte Larry und nahm die angemessene Pose ein. Ein goldene Kette blinkte auf seiner männlichen Brust. Nick, untersetzt und alles andere als hübsch, beneidete Larry um seine Gabe, selbst im Probenschweiß romantisch auszusehen. Ein wahres Zierband in der Jugend Mütze. Bestimmt siegte in Larrys Leben die Liebe über die Pflicht.

Bei Ramona nicht. Nicht heute. Larrys männlichen Charme nicht achtend stelzte sie davon, warf sich in einen Klappstuhl und zündete sich eine Zigarette an. »Na, sehen wir uns diese tolle Idee mal an. Jaymie, auf geht's!«

Ihre zweite Besetzung eilte aus dem Chor herbei. Jaymie Price, Tochter einer wohlhabenden Geschiedenen aus Chicago, war eines der wenigen Mitglieder der Truppe, das sich nicht um Jobs als Kellnerin oder Tippse reißen mußten, um über die Runden zu kommen. Jaymie hatte die gleichen Grübchen wie Ramona und auch ihre dunklen Haare. Aber sie war größer, ruhiger, und ihre Stimme war zwar schön, aber die Emotion und die Kraft, die Ramona vor fünfzehn Jahren zum Star gemacht hatten, fehlten ihr. Auf der Bühne war Ramona eine Flamme; Jaymie glitzerte nur. Ramona unterbrach sie jetzt erschöpft. »Nein, nein, meine Lieben, vom Ende der Attentatsszene. Wir müssen ja irgendwie auf das Podest kommen.«

»Okay, Leute.« Derek Morris wischte sein blasses Haar zurück und wechselte zu einer früheren Melodie. Sein Klavier stand an der Seite des großen Speichers, hinter einem der abblätternden Stützpfeiler, die unpassenderweise durch die ramponierte ehemalige Fabrik marschierten. Die Schauspieler arrangierten sich eilig zu einer anderen Gruppierung, wobei sie Zylinder und Spazierstöcke nahmen, die ganz und gar nicht zu ihrem schäbigen Probendress aus alten Hemden, Strumpfhosen und Sweatshirts paßten. Eingespielte, aufgeputzte Heruntergekommenheit. Tja, die Schauspielerei war ein gutes Mittel gegen Reichwerden. Nick baute sich hinter der schmuddeligen Gruppe auf.

»Peng!« Der junge Schauspieler, der den Attentäter spielte, zielte mit einer Wasserpistole aus Plastik auf Jaymie, und die anderen japsten pflichtgemäß.

»Peng!« Eine zweite Pistole war auf sie gerichtet. Dann stürzten Nick und die anderen sich auf ihn und sperrten ihn hinter die vertikalen Gitter ihrer Spazierstöcke. Mit traurigen Augen spähte der Attentäter aus dem plötzlichen Käfig hervor.

»Der Möchtegern-Attentäter wurde sofort eingesperrt«, intonierte Cab Collins, der muntere Vorsitzende, von seinem Podium gegenüber der Bühne. »Glücklicherweise hatte er vergessen, seine Pistole zu laden.« Die anderen jubelten. »Die Beliebtheit von Königin Victoria erreichte nie gekannte Höhen!« Die Jubelrufe wurden lauter. Larry und Jaymie schlichen sich unauffällig von der Gruppe weg ins Zentrum des erhöhten Podests, während sich die anderen nach Daphnes Anweisungen hinten in einer Reihe aufstellten. »Und bald gab es Gründe für noch größere Beliebtheit. Denn im königlichen Schlafzimmer…«

»Ooh! Albert!« kicherte Jaymie.

»Ooh! Victoria!« Larry zog Jaymie in eine enge Klischeeumarmung. Beide grinsten selig die Reihe Klappstühle an, während Derek zur Einleitung der nächsten Musical-Melodie überleitete.

»Aber Albert, werden wir immer so glücklich sein? Was bringt die Zukunft?«

Daphne übertönte die Musik: »Hier dieselben Schritte, Larry, aber bleib auf dem Podest. Ja, so.«

»Die Zukunft?« sang Larry. »Die Zukunft bringt neun Kinder!«

»Neun?« Jaymie sah bestürzt aus.

»Du wirst sie lieben!« Larry wirbelte sie an die vordere Kante des Podests und trat beiseite, während sie sich in Positur stellte, die Beine breit, den Probenrock fertig zum Hochheben. »Zuerst bekommen wir ein Mädchen!«

Die stämmige Edith Bigelow tauchte vom Podest aus unter Jaymies Beinen durch, rollte sich nach vorn, erhob sich auf die Knie, grinste Ramona und die Klappstühle an und rutschte dann auf den Knien zur Seite.

»Als nächstes ein Junge!« sang Larry. Nick wiederholte Ediths Kunststück, ohne Jaymie umzuwerfen. Gottseidank, dachte er, so wird es gehen. Er hörte Daphne murmeln: »Fabelhaft!«

»Dann ein Mädchen, dann ein Junge!« Die Schauspieler tauchten durch zu Nick und Edith, bis neun in einer Reihe knieten. »Eine Dynastie!« jubelte Larry. »Vicky, künftige Kaiserin von Deutschland! Und Bertie, Prinz von Wales, künftiger König von England!« Er fuhr fort, die Großherzoginnen, Prinzen und Herzöge, die Victoria und Albert hervorgebracht hatten, der Reihe nach aufzurufen. Nick, der in einer Reihe mit den anderen königlichen Kindern auf den Knien hopste, hatte großes Verständnis für Victorias Bestürzung. Schon ein Kind konnte ein Leben aus der Bahn werfen. Konnte sich in den Gefühlen einnisten, während es gleichzeitig Schlaf, Karriere und Sexualleben ruinierte. Neun wären entsetzlich.

Der Song war zu Ende. Ramona blies ihnen eine letzte wilde Rauchfahne entgegen und zermalmte dann ihre Zigarette mit der Spitze ihrer geschnürten Tanzschuhe. »Möglich«, gab sie zu. »Versuchen wir's auf diese Weise. Es wirkt natürlich ein bißchen tot. Aber dank unserer geliebten Daphne habe ich in meinem Leben noch nie einen Auftritt verpaßt, und ich werde auch jetzt nicht damit anfangen.«

Der Blick, den Daphne Ramona zuwarf, sprühte vor schwarzäugigem Zorn. Jaymie wandte sich scheinbar ruhig von Ramona ab und holte sich ihre Sprite-Dose wieder. Aber Nick sah, daß ihre Hände zitterten.

Ramona sprang auf ihren Platz. »Also los, Derek!«

»Gemacht.« Derek war Brite, ein untersetzter, helläugiger junger Mann in Jeans und einem sich an den Rändern auflösenden gewebten Pullover. Er war Komponist, Klavierspieler bei den Proben und dem Namen nach der Regisseur von *Victoria R.* »Von 'Peng, peng!' an, Leute!«

Auf wunden Knien arbeiteten sie sich noch einmal durch 'Neun Kinder' und dann weiter bis zum Aktschluß, der Szene 'Alberts Tod — Die Witwe von Windsor'. Derek brachte sie mit Reden über die Runden. »'Alberts Tod' ist ein Gedicht, Stil viktorianische Musikhalle, ein paar Töne unterhalb der gesprochenen Zeilen. Das Gedicht endet mit Alberts Tod.«

»Dieselbe Geschichte wie beim Tod des alten Königs am Anfang?« fragte Larry.

»Genau. Du ziehst die schwarzen Handschuhe an und trittst zurück in den Schatten. Albert und Viktoria bilden ein paar herzzerreißende Tableaus, während Edith rezitiert, und —«

»Ich sage überhaupt nichts?« rief Ramona aus.

»Nicht, bis du zum Schluß die 'Witwe von Windsor' singst.«

»Wirklich, Ramona, Tableaus sehen viel besser aus, wenn die Münder sich nicht bewegen«, sagte Larry.

Das zuschauende Mädchen kicherte.

Ramona sagte einen Augenblick gar nichts. Sie beugte sich über die Requisitenkiste, zog die schwarzen Handschuhe heraus, die Larry benutzen würde, und schleuderte sie ihm dann vor die Füße wie Fehdehandschuhe. Einen scheußlichen Augenblick lang begegneten sich ihre Augen, dann sagte Ramona sanftmütig: »Also gut, Derek, Edith rezitiert. Aber ich habe beschlossen, daß der zweite Akt zu lang ist. Lassen wir das Disraeli-Solo weg.«

Nick spannte sich. Im zweiten Akt spielten er und Larry Viktorias zwei Premierminister, Gladstone und Disraeli, und Larrys Solo als Disraeli war sowohl für den Plot wie für die Charakterisierung absolut lebenswichtig.

Derek rief: »Aber das geht nicht, Ramona!«

Larry hielt seine Wut bis auf die hervortretenden Kiefermuskeln unter Kontrolle und sagte: »Das ist mein einziges Solo, Ramona. Wenn ich kniefällig um Verzeihung bitte und verspreche, den Rest des Tages meinen Mund zu halten, kann es dann drinbleiben? Bitte, bitte?«

»Wir wollen die Leute nicht langweilen.«

Derek sagte verzweifelt: »Ramona, darüber sollten wir erst reden. Wir brauchen die Informationen aus dem Song.«

Ramona hatte den dunklen Kopf zurückgeworfen, die Hände in die Hüften gestemmt und brachte es fertig, daß die Luft von unausgesprochenen Forderungen nur so bebte. Aber ihre Stimme, obwohl rauh, klang vernünftig. »Komm schon, Derek, kein Grund, deinen Idealen absolut die Treue zu halten! Außerdem könnten wir einfach einen Vers an einen anderen Song anhängen!«

Nick spürte, sie wurde in eine Haltung gedrängt, die sie in einer glücklicheren Laune bereuen würde. Zeit, eine gewagte Rettungsaktion zu versuchen. Auftritt Bozo O'Connor, Superheld der kleinen Kräche. Oder Superklotz? Nick sprang mitten auf die Bühne und rief: »Hey, tolle Idee! Wir könnten den ganzen zweiten Akt an 'Neun Kinder' anhängen. 'Erst ein Mädchen, dann ein Junge, dann ein Weltreich, dann ein Tod!'« Er ahmte Larrys Stimme exakt nach, während er eine Pappkrone auf seinen kahlen Kopf stülpte, nur um sie gleich darauf mit den schwarzen Handschuhen zu bedecken. Sie hingen verwegen über seine Augenbrauen.

Einen atemlosen Augenblick lang starrte Ramona ihn nur an. Dann prustete sie los und schlug sich aufs Knie. Die Spannung löste sich in Gelächter auf.

»Schon gut, ihr Clowns, weiter mit der Probe!« Immer noch feixend gab sie den Kampf auf und ging zum nächsten Punkt über. »Was ist das erste Tableau?«

Nick sah vom Bühnenrand zu, wie Derek und Daphne mit Ramona und Larry arbeiteten, um die erste Pose hinzukriegen.

Ein schönes Paar: Ramonas fesselnde Intensität wurde von Larrys lässiger Männlichkeit noch unterstrichen. Bestimmt würden Kritiker und Publikum ebenso begeistert sein. Nick erlaubte sich den Luxus, ein wenig Hoffnung zu haben. Eine lange Laufzeit könnte er jetzt gut brauchen. Sogar eine mittlere. Sein vierzigster Geburtstag war am Horizont zu erblicken. Und obwohl er bei Besetzungschefs und Produzenten ein solides Ansehen hatte, war er nicht berühmt, kein Kassenschlager. Er mußte immer noch die Runde machen, mußte für jede Rolle, die er an Land zog, ein paar dutzendmal vorsprechen. Und es gab neue Verpflichtungen. Ein Hauch von Sicherheit täte ihm jetzt sehr gut.

Derek und Daphne waren immer noch dabei, die Pose einzustellen, als Ramonas Blicke wieder finster wurden. Ihrem Blick zur Tür folgend, sah Nick einen Mann im Nadelstreifenanzug, der entfernt an Präsident Nixon erinnerte, hängebackig und würdevoll wie eine große Dänische Dogge.

»Ah, Simon! Auf Abwegen?« fragte Ramona und brach die Pose ab.

»Ich will wissen, was du treibst.« Der große Mann hörte sich traurig an.

»Das geht dich nichts an.«

»Es ist mein Geld.«

Sie lachte. »Tut mir leid, Schatz. Nicht ein Pfennig gehört dir.«

»Beweise mir das!« Die Traurigkeit verwandelte sich zu Zorn; graue Augenbrauen zogen sich zusammen. Ein kalter Hauch des Unbehagens zog durch die Gruppe.

Ramona hob ihre große italienische Schultertasche von einem klapprigen Stuhl, wühlte darin herum und zog einen überdimensionalen Terminkalender aus braunem Leder hervor. »Das werde ich, Simon, um — gleich haben wir's, elf Uhr dreißig morgen früh. Ich treffe Martin wegen der Besitzaufteilung. Er hat alle Beweise, die du brauchst.« Sie lächelte wieder, aber Nick merkte, daß sie ein wenig zitterte. »Keine Sorge. Es ist hieb- und stichfest. Das Geld gehört der Produktionsgesellschaft, ohne Einschränkung. Niemand kann es jetzt noch zurückkriegen.«

Ramona hielt dem Mann das Buch aus geprägtem Leder direkt unter die Nase, und er kehrte um und marschierte hinaus. »Tut mir leid, ihr Lieben«, sagte sie zu den Schauspielern, während sie ihren Terminkalender wieder in die Tasche gleiten ließ. »Ex-Männer können schwierig sein. Besonders, wenn sie nicht gänzlich ex sind. Los, Derek, machen wir weiter.«

Sie machten weiter.

Steve Bradford hastete durch die feuchten Straßen von SoHo. Zwar regnete es nicht, aber es herrschte eine Luftfeuchtigkeit wie im Dschungel. Kühler natürlich. Man konnte den Hudson nicht mit dem Orinoco verwechseln. Selbstportrait von Steve: fünfunddreißig, ein gutaussehender Mann mit blaugrauen Augen, dem ersten grauen Schimmer im Haar, einem soliden Job, bei dem er sowohl sein spontanes Lächeln wie seinen logischen Kopf gebrauchen konnte. Logisch. Ja, dachte Steve, aber auch leidenschaftlich. Abenteuerlustig. Ein wahrer Feuerfresser, wie Hemingway das beschreiben würde. Bereit, es mit großen Löwen oder Jaguaren aufzunehmen. Er umrundete einen Stapel regendurchtränktes Bauholz auf dem Bürgersteig. SoHo boomte jetzt. Jedes dritte Gebäude schien renoviert zu werden. Ihm war das nur recht. Seine Firma hatte hier auch investiert.

Er bog um die Ecke und stand abrupt still. Ein Paar weiblicher Fesseln hing direkt über seinen verblüfften Augen. Schmale Fesseln in adretten Schuhen mit halbhohem Absatz. Eine schlanke junge Frau, deren dunkles Haar und roter Schal sich in der diesigen Luft bewegten, balancierte auf der Sprosse eines Baugerüsts und tastete ein Muster in der schmiedeeisernen Fassade ab.

»Beachten Sie die Akanthusblätter«, sagte Steve.

Blaue Augen, lebhaft und intelligent, schauten auf seinen Kaschmirschal und seinen Burberry hinunter und klassifizierten ihn als harmlos. »Ich habe eigentlich die florale Girlande betrachtet. Ich wollte sehen, wie sie über der Tür um die Ecke geht.«

»Ja, interessantes Design. Brauchen Sie eine hilfreiche Hand beim Runterkommen?«

»Nein. Aber danke.« Sie drehte sich etwas zur Seite, und zum erstenmal bemerkte Steve, daß sie ein Traggestell mit einem kleinen Baby halb unter ihren Mantel geschnallt hatte. Aber sie packte die Querstange und sprang, ehe er noch protestieren konnte, behende auf den Bürgersteig hinunter, mit wehenden schwarzen Locken und rotem Schal, bunt wie ein Tropenvogel.

Steve war bezaubert. Manchmal waren die Götter wohlgesonnen. Er sagte: »Habe ich Sie nicht in den letzten paar Tagen hier in der Gegend gesehen?«

»Möglich«, gab sie zu.

»Wohnen Sie hier?«

»Nein.«

Das klang abweisend. Er ging zu schnell vor. Er wechselte auf ein besseres Thema über. »Ihr Baby scheint auch was für Architektur übrig zu haben.«

»Jaa. Ein großartiges Kind.« Sie strahlte das an ihre Brust gekuschelte Baby an, und das Lächeln der jungen Frau war genauso mitreißend wie Susans. »Sie hilft mir bei meinen Nachforschungen.«

»Sind Sie Architektin?« Ihre Kleidung und die Aktentasche, die sie vom Gerüst nahm, wirkten professionell.

»Nein. Aber wir sind dabei, ein altes Stadthaus zu renovieren. Netterweise haben sie dies Gerüst aufgebaut, also dachte ich, ich sehe mir mal die Ornamentik da oben an. Erinnert mich an unsere Kaminumrandung.«

»Ja, das ist interessant, nicht? Freunde von mir drüben im Village werkeln schon seit Jahren an ihrem Haus herum. Mit

Leidenschaft. Und mir steht möglicherweise das Gleiche bevor. Ich habe gerade ein Pied-à-terre in einer umgebauten alten Fabrik hier um die Ecke gemietet.«

»Herzlichen Glückwunsch. Ein gußeisernes Gebäude?«

»Ja. Allerdings nicht so schick wie dieses, und die Wohnungen sind ziemlich schlicht. Aber sowas brauche ich. Ihr Baby ist zu niedlich! Ein Mädchen, sagten Sie?«

»Ja.«

»Meins auch. Meine kleine Muffin. Sie ist zweieinhalb.«

»Sarah ist fünf Monate.«

»Also die ist einfach der Clou! Außer Muffin, natürlich. Hören Sie, viel Glück mit dem Stadthaus, Miss — hm, Mrs. ...«

»Maggie.«

Er billigte ihre Vorsicht; freundlich, aber reserviert, Fremden gegenüber wurden keine Nachnamen herausposaunt. Er sagte: »Meine Freunde nennen mich Buzz. Nett, Sie kennenzulernen, Maggie. Vielleicht sehen wir uns mal wieder.«

»Vielleicht.« Sie lächelte wieder ihr strahlendes Lächeln und ließ ihn neben dem Gerüst stehen.

Die Trübsal verzog sich, da war er sicher.

»Letzte Strophe, Edith, Larrys Tod, ja?« sagte Derek.

Als Edith ihren dicken kleinen Körper zur vollen Höhe von einsachtundfünfzig aufrichtete und mit dem Vers für das letzte Tableau begann, sah Nick eine junge Frau in den Probenraum schlüpfen. Ein Wasserfall blonder Haare, an strategischen Stellen hautenge Jeans mit Schlag, Lederjacke. Sie warf einen Blick auf den mageren Teenager und ließ sich vorsichtig neben ihr in einem Klappstuhl nieder, dicht an der abblätternden Seitenwand. Sie hörte Edith zu und beobachtete Larry, der sich anmutig erhob, die schwarzen Handschuhe anzog, die Hacken zusammenschlug und sich verbeugte wie damals, als er Victoria zum ersten Mal gesehen hatte. Dann zog er sich langsam dorthin zurück, wo später, wenn die endgültige

Beleuchtung stand, tiefe Finsternis herrschen würde. Pause; ein ersticktes Schluchzen von der am Boden zusammengebrochenen Ramona; und dann das durchdringende Klagelied von Chor und Klavier.

Ramona richtete sich langsam auf, als müßte sie ein niederdrückendes Gewicht hochstemmen, und hüllte sich in einen schwarzen Schal. Der Chor bewegte sich gemessenen Schrittes rückwärts und ließ sie in der Bühnenmitte allein. Die Musik modulierte, und dann fing sie ganz leise an zu singen: »Die Witwe von Windsor.« Zum erstenmal an diesem Tag brauchte sie sich nicht wegen neuer Tanzschritte oder Bewegungen den Kopf zu zerbrechen, und sie legte große emotionale Kraft in die Worte. »Allein«, sang sie, »in der Menge, doch allein; unter Prinzen, allein; auf immer allein.« Nick, der im stummen Chor stand, fühlte, wie sein Hals eng wurde. Die kleine isolierte Gestalt, die rauhe Schönheit dieser Stimme, die am Rande von Tränen flimmerte, vermittelte eine menschliche Wahrheit jenseits von Geschichte, Geographie, Wohlstand und Geschlecht. Sie band sie alle ein in Victorias Schmerz.

Die letzten Akkorde verklangen.

Dann räusperte sich der Inspizient und sagte mit seiner flachen Stimme: »Vorhang.«

Der Zauber war gebrochen. Derek rief: »Super! Aber das weißt du ja, Ramona. Weiter mit dem zweiten Akt?«

»Laß uns heute ein paar Minuten früher aufhören, Derek. Es war ein langer Nachmittag.« Ramona zog erschöpft den Schal von ihren Schultern, bemerkte dann die blonde Zuschauerin zum ersten Mal und erstarrte. »Aha! Larrys abendliche Ausschweifungen haben also schon begonnen. Obwohl die Brünette, die ihn gestern abgeholt hat, hübscher war. Behandeln Sie ihn gut, Schätzchen.« Sie zwinkerte der jungen Frau zu. »Die Konkurrenz ist beachtlich.«

Die paar Worte brachte die schwelende Wut in allen wieder zum Aufflammen. Derek ließ den Klavierdeckel zu laut fallen, und Nick unterdrückte mühsam das verlockende Bild seiner

Faust auf Ramonas berühmtem Kinn. Larry selbst warf mit zusammengepreßten Kinnladen seine Handschuhe neben die Bühne und holte Jacke und Straßenkleidung. Beruhigendes murmelnd führte er die schlanke Blondine eilig aus dem Raum. Ramona zündete sich eine Zigarette an und sah ihnen mit unergründlicher Miene nach. Hinter ihrem Rücken streckte der Teenager ihr die Zunge heraus, aber auf eine knappe, fast entsetzte Geste von Daphne hin setzte sie wieder ein höfliches Gesicht auf. Die anderen Schauspieler machten sich fertig zum Gehen, aber Ramona kam herüber, um mit Edith und Jaymie zu reden, die dem Inspizienten ihre Requisiten aushändigten. Alle drei verkrampften sich, als sie näherkam.

Nick, der es nicht eilig hatte, streifte seine durchweichten Sachen ab und zog Jeans und Rollkragenpullover an. Die anderen Schauspieler hatten sich eiligst in ihre Straßenkleidung geworfen, aber Ramona hatte nur ihren Kostümrock ausgezogen und trug noch ihre schwarzen Strumpfhose mit den rosa Stulpen. Sie verließ Jaymie und ging mit ihrem Terminkalender in der Hand zu Derek ans Klavier. Gute Figur für Vierzig, dachte Nick. Sehr gut. Er setzte sich auf den Rand des Podests und wartete.

Die meisten Schauspieler waren in einer bedrückten Gruppe gegangen. Daphne hingegen gesellte sich zu Derek, und sie beugten sich über das Buch auf dem Klavier, als Ramona sich Nick näherte.

»Immer noch da?« fragte sie.

»Ich warte auf Maggie«, sagte er vorsichtig, in der Hoffnung, ihre Wut nicht versehentlich wieder anzufachen.

»Wie üblich.« Einen Augenblick stand sie da und schaute auf ihn hinunter, dann setzte sie sich zu ihm, legte ihre Zigarette behutsam auf eine leere Pepsidose neben ihrer italienischen Tasche und zog die Stulpen von ihren zierlichen Fesseln. Sie roch nach Jasmin und Rauch. Sie sagte: »Ich weiß nicht, was du an dem knochigen Kind findest, Nick, wo du eine kleine Tigerkatze haben könntest, die so sexy ist wie ich.«

»Bin wahrscheinlich abartig.«

Sie lachte und rollte die Stulpen sorgfältig zusammen. Derek und Daphne hatten ihre Konferenz beendet und zogen ihre Mäntel an. Daphne winkte zum Abschied, sagte: »Komm schon, Callie«, zu dem Teenager und eilte mit ihr hinaus. Ihre Clogs dröhnten auf der alten Treppe. Derek blieb an der Tür stehen.

»Wie wär's jetzt mit einem Drink, Ramona?«

»Den kriege ich in einer halben Stunde. Steht im Buch.« Sie klopfte auf den Terminkalender, der auf ihrer Tasche lag, und nahm ihre Zigarette wieder in die Hand.

»Und das Buch ist heilig. Ich weiß! Na gut, wir reden bald. Dann bis später. Mach's gut, Nick!« Nick konnte sehen, daß er immer noch aufgebracht war, obwohl er beim Hinausgehen tapfer »Neun Kinder« summte.

Jetzt waren sie allein auf dem höhlenartigen Speicher. Ramona wandte sich wieder an Nick. »Ich habe keine Witze gemacht, Nick. Ich mag dich.«

»Klar. Wir großen, glatzköpfigen, haarigen Mammuts sind unwiderstehlich. Bestseller von Fisher-Price.« Er stand auf, überlegte beunruhigt, ob er lieber unten warten sollte und hoffte, die schwachen Geräusche, die er näherkommen hörte, wären Schritte auf der Treppe.

Aber Ramona lachte. »Nick, du bist nie ernst! Paß auf!« Sie sprang auf, umarmte ihn fest und kuschelte ihren dunklen, jasminduftenden Kopf an seine Brust. Sie fühlte sich gut an. Heißes Blut macht heiße Gedanken. Unglücklicherweise hatte Nick sich anderweitig festgelegt. Sanft legte er seine Hände auf ihre Schultern.

»Sieh mal, Ramona —« murmelte er beschwichtigend.

Die Tür knallte.

»Mein Gott, Nick!« Es war Maggie. Das Baby umgeschnallt, die Aktentasche fest in der Hand. Ihre Augen wurden dunkel, als sie die Szene in sich aufnahm.

Ramona sprang schuldbewußt zurück. »O Gott! Deine Frau!« Es gelang ihr aber nicht ganz, ihre Genugtuung zu verbergen, und Nick erkannte ohne Überraschung, daß sie diese Peinlichkeit mit Absicht inszeniert hatte.

Aber Maggies dringende Worte interessierten ihn mehr. »Nick, ich habe heute deine Testergebnisse von Dr. Rank bekommen!« Sie klang beunruhigt, viel zu beunruhigt, als daß sie Ramona bemerkt haben könnte.

Dr. Rank? Natürlich. Nick nahm ihren Tonfall auf. »Die Ergebnisse? Und? Waren sie… günstig?«

Langsam schüttelte sie den Kopf. »Immer noch positiv! Keinerlei Zweifel!«

»Keinerlei Zweifel?« stöhnte Nick.

»Nein. Ach Nick, halte durch!«

Ramona war ganz verwirrt. »Testergebnisse? Keine Zweifel?«

Maggies Augen, blaue Teiche der Besorgnis, richteten sich zum erstenmal auf sie. »Hepatitis«, erklärte sie mit tragischer Stimme.

»Hepatitis!« Ramona sprang entsetzt zurück.

Maggie nickte. »Ansteckend«, fügte sie hilfreich hinzu.

Ramona verschwendete kein Mitgefühl an Nick. »Hepatitis! Verdammt nochmal, Nick, du hast uns alle in Gefahr gebracht! Wie konntest du so verdammt egoistisch sein?« Sie entfernte sich immer noch weiter von ihm.

»Ach, es war nicht allzu schlimm für ihn«, tröstete Maggie.

»Nicht schlimm! Machen Sie Witze? Mit Hepatitis liegt man flach auf der Nase! Ich hatte eine Freundin, die lag sechs Monate im Bett! Und ihre Haut wurde gelb! Mein Gott, Nick, warum hast du nichts gesagt? Das ist doch der mieseste… Du hast eine Woche mit uns geprobt! Ach Gott, und warum hast du mich eben nicht an meinen Blödheiten gehindert? Warum hast du —« Sie hielt unvermittelt inne, an die Wand gelehnt starrte sie ihn an, dann sagte sie langsam: »Du bist nicht gelb. Und du bist herumgehopst…« Ihre großen Augen richteten sich auf Maggie. Sie enthüllten einen wilden Tumult von Unglauben, Wut und Gelächter.

»Das war Absicht?«

»Ach verflixt«, sagte Maggie und grinste sie an. »Sie hat uns durchschaut, Nick.«

»Großer Gott!« Das Lachen siegte, und Ramona platzte vor schwindelnder Erleichterung laut heraus. »Hepatitis! Gott! Das muß ich mir merken, falls ich Simons Flittchen je begegne! Nick, du Clown, ich sollte dich feuern! Du hast Glück, daß du so ein verdammt guter Gladstone und Prinz von Wales bist. Und du bringst mich zum Lachen. Und deine verdammte Frau auch.« Immer noch kichernd wandte sie sich an Maggie. »He, sind wir jetzt quitt?«

»Vollkommen. Sie haben mir auch einen ziemlichen Schock verpaßt.« Maggie hatte die Babytrage mit geübten Händen abgenommen und half jetzt Nick beim Anschnallen. Nick, das Känguruh. Der neueste Hit von Fisher-Price. Seine winzige Tochter öffnete verschlafene dunkle Augen, nahm seine und Maggies Gegenwart zur Kenntnis, und rollte sich dann wieder zum Schlaf an seiner Brust zusammen. Trost meiner alten Tage, meistgeschätzter, meistgeliebtester. Ohne jede Anstrengung hatte sie die Kontrolle über sein Leben an sich gerissen.

Maggie wandte sich wieder an Ramona. »Hat Nick heute etwas Schlimmes angestellt?«

Unter dem freundlich forschenden Blick wurde Ramona unvermittelt ernst. »Sie meinen, um so einen gemeinen Scherz zu verdienen?«

»Klar hab' ich ihn verdient«, sagte Nick. »Ich habe ein haariges Mammut gespielt und sie fast umgeworfen.«

Aber Ramonas Laune hatte sich geändert. »Nein, sie hat recht, Nick. Ich habe heute den bösartigen Superstar gespielt, wie er im Buche steht. Dabei habe ich immer geglaubt, ich wäre zu erwachsen für das Spiel. So kindisch habe ich mich nicht mehr aufgeführt, seit ich sechzehn war! Es war nur, daß alles — Nein, du hast es nicht verdient. Niemand hat es verdient. Es hat mit dem Stück nichts zu tun, nichts mit euch. Es ist bloß wegen Simon.«

»Können wir irgendwie helfen?« fragte Maggie.

»Ihr? Herr und Frau Glückliche Ehe? Ihr seid nur Salz in meiner Wunde«, sagte Ramona bitter. »Immer noch ein Herz und eine Seele, verdammt nochmal, nicht? Ich hatte schon vergessen, wie das ist.«

Ich auch, dachte Nick, bis Dr. Rank. Neuerdings bleibt keine Zeit mehr für Seelen. Oder Körper, was das betrifft.

Maggie nahm Ramona in die Arme. »O Gott, das muß wehtun!«

Ramona ließ sich in den schlanken Armen einen Augenblick gehen. Maggie hatte gelegentlich diese Wirkung auf Menschen, das wußte Nick. Ihre Energie und ihr unverblümtes Mitgefühl waren ihm in der Vergangenheit oft eine Kraftquelle gewesen. Aber Ramona holte nach einem Moment tief Luft und protestierte: »Das können Sie nicht wissen, Kind. Sie sind nie geschieden worden, stimmt's?«

»Nicht vor Gericht, nein. Trotzdem war ich ein paarmal am Boden zerstört.«

»Aber Sie sind noch keine Vierzig.«

»Noch nicht.«

»Na ja, das macht es schlimmer, wenn die Ehe kaputtgeht. Wenn Ihre so lange hält, werden Sie das verstehen. Ach, an manchen Tagen bin ich fast froh, daß sie zu Ende geht. Froh, rauszukommen und die Welt zu erobern, ehe sie an mir vorbeigleitet. An anderen Tagen fühle ich mich ganz wertlos. Alt. Eifersüchtig auf Menschen wie euch. Frage mich, wo der ganze Zauber geblieben ist. Was ich falsch gemacht habe.«

Maggie klopfte ihr auf die Schulter. »Wahrscheinlich gar nichts.«

»Im Kopf weiß ich das auch. Es ist verrückt. Aber inwendig, wissen Sie, leidet man und fragt sich, 'Was hab' ich nur angestellt, daß ich das verdient habe?« Sie entfernte sich ein wenig und fing an, ihren flammend roten Hosenanzug und die eleganten italienischen Stiefel mit Plateausohlen anzuziehen. »Als ich noch jung und dumm war und mein Leben wegwerfen wollte, schob mich meine beste Freundin in ein Zimmer und schloß die Tür ab. Ich habe geschrien und getobt. Am nächsten Morgen kam sie herein und sagte, ich sei ein gutes Kind, aber sie hätte mir auf die Finger klopfen müssen, weil ich es vergessen hatte. Und dann gab sie mir Kakao, und alles war in Ordnung.«

»Du bist ein gutes Kind«, sagte Nick, »aber ich fürchte, wir haben den Kakao vergessen.«

Überrascht sah Ramona ihn an. »Mein Gott! Du hast recht! Ich spiele gerade wieder dasselbe blöde Spiel, nicht?«

»Wir spielen alle möglichen Spiele, wenn wir leiden.«

»Hmm.« Sie zog die ausgestellten Hosenbeine über den Stiefeln zurecht, ehe sie ihn wieder ansah. »Jemand hat erzählt, Maggie wäre deine zweite Frau.«

»Ja.«

»Dann mußt du ja wissen, wie das ist, Nick. Scheidung.«

»Nicht direkt. Meine erste Frau ist gestorben.«

»Oh, das tut mir leid! Das ist was anderes.«

»Ja, vielleicht. Aber wenn man mit einer anderen Person seelisch tief verbunden ist, dann schmerzt jedes Ende der Beziehung.«

»Was du nicht sagst.«

»Sigmund F. O'Connor, Teilzeit-Psychiater, zu Ihren Diensten«, sagte Nick heiter mit durchdringendem Wiener Akzent. »In Ihrem Falle, Gnädigste, verschreibe ich Kakao.«

Sie lachte wieder. »Clown!«

»Die Einsicht des Tages. Freies Einführungsexemplar.«

»Aber du hast recht, weißt du. Ich muß damit aufhören, es an euch auszulassen. Unser Geschäft ist sowieso schon nicht leicht fürs Ego. Heute erntest du Applaus, morgen gehst du stempeln. Alle Selbstzweifel gedeihen wie Blutegel. Und dann noch dies Ding mit Simon.« Nervös schüttelte sie den Kopf.

»Wegen der Sozialhilfe mußt du dir keine Sorgen machen, Ramona. Du bist immer noch berühmt.«

Mit dünnen Lippen drückte sie ihre Zigarette aus. »Immer noch berühmt. Oh ja, wirklich. Kommt, nichts wie raus hier.«

Nick hielt ihr den Mantel, ein mit hellem Pelz gefüttertes Cape. »Wo ist deine Verabredung?«

»Nicht weit. Wir treffen uns im Étoile an der Spring Street.«

»Macht es dir was aus, wenn wir ein Stück mitkommen? Wir gehen zur Canal Street.«

Ramona schloß ab, und sie stiegen die Metalltreppe des alten Fabrikgebäudes hinunter und traten hinaus in die Dämmerung. Es nieselte nicht mehr, war aber immer noch unangenehm feucht. Nick zupfte die Schutzklappe um den Kopf seiner schlafenden Tochter zurecht. Maggie, neugierig wie immer, fragte Ramona: »Was haben Sie gemeint da drin? Mit immer noch berühmt?«

Im Dämmerlicht sah Ramona puderzart aus, ihre dunklen Augen und Grübchen jugendlich in dem Kranz aus blassem Pelz. Es dauerte einen Augenblick, dann sagte sie: »Tja, Kind, Nick erinnert sich vielleicht. Sie sind zu jung. Aber fünfundfünfzig liebten mich alle. Eine neue Garland, hieß es. Eine elfenhafte Merman. Und so weiter. Ich war berühmt. Habe eine Menge großer Rollen abgelehnt, weil *Teufel* zweieinhalb Jahre lief. Und danach gab es Sondersendungen im Fernsehen und einen Film. Er hätte besser abschneiden können, aber die zuckersüße Kameraführung hat nichts getaugt. Zum Teufel, mit einer alten Box hätte ich das besser gemacht! Na jedenfalls, noch mehr Fernsehen, eine Tour für die GIs in Saigon, die großen Wirbel machte, ein paar Nachtclubszenen. Und irgendwann auf dem Weg bin ich von 'berühmt' auf 'immer noch berühmt' abgerutscht. Die nächste Stufe ist nicht schwer vorherzusehen.«

Diese Analyse war zu offensichtlich treffend, als daß man hätte debattieren können. Maggie sagte: »Also haben Sie sich diese Show gekauft.«

»Richtig. Mit allem, was vom Filmgeld noch übrig war. Ich bin sehr umsichtig gewesen, wissen Sie, und habe es für meinen liebsten Wohltätigkeitszweck oder für den Ruhestand angelegt, falls Simon einen Rückschlag hätte oder so. Aber dann hat mir mein Agent ein Angebot gemacht: Werbung für Tiefkühlkost. Mein Gott, das hatte ich 1954 gemacht!« Sie gab ein kurzes, heiseres Lachen von sich. »Und hier stehe ich und stolziere herum wie die Göttin der Gemeinheit. Welche Göttin verkauft denn Gefriererbsen?«

»Der Fröhliche Grüne Wichtel?« schlug Nick vor.

»Ja, lach du nur. Aber mir war klar, wenn ich je wieder anständige Rollen haben wollte, dann mußte ich mich dranmachen und mein Glück selber schmieden. Und dies ist es. Ramonas großer Einsatz. Ich habe alles auf eine Karte gesetzt.«

»Beängstigend. Aber notwendig«, sagte Maggie, beeindruckt.

»Es ist eine großartige Rolle«, sagte Nick.

»Ja, Victoria von der Wiege bis zum Grab. Da kann ich beweisen, daß ich nicht nur eine verfallende jugendliche Naive bin. Ich kann eine größere Spannweite spielen.«

»Gute Idee.«

»Dereks Einfall, es in der Art eines Musicals aufzuziehen, ist ganz witzig, finde ich. Aber natürlich scheint es heutzutage nur Rock zu geben.«

»Die *Fantasticks* laufen immer noch mit viel Erfolg.«

»Tja, wenn ich gewinne, sind wir alle für eine Weile gut dran. Und wenn es durchfällt, werden wir uns wohl alle auf dem Arbeitsamt wiedersehen.«

»Der wahre Schauspielclub von New York.«

»Sehr richtig. Tja, so ist es im Schaugeschäft. Hier biege ich ab.« Ramona zeigte auf das erleuchtete Restaurantschild am Ende des Blocks.

»Wir gehen mit dir hin.«

»Auf keinen Fall! Ihr habt genug getan. Mir auf die Finger geschlagen und mir zugehört.«

»Nächstes Mal bringen wir auch den Kakao mit.«

»Es gibt kein nächstes Mal. Ich werde mich bessern. Das letzte, was ich will, ist der Show schaden!« Sie schüttelte ernüchtert den Kopf. »Meine Güte, ich muß eine Menge Scherben kitten.«

Nick erinnerte sich an das Knistern unterdrückter Wut in der Atmosphäre und mußte ihr beipflichten. »Wir lieben das Stück alle. Die anderen werden keine Schwierigkeiten machen.«

»Hoffentlich. Na, bis morgen, Nick.« Sie grinste plötzlich. »Und herzlichen Glückwunsch.«

»Wozu?«

»Zu deiner schnellen Genesung von Hepatitis.«

Sie lachten und trennten sich. Maggie reckte den Hals nach ihrer Tochter, die an Nicks Brust gekuschelt lag. »Wie geht's dir, Krabbelinchen?«

Nick schaute auf das Baby herab und sagte stolz: »Sie schläft.«

»Umwerfendes Kind! Was wird ihr als nächstes einfallen?«

»Ein Wunderkind, wahrhaftig.« Er legte Maggie einen Arm um die Schultern. »Riskant, die Sache mit der Hepatitis.«

»Alles andere aber auch. Es zu ignorieren hätte sie beleidigt, stimmt's? Und wenn ich tief getroffen und eifersüchtig getan hätte — na ja, heute abend hätte sie das vielleicht gewollt, aber morgen hätte sie sich dafür gehaßt.«

»Das stimmt. Bis heute ist sie einigermaßen vernünftig gewesen. Die Show ging vor. Diese grausame Ader an ihr habe ich bisher nicht bemerkt.«

»Ja, du hast immer gesagt, sie ist ein guter Kumpel. Daher habe ich es riskiert. He, wir sind ganz gut, was? Das alte Improvisationsteam.«

»Du hast es auch vermißt?«

Sie ging ein paar Schritte in betretenem Schweigen. »Ich glaube, ich hatte gar keine Zeit zu bemerken, daß es nicht mehr da war.«

Es gibt eine Menge Dinge, die du aus Zeitmangel nicht bemerkt hast, Liebes. Nick unterdrückte seinen Groll und sagte: »Sarah kostet viel Kraft. Aber es ist Wochen her, seit wir über etwas anderes gesprochen haben als wer das Essen macht und wer sie zum Kinderarzt bringt.«

»Schon, aber das muß sich alles erst einspielen.«

»Es sind schon fünf Monate!«

»Aber sie verändert sich täglich! Und du arbeitest jetzt und —«

Zwei Explosionen übertönten den Lärm und das dumpfe Rumpeln der Großstadt in der Dämmerung. Die kleine Sarah rührte sich und wimmerte. Maggie fragte zweifelnd: »Fehlzündung?«

»Vielleicht.« Sie sahen einander eine Sekunde lang an, wandten sich um und rannten zurück bis zur Ecke, an der sie sich von Ramona getrennt hatten.

Ein paar Leute waren auf dem Bürgersteig stehengeblieben, um zur Mitte des Blocks zu schauen. Eine Frau, nicht Ramona, stand da im Licht einer Straßenlaterne und schrie. Als sie auf sie zurannten, fing eine andere Frau ohne Mantel im Minirock an, sie zu beruhigen.

»Was ist passiert?« fragte Nick die beiden.

»Weiß ich nicht«, sagte die Frau im Minirock. »Da waren Schüsse, und ich hörte Carlotta schreien, also bin ich herausgekommen. Sie rannte von dem Gebäude da weg. Aber sie ist nicht verletzt, soviel kann ich sehen.«

Ein Baugerüst überdeckte den Bürgersteig vor dem bezeichneten Gebäude, und Sperrholz verkleidete den größten Teil der Fassade. Maggie war in den schwarzen Schatten unter dem Gerüst verschwunden. »Nick!« rief sie. »Hol einen Krankenwagen!«

Ihre Stimme machte deutlich: es war sehr dringend. Nick sprintete den halben Block bis zum Restaurant, trotz Sarahs Beschwerden über das Gerüttel, und schnappte sich das Telefon neben der Kasse. Der Oberkellner hörte auf zu protestieren, als er Nick Polizei und Krankenwagen verlangen hörte.

Nick rannte zum Gerüst zurück, wobei er der empörten Sarah aufgeregt Erklärungen zuflüsterte. Eins der Sperrholzbretter war gespalten, und dahinter lauerte die Schwärze des entkernten Gebäudes. Als er mit der Hand das blendende

Licht der Straßenlaterne abschirmte, konnte er Maggie in den Schatten erkennen, kniend. Und noch etwas.

Ausgestreckt auf dem schmutzigen Zementboden lag Ramona Ricci auf dem Rücken, sehr still, und ein dunkler Fleck breitete sich auf dem blassen Pelz ihres Capes aus, das zerknüllt unter ihr lag.

II
Dienstag abend
6. März 1973

»Wie schlimm ist es?« fragte er.

»Schlimm.« Maggie kniete neben ihr und preßte ihren roten Schal gegen Ramonas Seite. »Sie steht unter Schock. Hat ein paarmal geblinzelt, als ich nach dir gerufen habe, aber seitdem haben sich ihre Augen nicht geöffnet.«

»Der Krankenwagen ist unterwegs.« Nick kniete sich hin, um den unregelmäßig flatternden Puls zu fühlen, aber Sarah fing an zu heulen. »Ich schaffe die Ablenkung lieber aus dem Weg«, sagte er und richtete sich wieder auf.

»In Ordnung. Siehst du ihre Handtasche irgendwo?«

»Da draußen nicht. Ich seh' mich um.«

Sie war nicht in Ramonas Nähe. Er ging ein paar Schritte in die Schatten des Gebäudes hinein und hielt inne. Pfeile von Zwielicht brachen durch die rohen Sperrholzwände und verteilten sich unregelmäßig auf dem Haufen Bauschutt, den verbogenen Resten von Abflußrohren und Mülleimern. Nichts rührte sich. Der Angreifer, überlegte er, hatte sich davongemacht; er konnte einen deutlichen Weg durch das ausgeweidete Haus zur nächsten Straße erkennen, wo die Tür in der Sperrholzverkleidung aufgebrochen war. Keine Verstecke: eine Treppe verlief im Zickzack an der Seitenwand zu künftigen oberen Stockwerken hinauf, die jetzt nur aus nackten Trägern bestanden, aber zum Keller hin war die Treppe durch eine solide, mit Vorhängeschlössern gesicherte Metalltür abgesperrt. Niemand konnte sich in dieser kahlen Höhle verstecken. Trotzdem hob er Maggies Aktentasche auf und schützte Sarah damit, während er sich vorsichtig zur anderen Seite des Gebäudes hinüberbewegte. »Schhht«, murmelte er dem quengelnden Kind beruhigend zu. »Wie sollen wir denn weltberühmte Geheimagenten werden, wenn wir uns nicht an Leute anschleichen können? Glaubst du vielleicht, James Bond wimmert bei der Arbeit? Denkst du, Sherlock Holmes macht so ein Theater?«

Sie wimmerte weiter. Leicht zu begreifen, warum die großen Detektive keine Familie hatten. Na, jedenfalls bestand keine Gefahr, jemanden durch zu unbemerktes Anschleichen in Panik zu versetzen.

Ramonas Tasche lag auf der Seite, weit geöffnet, in einem Lichtflecken ein paar Meter weiter. Nick, der Sarah immer noch mit der Aktentasche abschirmte, kniete sich hin, um den verstreuten Inhalt zu untersuchen — Makeup, ein Päckchen Taschentücher, Zigaretten, Feuerzeug, Kulis, Scheckbuch. Einer ihrer langen Handschuhe war zerknüllt, der andere lag in voller Länge mit der Handfläche nach oben, wie in groteskem Flehen. Keine Spur von einer Brieftasche. Behutsam schritt er den leeren Raum ab und untersuchte die lockere Sperrholzwand an der nächsten Straße. Es wäre dem Angreifer ein Leichtes gewesen, hier hinauszuschlüpfen; jemand hatte die Haspe des Vorhängeschlosses an der klapprigen Sperrholztür aufgebrochen. Ein paar Leute gingen ruhig den Bürgersteig der nächsten Straße entlang.

Sarahs Meinung zu der Expedition war immer noch entschieden negativ. Nick kehrte zu Maggie zurück.

»Ihre Tasche ist da drüben weggeworfen worden. Ich glaube, ihre Brieftasche fehlt. Wie geht es ihr?«

»Sie atmet noch. Ist das der Krankenwagen?«

Das Geheul der Sirenen wurde lauter. Nick eilte auf die Straße, um den Streifenwagen abzufangen.

»Schußverletzung«, erklärte er und zeigte in die Richtung. »Da hinten. Meine Frau leistet erste Hilfe.« Die zwei Polizisten rannten durch die zerbrochene Latte, und Nick hörte, wie einer von ihnen anfing, Maggie auszufragen, als der Krankenwagen um die Ecke bog. Nick sah, daß Carlotta, die nicht mehr schrie, sich mit ihrer Freundin zu einem schmalen

Hauseingang auf der anderen Straßenseite zurückzog. Er eilte zu ihnen hinüber.

»Entschuldigen Sie mich, bitte, aber Sie sollten wohl aussagen, was Sie gesehen haben.«

Carlotta schniefte noch. Ihre mantellose Freundin schlug die Arme unter, entweder gegen die feuchte Kälte, oder gegen Nicks Fragen, und sagte: »Wir wollen keinen Ärger. Sie sagt, es war sowieso bloß ein junger Schwarzer. Wahrscheinlich drogensüchtig.«

»Aber warum war die Frau in dem Gebäude?«

Die Freundin zuckte die Achseln. Carlotta antwortete nicht, weil sie und Sarah einander entdeckt hatten und lächelten und gurrten. Nick ließ die gegenseitige Therapie einen Augenblick andauern, dann fragte er sanft: »Erinnern Sie sich, warum sie in das entkernte Haus gegangen ist?«

Carlotta warf ihm einen schnellen Blick zu, dann schaute sie Sarah wieder an. »Ich ging ein Stückchen hinter ihr. Sie blieb stehen, wo die Bretter zerbrochen sind, irgendwie überrascht, und dann sagte sie etwas. Vielleicht 'Bist du verletzt?' Sie ging einen Schritt näher, da packte sie der junge Schwarze und zog sie in die Dunkelheit. Ich rannte weg.«

»Wie sah er aus?«

»Sein Gesicht habe ich nicht gesehen. Nur ein Schatten unter Schatten. Sie kam näher, und sein Arm schoß vor und zog sie ins Dunkle. Ich rannte weg, als ich die Schüsse hörte, ich dachte, ich käme als nächste dran.« Ihre Lippen zitterten wieder, und sie warf furchtsame Blicke auf das Gerüst.

Nick sagte: »Er ist weg. Ich bin durch das ganze Gebäude gegangen und habe nachgesehen. He, mein Baby mag Sie aber gern.«

Dankbar wandte sie sich wieder Sarah zu. »Sie ist ein wunderbares Baby!«

»Ja«, sagte die Freundin energisch. »Aber ich finde immer noch, daß du einen Kaffee brauchst. Außerdem ist mir kalt.« Sie nahm Carlotta beim Ellbogen und führte sie zur Haustür.

Nick merkte sich die Nummer und kehrte wieder auf die andere Straßenseite zurück.

Die Sanitäter hatten Ramona auf eine Bahre gelegt und schoben sie eilig in den Wagen. Einen Augenblick später raste er mit heulender Sirene davon. Inzwischen waren noch mehr Polizisten gekommen, Zivilfahnder und Spurensicherung. Nick sah Maggie unter der Laterne. Sie sprach mit jemandem, vermutlich einem Inspektor. Er ging zu ihnen. Sie brachte ihre Geschichte gerade zu Ende.

»Ich bat Nick, einen Krankenwagen zu rufen. An der linken Taillenseite schien sie am meisten zu bluten, also tastete ich nach der Wunde und drückte meinen Schal und eine Windel fest drauf. Ich habe sie da nur festgehalten. Hoffentlich war das richtig.« Sie wischte sich mit Sarahs Babytüchern das Blut von den Händen.

»Ja, Ma'am.« Der Inspektor war untersetzt, mit einem dicken Hals, lockigem Haar und Stirnglatze. Er schien zutiefst erschöpft, und seine Aufmerksamkeit beruhte eher auf Gewohnheit als auf Interesse. »Und dann?«

»Ich habe nur den Schal festgehalten, bis Sie kamen. Habe sie in das Cape gewickelt, um sie warmzuhalten. Sie war im Schock, aber mir ist nichts eingefallen, was ich sonst hätte tun können. Ich wußte, daß wir sie nicht bewegen dürften. Nick kam wieder, und ich bat ihn, nach ihrer Handtasche zu suchen.«

»Nick?«

»Ich. Nick O'Connor. Ich habe Sie angerufen. Als ich zurückkam, bin ich da durchgegangen bis zur nächsten Straße. Ihre Tasche lag auf halbem Weg, ausgeleert. Ich habe sie nicht richtig untersucht, weil ich nichts anfassen wollte.«

»Gut. Wir prüfen das nach.« In dem entkernten Haus wimmelte es jetzt von Taschenlampen. Der Inspektor fügte hinzu: »Ich bin Inspektor Perez. Haben Sie in dem Gebäude jemanden gesehen, als Sie ankamen?«

»Nein. Aber ich habe auch nicht richtig nachgesehen, bis ich Sie gerufen hatte. Sie werden mit einer Frau sprechen wollen, Carlotta Sowieso, Nummer zweiundfünfzig auf der anderen Straßenseite. Sie sagt, sie hat gesehen, wie jemand Ramona in das Gebäude hineinzog, unmittelbar bevor die Schüsse abgefeuert wurden. Sie ist natürlich sehr durcheinander. Eine Freundin versucht sie zu beruhigen.«

»Aha. Also, Miss Ryan hier sagt, Sie haben mit Miss Ricci zusammengearbeitet?«

»Ja. Wir machen ein Musical. Ich bin einer der Schauspieler.«

»Schauspieler?« Perez sah ihn an, ohne eine Spur des Wiedererkennens. Das war nicht überraschend; Nick war einer der Schauspieler, die in ihren Rollen aufgehen, und nur wenige erkannten ihn, selbst wenn sie seinen Werbespot für Elson Bier ein dutzendmal gesehen hatten. Und natürlich hatte er in der Bierreklame kein weinerliches Baby getragen.

Perez fragte: »Ist Miss Ricci eine der Schauspielerinnen?«

»Sie ist der Star. Auch die Produzentin.«

»Produzentin? Sie gibt das Geld?«

»Ja.«

»Dann ist sie eine reiche Dame. Moment mal. Doch nicht Ramona Ricci? Auf Teufel komm raus?«

»Doch.«

»Donnerwetter.« Inspektor Perez war, wie Nick, alt genug, sich an fünfundfünfzig zu erinnern. Er machte sich eine Notiz, dann kehrte er zu seinen Fragen zurück. »Also hatte sie vermutlich Geld bei sich.«

»Ja, einiges.«

»Und trug den Pelz. Können Sie mir sonst noch etwas sagen? Was wollte sie hier?«

»Sie war im L'Étoile mit jemandem verabredet.«

»Ja, das sagte Miss Ryan schon. Wissen Sie mit wem?«

»Nein. Ramona hat nichts gesagt.«

»Ist sie verheiratet?«

»Tja, sie lebt in Scheidung, glaube ich. Ihr Ehemann heißt Simon Jenkins und ist Bankier, sagte sie.«

»Aha. Kinder?«

»Ich weiß nicht. Sie hat nie welche erwähnt.«

»Enge Freunde?«

»Wir proben erst seit etwa einer Woche. Ich kenne sie nicht sehr gut.«

»Wir kümmern uns drum. Also, Miss Ryan sagte, Sie waren zusammen unterwegs?«

»Bis zur Ecke da drüben. Wir waren auf dem Weg zur U-Bahn.«

»Aha.« Perez sah Sarah an, die wieder unruhig wurde. »Na, dann wollen wir mal Ihre Aussagen aufnehmen, damit Sie gehen können. Warten Sie hier eine Minute.«

Es dauerte länger als eine Minute. Perez beriet sich mit seinen Kollegen, machte eine Tour durch das entkernte Gebäude und holte Carlotta und ihre widerstrebende Freundin aus ihrer Wohnung, ehe er sie alle zum Polizeirevier brachte.

»Wo hat man Ramona hingebracht?« fragte Nick, während sie die Treppen hinaufstiegen.

»Bellevue E.R. Natürlich, jemanden wie sie verlegen sie vielleicht, wenn sich ihr Zustand stabilisiert hat.«

Es gab noch einmal eine öde Wartezeit, während Perez die Maschinerie der Nachforschungen organisierte. Kein Wunder, daß der Inspektor ständig übermüdet wirkte. Nick versuchte, Sarah zu beruhigen, während Maggie ihrem Partner am Telefon mitteilte, warum sie zur zweiten Hälfte ihres von zwölf bis neun dauernden Arbeitstages nicht pünktlich sein würde. »Hallo, Dan, tut mir leid, daß ich mich verspäte. Es hat eine Schießerei gegeben, und ich bin sowas wie eine Zeugin ... Jaha, das habe ich heute Nachmittag gemacht, während du den Computer verflucht hast ... nein, nein, Sarah hat sich amüsiert, und außerdem hört sie weit Schlimmeres von mir auf Französisch ... Im Prinzip warte ich auf das neue Programm ... Na, ich hoffe, du kommst klar. Leg mir einen Zettel hin, und ich bin da, so schnell ich kann.«

Endlich ließ Perez sie holen, und sie gingen die schlimme Geschichte noch einmal durch, dann schickte er sie nach Hause.

Langsam machten sie sich auf den Weg zur U-Bahn. Nick sagte: »Verdammt.« Maggie antwortete nicht, legte ihm nur den Arm um die Taille. Aber ihre augenblickliche Tageseinteilung ließ ihnen keine Zeit, einander zu trösten. Maggie mußte trotz allem weiter stadteinwärts zu ihrer Arbeit zurückkehren, um ihr Tagespensum zu erledigen, während Nick und Sarah zur U-Bahn nach Brooklyn strebten. Der Zug war innen und außen mit mäandernden Windungen abrollender Graffitti bedeckt, als ob er sich in dem löchrigen Netzwerk der zerfallenden Stadt verfangen hätte. Sarah, das abgestumpfte Großstadtkind, wurde wunderbarerweise von dem quietschenden, überfüllten, schwankenden Waggon beruhigt und schlief ein. Nick, mit dem Turnbeutel zwischen den Knien, hing mit einer Hand am Haltegriff und schützte mit der anderen Sarah davor, von den Mitreisenden angerempelt zu werden. Allein gelassen, konnte er sich um Ramona sorgen und um seinen Job und um seine Ehe.

»Sieh mal, Steve! Sie tanzt!«

Als Mutter war Elaine in ihrem Element. Steve, der an der gekachelten Theke Bloody Marys mixte, warf einen Blick über seine Schulter. Die kleine Muffin vollführte wiederholt plattfüßige Hopser auf dem Kelimteppich, nicht ganz im Takt mit der Musik von Glenn Miller, die Elaine und Rachel auf der Stereoanlage laufen ließen.

Rachel sagte: »Nö. Die übt nur ihre Karatestellung. Will die anderen Kinder bei *Montessori** zu Tode erschrecken.« Sie war hochschwanger, eine nette Frau mit ausgeprägten Zügen: breites Lächeln, starke Nase, langes dunkles Haar, das mit einer Spange im Nacken zusammengefaßt war. Sie hatte sich letzten

---

* *Montessori*-Kindergärten und -Schulen sind benannt nach Maria Montessori, die ein Lernsystem für kleine Kinder entwickelte, in dem sich die Kinder gegenseitig selbst erziehen. Die pädagogisch begleitenden Arbeit gilt vor allem dem ausgeprägten Training der Sinne.

Herbst mit Elaine angefreundet, als sie mit Bob nebenan eingezogen war.

Steve neigte dazu, ihr bezüglich Muffins 'Tanz' recht zu geben. Aber Elaine lachte nur, von ihrer Tochter immer noch entzückt. Portrait von Elaine: stolze Haltung, warmes Lächeln, kultivierte Stimme. Glänzendes, karamelblondes Haar. Haselnußbraune Augen, die ersten Lachfältchen in den Augenwinkeln. Langer biegsamer Körper in Kaschmir und Seide. Und die feste Überzeugung, daß ihre Tochter ein Wunderkind war. Steve lieferte einen Tomatensaft an Rachel und eine Bloody Mary an Elaine. »Zeit, sie bei Martha Graham einzuschreiben«, witzelte er.

»Na ja, so allmählich, meinst du nicht?« sagte Elaine. Sie steckte nicht zurück. Sie tanzte selber sehr gern, nahm im Village immer noch Unterricht. »Sie liebt Musik so sehr.«

»Das weiß ich. Komm, Muffin, darf ich um den nächsten Tanz bitten?« Steve ließ sich auf die Knie nieder und nahm die ziemlich klebrigen Finger seiner Tochter. Er bewegte ihre verschlungenen Hände auf und ab, während sie hopste. Muffin schenkte ihm ein Lächeln, das sein Herz zerriß, und Elaine lachte.

»Steve, du bist verrückt!«

»Warte nur, bis du uns Tango tanzen siehst!« Mit Schwung hob er Muffin auf, legte seine Wange an ihre und kreiste mit eleganten Valentino-Schritten im Zimmer umher.

»Verrückt!« Elaine klatschte in die Hände. Muffin quiekte vor Wonne.

Steve ließ seine Tochter los und holte sein eigenes Glas Bloody Mary. »Laß dich nicht von Lainey hochnehmen«, warnte er Rachel. »Sie wußte schon, daß ich verrückt war, als sie mich geheiratet hat.«

»Keine falschen Vorspiegelungen, was?« Rachels dunkle Augen lächelten sie an.

»Überhaupt keine«, gab Elaine zu, immer noch erheitert. »Aber Muffin macht es natürlich schlimmer.«

»Ja, ich kann's kaum abwarten, Bob mit unserem zu sehen. Er ist sowieso schon so obsessiv. Vermutlich wird er eine Hypothek auf das Boot aufnehmen, um Beißringe zu kaufen.«

»Ich glaube, wir sind alle ein bißchen verrückt«, sagte Steve. Neuerdings nahm er mit Staunen das Ausmaß seiner eigenen Verrücktheit wahr. Hier, in diesem Haus auf Long Island, erfüllte sich der Amerikanische Traum. Seine Segnungen, der Reihe nach: Orientteppiche, Stereo, Bulthauptküche, ein Porsche und ein Saab in der Garage, ein Segelboot im privaten Jachthafen. Vietnam im Abklingen, die Wirtschaft mehr als je im Aufschwung. Eine langersehnte Tochter, mit Klebefingern, aber sehr geliebt. Eine schöne, steinreiche Frau mit guten Beziehungen. Gute Familie, gutes Haus, guter Job. Und doch –

Und doch träumte er plötzlich von Südamerika, von Jaguaren, Bougainvillien, von einer ungezähmten Frau irgendwo in Caracas, von einer Arbeit, die stählerne Nerven erforderte statt seines netten Lächelns, von Flößen auf Dschungelflüssen statt Porsches auf der Schnellstraße. Verrückt.

»Ach, Baby, wie werde ich dich vermissen!« Elaines Stimme riß ihn aus seinen Träumen. Sie gab Muffin einen dicken Kuß und setzte sie dann in ihr Stühlchen an der Küchentheke.

»Es sind doch nur ein paar Stunden, Lainey«, sagte Steve gereizt. »Du bist vor Mitternacht zurück. Und meine Sekretärin hat deine Tickets schon reservieren lassen.«

»Als ob ich das nicht wüßte! Myra hat angerufen und eine halbe Stunde lang darüber geredet. Ob ich einen Platz am Gang haben wollte, wer das Baby hüten würde und so weiter. Aber ich denke dabei an Muffin. Es ist das erste Mal, daß ich nicht da bin, um sie von der Spielgruppe abzuholen. Das allererste Mal!«

»Ich denke, sie wird's überleben«, sagte Rachel trocken. »Bei dir bin ich mir da nicht so sicher.«

»Na, du wirst das verstehen, wenn du erst selber eins hast«, verkündete Elaine und goß Muffin ein Glas Milch ein. »Es war schon schwer genug, sie bei Mitzi zu lassen, und Mitzi ist schon seit der fünften Klasse meine Freundin.«

»Ich weiß«, seufzte Rachel. »Ich bin total unqualifiziert. Dummdreist von mir, überhaupt eine Meinung zu äußern. Ich halte jetzt einfach den Mund, bis die neun Monate um sind.«

»Und dann, Hokuspokusfidibus, bist du in Handumdrehen Expertin!« zog Steve sie auf. Aber er bezweifelte, daß Rachel jemals die fieberhafte Hingabe spüren würde, die Elaine für Muffin fühlte. Rachel hatte nicht diese qualvollen Jahre der Empfängnislosigkeit mitgemacht und diese tragischen Fehlgeburten.

»Ja, und dann nehmt euch in acht! Wenn ihr glaubt, daß ich mich jetzt schon zu viel einmische, wartet nur, bis ich auch Profi bin!« sagte Rachel. »Aber deinen Eltern bist du auch etwas schuldig, Elaine.«

»Allerdings«, stimmte Steve bei, »du würdest doch wollen, daß Muffin dich besucht, wenn du operiert würdest, nicht wahr, Lainey?«

»Ach, ich weiß ja. Ich fahre«, sagte Elaine, nicht nur Muffins liebende Mutter, sondern auch Avery Busbys pflichtbewußte Tochter. »Aber ich werde sie trotzdem vermissen.« Sie reichte Muffin ein Karottenstäbchen, an dem sie hingebungsvoll kaute, unbeeindruckt von dem Gefühlskonflikt, den sie in den Erwachsenen auslöste.

»Ich bin überrascht, daß du sie nicht mitnimmst«, sagte Rachel.

»Ach, sie macht Paps nervös«, erklärte Elaine bedrückt. »Und Muffin entwickelt sich so gut in der *Montessori*-Gruppe, ich möchte nicht gern, daß sie die versäumt. Und Steve kann sie abholen.«

»Sehr richtig«, sagte Steve.

»Bist du ganz sicher, daß ich sie nicht abholen soll?« fragte Rachel. »Ich hänge hier bloß rum und warte, daß meine Fruchtblase platzt, und das dauert noch Wochen.«

»Nein, nein, ich kann das schon machen. Die Spielgruppe ist nur ein paar Blocks vom Büro.«

»Na, ruf mich an, wenn du was brauchst, ja? Wie trägt es dein Vater, Elaine?«

Elaine zuckte die Achseln. »Er ist wütend. Sagt, er war die ganzen Arbeitsjahre über gesund, also wieso bricht seine Konstitution jetzt zusammen, wo er sich zurückziehen will? Aber bei ihm ist es, glaube ich, eine gesunde Reaktion, wütend zu werden.«

»Das ist wahr«, bestätigte Steve. »Ich würde mir nur Sorgen machen, wenn er es demütig hinnähme.«

Elaine schenkte ihm ein Lächeln. »Jedenfalls wird er nicht lange außer Gefecht sein. Mutter sagt, er plant für nächsten Monat wieder eine Großwildjagd in Afrika. Kann sich nicht entscheiden, ob er Rhinos oder Zebras jagen will.«

Vor Steves Augen erschien plötzlich ein Bild: Elaines braungebrannter, kahlwerdender Vater wurde auf seinem Krankenhausbett, im weißen Hemd mit Tropenhelm, von einer gemischten Truppe aus eingeborenen Trägern und Krankenschwestern in Weiß durch die afrikanische Savanne gerollt, und seine Großwildbüchse erlegte dröhnend im besten Hemingway-Stil ganze Herden angriffslustiger Rhinozerosse. Keine bloße Operation würde Avery Busby aufhalten. Ein ebenso freier Geist wie Susan.

Rachel schien der gleichen Meinung zu sein. Sie sagte: »Mensch, dein Vater ist schon ein beachtlicher Typ. Also ich hole jetzt besser meinen Auflauf aus dem Ofen, ehe alles zusammenbackt. Dein Flugzeug geht Donnerstag mittag, richtig?«

»Ja. Ich bringe Muffin zu Mitzi, dann fahre ich zum Flughafen. Paps müßte aus der Narkose aufwachen, wenn ich in Palm Beach ankomme.«

»Es ist also keine komplizierte Operation?«

»Bloß ein typisch männliches Leiden. Aber es gefällt ihm nicht.«

»Er glaubt eben nicht, daß er ein typischer Mann ist«, sagte Steve. »Es wird ihm aber sehr gefallen, daß du kommst.«

»Ja, ich weiß. Aber er wird rumgrummeln und Mutter und mich mit Haufen von sinnlosen Aufträgen durch die Gegend jagen und nicht zugeben, daß er Schmerzen hat.« Elaine seufzte resigniert.

Avery Busby mochte die Männer rauh und die Frauen kultiviert, und er hatte dafür gesorgt, daß seine Tochter ihre Sommer in einem feinen Schweizer Pensionat und ihre Collegejahre in Mount Holyoke verbrachte. Steve wußte das Resultat zu schätzen. Elaine und ihren eindrucksvollen Vater davon zu überzeugen, daß er unter ihren Verehrern die beste Wahl wäre, gehörte zu den größten Siegen in Steves Leben. Monate, sogar jahrelang, war er auf Wolken gegangen. Jetzt fühlte er einen Anflug von Melancholie; wurden alle Freuden im Leben auf die Dauer schal? Damals war er glücklich gewesen. Er hatte geglaubt, es würde so bleiben. In gewisser Weise war es auch so geblieben; er fühlte tiefe Liebe zu Elaine, liebte seine bezaubernde Tochter, schätzte das gute Leben, das sie hier hatten. Aber irgendwie war die Freude im Laufe der Zeit verlorengegangen, abgenutzt von kleinen alltäglichen Widrigkeiten, und von großen. Katalog des schwindenden Glücksgefühls: Eine bedrückende Nacht im Krankenhaus, das professionelle Mitgefühl des Arztes: »Es tut mir leid, Steve, wir konnten das Baby nicht retten. Ihre Frau braucht jetzt ihre Hilfe.« Im Büro: »Sie werden das sicher einsehen, Steve, aber Bill ist in einer besseren Position, um den Auftrag in Japan zu übernehmen. Keine Familie, die ihm Sorgen macht. Wir finden alle, daß es im Augenblick besser wäre, ihn zu schicken.« Im Sprechzimmer seines eigenen Arztes: »Sie sind prächtig in Form, Steve, aber den Blutdruck sollten wir im Auge behalten. Wir Typen in den besten Jahren können nicht mehr ganz so sorglos sein wie Teenager, wissen Sie.« Auf dem Schießstand die wiederholten, gutgemeinten Konfidenzen seines Schwiegervaters: »Ich habe Elaine immer gesagt, daß sie und ihre Familie ihren Weg allein gehen müssen. Ratschläge, jederzeit. Empfehlungen, jederzeit. Aber keine Almosen. So bin ich aufgewachsen. Es macht einen Mann gewitzter, hungriger, bereit für ein wenig Abenteuer.« Und Steve, dem das japanische Abenteuer gerade erst durch die Lappen gegangen war, weil er die Tochter dieses Mannes geheiratet hatte, konnte nur verständnisvoll nicken und verbissen auf eine Zielscheibe aus Pappe feuern. Und doch —

Und doch kannte er den Wert dessen, was er hatte. Dankbar sein für: Sicherheit, Status, Gesundheit, Liebe, beginnenden Wohlstand.

Rachel ging zur Küchentür hinaus und murmelte etwas über Essen. Er winkte zum Abschied und fragte sich, ob Liebe und Wohlstand in Südamerika überleben würden.

Sarahs winkende Faust traf gegen den Löffel in Nicks Hand, und ein Klecks Haferbrei klatschte an die Kühlschranktür.

»Du hirnloser Wanst!« beschwerte sich Nick.

Fasziniert starrte sie in sein Gesicht und hauchte ehrfurchtsvoll: »Ah-jah!«

Sein Ärger verwandelte sich in närrische Verzückung. Nick, der Blöde. Er schaute in ihre entzückenden braunen Augen und murmelte: »Du magst Shakespeare, was? Wie wär's mit 'Hohlköpfiger Narr'?«

»Ah-jah!«

»'Obszöner, fetter Schmalzklops!'«

Sarah gluckste und klatschte auf das Brettchen an ihrem hohen Stuhl.

»Schluß jetzt, genug des müßigen Geplänkels.« Es gelang Nick, ihr den letzten Löffelvoll größtenteils in den Mund zu schieben, dann wischte er ihr das Kinn ab, ließ das unsägliche Lätzchen auf den Berg säuerlicher Wäsche in der Ecke fallen, rief den Hund, damit er die Kleckse vom Boden ableckte, und holte ihre Badewanne heraus.

Sie war gerade eingeschlafen, und Nick wischte den Kühlschrank ab, als Maggie von der Arbeit zurückkam. »Hallo, Liebling«, sagte sie. »Wie läuft's?«

»Das Übliche. Gepflegte Umgebung, spritzige Unterhaltung, blütenweißes Linnen.«

»Du hast recht. Waschzeit.« Sie ließ ihre Aktentasche und den Mantel in der Anrichte und packte den Armvoll schmutziger Lätzchen und Decken. »Irgendwas über Ramona?«

»Nein. Ich habe Derek angerufen und ihm Bescheid gesagt. Er wollte ins Krankenhaus gehen und mich zurückrufen, wenn er etwas erfährt. Aber er hat nicht angerufen.«

»Ich mache mir Sorgen, Nick.«

»Ich auch, Liebes.«

»Und ich krieg' es nicht klar.« Sie stopfte Sachen in die Maschine.

»Was?«

»Warum ist sie in das Gebäude gegangen? Warum wurde auf sie geschossen? Warum da?«

»Carlotta sagte, Ramona schien zu glauben, daß da drin jemand verletzt war.«

»Na gut. Also hat ihr weiches Herz über ihren Grips gesiegt. Aber jemand hat sie doch gepackt, nicht? Sie angefaßt? Carlotta hat das gesehen?«

»Ja.«

»Hat sie gepackt, mit der Pistole bedroht, die Handtasche erwischt. Gut. Soweit ist mir das klar. Aber dann?«

»Schoß auf sie und rannte weg.«

»Schoß sie wohin?«

Nick nickte. »Du hast recht. Der Typ ist nahe genug, sie zu packen. Dann hielt er die Pistole doch vermutlich an ihren Kopf. Vielleicht ans Herz.«

»Das könnte gar nicht daneben gehen.«

»Bist du sicher, daß die Wunde an der Taille die einzige war?«

»Ja. Ich habe dauernd nach weiteren Wunden gesucht, weil

es zwei Schüsse waren. Aber das war alles. Einschuß- und Austrittswunde.«

»Hätten das nicht zwei verschiedene Schüsse sein können?«

Unglücklich zuckte sie die Achseln. »Warum dann beide in ihre Taille? Warum eine Pulverspur vorne auf dem hellen Pelz und hinten keine? Es war aus nächster Nähe, Nick.«

»Vielleicht hat sie sich gewehrt.«

»Man wehrt sich nicht, wenn der andere eine Pistole hat!«

»Ramona ist aufbrausend.«

»Okay. Dann gibt's noch ein Problem. Wieso diese Straße? Viele andere Stellen sind weniger belebt.«

Er spülte seinen Wischlappen aus und warf ihn ihr zu, damit er noch in die Maschine kam. »Vielleicht wollte er nicht zu lange warten, bis zufällig ein Opfer vorbeikam. Und bei den Baugerüsten auf beiden Straßen hat er vielleicht gedacht, da böte sich eine günstige Fluchtmöglichkeit. Schließlich hat jemand diese Haspe abgestemmt und das Sperrholz niedergerissen, und ich bezweifle sehr, daß es der legitime Eigentümer des Gebäudes war.«

»Kann sein.«

»Aber da ist noch was«, gab Nick zögernd zu.

»Was?«

»Na, du erinnerst dich doch an die Laune, die sie hatte. Und wie wir sie da rausgekitzelt haben? Sie hatte uns alle in Rage gebracht.«

Maggie überlegte. »Aber selbst angenommen, es war wer von euch, dann erklärt das noch immer nicht die Probleme, über die wir gesprochen haben.«

»Ich weiß. Und außerdem wünscht jeder und jede einzelne von uns, daß Ramona mit diesem Stück rauschenden Erfolg hat, ganz gleich, wie eklig sie auch sein mag. Wir gehören dazu. Ohne sie läuft gar nichts.«

»Ja. Und von euch ist auch niemand ein schwarzer Jugendlicher.«

»Tja —«

»Was?«

»Da ist Callie. Daphnes Nichte. Sie war zu Besuch da, für den Tag aus der Schule nach Hause geschickt. Sie hat sehr höflich zugeschaut, aber Ramona ist auch auf sie losgegangen.«

»Ein Kind?«

»Dies spezielle Kind hat eine Zunge, die genauso scharf ist wie Ramonas. Aber sie hielt den Mund, als Daphne das befahl.«

»Daphne hatte sie unter Kontrolle?«

»Mir kam es so vor.«

»Tja — zum Teufel, es ist einfach so, daß nichts richtig zusammenpaßt. Ich überlasse das Grübeln wohl besser der Polizei.« Maggie tat Waschpulver in die Maschine und stellte sie an. »Schläft Sarah?«

»Wie ein satter Säugling.« Nick folgte ihr nach oben ins Schlafgeschoß. Sarahs Kinderzimmer und die Küche waren die einzigen zwei fertigen Zimmer im Haus. Wenn Ramona sich erholte und er die versprochene Gage bekam, könnten sie vielleicht dies Jahr noch zwei streichen. Verdammt, das war nicht der richtige Beruf für Haus und Familie. Fünfundneunzig Prozent Arbeitslosigkeit, und das war unter Schauspielern gut genug, um in die Gewerkschaft einzutreten. Er hatte bisher Glück gehabt, zwei Jobs im Jahr, zwischendurch Bedienung oder Hausmeister. Dies riskante Auf und Ab des Lebens hatte ihm Freiheit und Freude bedeute, als er es noch mit einer abenteuerlustigen Kameradin wie Maggie teilte. Aber die Berufswahl schien ihm unbedacht und unverantwortlich, wenn er jetzt in das Kinderbettchen schaute, in dem Sarah lag, winzig und hilflos.

Maggie zog lächelnd die Baumwolldecke über ihr zurecht, dann begegnete sie Nicks Augen und wurde wieder ernst. »Du machst dir Sorgen wegen Ramona«, sagte sie.

»Allerdings. Nicht nur, weil wir befreundet sind. Verdammt nochmal, Maggie, in den meisten Berufen verlierst du deinen Job nicht, wenn der Boß einen Unfall hat!«

»Wir sind zwei, Nick.« Ihre blauen Augen blickten besorgt. Er warf einen Arm um ihre Schulter.

»Teufel, Maggie, vielleicht kommt alles in Ordnung. Aber irgendwie zählt die Zukunft jetzt, wo Sarah da ist. Ich bin nicht ganz so sorglos und frei wie ich dachte.«

Er erwartete so halb, daß sie argumentieren würde, sie könnte für alle drei sorgen, seine eigene Karriere sei überraschend verläßlich, ihre gemeinsamen Erfolge bis jetzt beruhten keineswegs nur auf purem Glück — alles sehr wahr. Aber statt dessen bohrte sie ihre Nase in seinen Hals und murmelte: »Ich auch nicht, Nick. Ich auch nicht«, und irgendwie war er mehr getröstet, als hätte sie alle diese anderen wahren Dinge gesagt.

III
Mittwoch

7. März 1973

Als Nick an dem nieseligen Mittwoch schließlich im Speicher ankam, stieg Derek gerade auf das Podest, um die Anwesenden zur Ordnung zu rufen. Nick fiel die Veränderung an dem sanften kleinen Engländer auf. Die blassen, zwinkernden Augen waren heute fiebrig und besorgt, der heitere Optimismus hatte sich zu angstvoller Nervosität gewandelt. Die gedrückten Schauspieler waren augenblicklich still. Die meisten hatten bis zu ihrer Ankunft vor ein paar Minuten noch nicht gehört, was geschehen war.

»Wir haben ein Problem, Leute«, verkündete Derek. »Um es kurz zu sagen, Ramona ist gestern abend bei einem Raubüberfall schwer verletzt worden. Sie liegt im Krankenhaus, und ihr Zustand ist sehr ernst. Immer noch bewußtlos.«

Edith strich sich über die blonde Perücke, die sie als deutsches Kindermädchen der kleinen Victoria trug. »Wurde sie zusammengeschlagen? Ein Messer? Was?«

»Die Typen im Krankenhaus waren nicht sehr gesprächig, aber soweit ich verstanden habe, sind innere Blutungen das Problem. Eine Kugel hat ihre Leber gestreift. Man hat mir versichert, daß sie an alle in Frage kommenden Maschinen angeschlossen ist. Ich kann keinen Bericht aus erster Hand liefern, weil nur Verwandte sie besuchen dürfen.«

»Mein Gott!« sagte Edith mit einem empörten Wallen ihres umfangreichen Busens. »Dieses Ekel von Simon? Der wird sie nicht besuchen. Sie wird allein sein!« Allein. Die Worte riefen in Nicks Gedanken ein Echo hervor: in der Menge, doch allein, auf immer allein.

Derek zuckte die Achseln. »So sind die Regeln. Und im Augenblick ist sie bewußtlos.«

Daphne fragte ängstlich: »Ist ihr Leben in Gefahr?«

Derek leckte sich die Lippen. »Sie haben keinerlei Vorhersagen gemacht. Nur wiederholt, daß es ernst sei. Nach meiner Überzeugung wird sie durchkommen, wenn auch nur die geringste Chance besteht. Sie ist eine Kämpfernatur.«

»Das stimmt«, sagte Edith ein wenig getröstet.

»Wie ist es passiert?« Larry, der schweigend seine Schuhe inspiziert hatte, blickte auf.

»Sie war auf dem Weg zu einem Restaurant, und — aber nein, Nick, erzähl du das. Du warst dabei.«

»Du warst dabei?« rief Jaymie aus.

»Nicht ganz. Einen halben Block entfernt«, sagte Nick. Lahmarsch O'Connor, stumpf und unbeherzt. Der starke Mann, der nicht zur Stelle war. »Wir — Maggie und ich — sind fast den ganzen Weg zur U-Bahn mit ihr gegangen, aber sie ist abgebogen, ehe wir zur Canal kamen. Sie war mit jemandem im L'Étoile verabredet. Wir gingen ein paar Schritte weiter, hörten dann die Schüsse und rannten zurück. Wir fanden sie in dem entkernten Haus, schon ohne Bewußtsein. Maggie leistete erste Hilfe, so gut sie konnte, und ich rief den Krankenwagen.«

Larrys harter Blick brannte sich quer durch den Raum in sein Gesicht. »Warum zum Teufel bist du nicht bei ihr geblieben?«

»Muß wohl gestern vergessen haben, Madame Astra zu befragen«, gab Nick bissig zurück. Larrys Worte nagten an ihm. Es war nicht das erste Mal, daß er daneben gestanden hatte, unfähig, die Tragödie zu verhindern. Der vorige Abend hatte die alten Alpträume wiedererweckt, von seiner ersten Frau, schlaff und kalt in der Garderobe, von einem Teenager, der an der Berliner Mauer von Maschinengewehren durchlöchert wurde.

»He, er hat getan, was er konnte«, sagte Edith. Klein, vollbusig, vierschrötig, sah sie sich selbst als Friedensstifterin. »Keiner von uns anderen hätte sich auch nur in ihre Nähe gewagt bei der Laune, die sie gestern hatte.«

»Sagtest du, es war ein Raubüberfall?« Daphnes Finger fuhren durch ihren Afro und bauschten ihn zu einer großen Wolke auf, weg von ihrem schlanken Hals.

Nick sagte: »Eine Zeugin hat uns erzählt, daß sie in das Gebäude hineingezerrt wurde. Ich habe gesehen, daß die Sachen aus ihrer Handtasche ausgekippt worden waren, aber keine Spur ihrer Brieftasche.«

»Lieber Himmel, warum nicht einfach die Tasche wegreißen? Warum sie erschießen?« fragte Daphne.

»Ja, das hat uns auch gewundert. Wir dachten, daß sie sich vielleicht gewehrt hätte.«

»Gegen eine Pistole hätte sie keinen Widerstand geleistet!« wandte Edith ein. »Erst letzte Woche haben wir darüber gesprochen. Weißt du noch, Jaymie? Als wir alle zusammen weggingen? Sie hatte sich eine kleine Pistole angeschafft und riet uns, wir sollten uns auch eine besorgen. Sie sagte, sie würde es jetzt mit jedem aufnehmen. Und ich sagte, was ist, wenn der Räuber seine Pistole schon gezogen hat? Und sie sagte, dann würde sie natürlich vernünftig sein. Sie tat also nicht so, als wäre sie die schnellste Schützin im ganzen Westen.«

»Hatte sie die Pistole in ihrer Handtasche?« fragte Nick.

»Da war sie drin, als sie sie uns zeigte. Warum?«

»Na, es war keine Pistole bei dem Zeug, das er ausgekippt hat.«

»Du meinst, die hat er auch mitgenommen?«

»Ich glaube, du solltest der Polizei mitteilen, daß sie dabei gewesen sein könnte. Wenn sie irgendwo registriert ist, könnte das schließlich dazu beitragen, dem Typ auf die Spur zu kommen.« Die bittere Konsequenz: wenn sie bei einem weiteren Opfer verwendet wird, ließ er weg.

»Du hast eine Zeugin erwähnt«, sagte Larry.

»Ja, hat es jemand gesehen?« fragte Jaymie. Sie klopfte ihre Zigarettenasche über dem verbeulten braunen Papierkorb am Klavier ab.

»Eine Frau, die ein Stückchen hinter ihr ging. Sie sagt, sie sah Ramona stehenbleiben, dann näher an das entkernte Haus treten. Da ist eine provisorische Sperrholzwand, in der ein Brett fehlt. Sie sagte, ein schwarzer Jugendlicher zerrte Ramona in die Schatten. Die Frau geriet in Panik und rannte weg, noch ehe die Schüsse abgegeben wurden.«

»Also kann sie ihn vielleicht identifizieren!« rief Edith aus.

»Sie behauptet, sie hätte nicht viel gesehen. Aber vielleicht bei einer Gegenüberstellung ...« Nick zuckte die Achseln.

»Was passierte dann?« fragte Daphne.

»Maggie und ich kamen angetrottet, und bald kamen die Polizei und der Krankenwagen und übernahmen alles weitere. Wir berichteten der Polizei, was wir wußten, und sie schickten uns nach Hause. Ich rief Derek an, und er erfuhr den Rest.«

»Gott, hättet ihr nicht noch diesen einen Block weiter mit ihr gehen können?« wollte Larry wissen.

Derek schnitt Nicks wütende Antwort ab. »Immer mit der Ruhe, Kumpel, Hätte-Spiele sind jetzt ganz sinnlos.«

»Richtig«, stimmte Daphne hastig zu. Sie streckte sich und sagte dann: »Tja, Derek, was machen wir jetzt?«

»Heute morgen habe ich Ken Martin erreicht. Ramonas Partner in der Produktionsgesellschaft. Er ist Anwalt und sagte, er würde den Vertrag daraufhin überprüfen. Seine erste Reaktion war, euch alle sofort zu entlassen, und ...«

Seine Worte gingen in lärmendem Protest unter. Derek nickte und hob, um Ruhe bittend, die Handflächen. »Ich weiß, ich weiß. Ich habe vorgeschlagen, daß wir noch ein paar Tage weitermachen, bis wir genauer wissen, wie lange ihre Genesung dauert. Er hat gesagt, wir könnten bis zum Wochenende weitermachen, dann würde er uns Bescheid sagen.«

»Aber der kann uns doch nicht feuern!« schrie Jaymie. »Ramona hat ihrem Mann gesagt, es gäbe keinen Rückzieher! Oder — meinst du, die Gültigkeit des Vertrages ist an die Bedingung geknüpft, daß sie auftreten kann? Ich meine, sie kommt doch wieder!«

»Martin geht die legalen Feinheiten durch. Und natürlich

hat er eingesehen, daß es blöd wäre, die ganze Besetzung aufzulösen, wenn sie bald wieder auf dem Posten ist, selbst wenn er dazu befugt wäre. Und ihr wißt auch, daß Ramona ihm dasselbe sagen wird, sobald sie aufwacht.«

»Trotzdem«, sagte Edith, »es wird schwierig werden, ohne sie zu arbeiten. Sie tritt in den meisten Szenen auf.«

»Wir haben ja Jaymie«, sagte Daphne. Jaymie warf ihr ein zittriges Lächeln zu.

»Ramona wird nie damit einverstanden sein, cs auf Jaymies Art zu spielen«, sagte Larry.

»Na ja, wenigstcns können wir die Grundstruktur ausarbeiten.« Daphne bestand darauf. »Die Chorszenen proben. Und wenn ihr drüber nachdenkt, meistens hat sie keine Einwände gegen die Vorschläge. Sie ändert nur manchmal die Details.«

»Allerdings. Details wie ein ganzes Solo rausnehmen«, nörgelte Larry.

Nick sagte: »Ich denke, wir sollten ihre gestrigen Äußerungen nicht zu ernst nehmen.«

»Dir hat man ja auch keine Nummer rausgeschnitten!«

»Sieh mal, Larry, sie hatte andere Probleme. Sie hat zu mir gesagt, sie hätte es an uns ausgelassen, und sie würde versuchen, sich zu bessern.«

Edith schüttelte zweifelnd den Kopf. »Nach allem, was sie gestern gesagt hat? Ich weiß nicht recht.«

»Sie hat das ernst gemeint«, sagte Jaymie. Selbst Derek sah skeptisch drein.

Nick hatte das Gefühl, er müßte sie verteidigen. »Ihr wißt alle, daß sie normalerweise nicht so schwierig ist wie gestern. Sie hat im Augenblick persönliche Probleme. Steht sehr unter Streß. Sie ist eigensinnig, und hier kann sie ihren Willen durchsetzen. Das ist auch richtig so! Wir haben alle schon in Starproduktionen gearbeitet, und so läuft das eben. Aber Ramona ist bisher recht anständig gewesen. Normalerweise verletzt sie Leute nicht. Ich glaube, sie wird Vernunft annehmen. Gestern hat sie sich sogar entschuldigt.«

»Ob wir das nun alles glauben oder nicht, Nick, unser augenblickliches Problem ist damit nicht gelöst.«

»Jedenfalls können wir doch nicht einfach aufhören!« sagte Jaymie. »Wahrscheinlich geht es ihr bald besser. Die Ärzte reißen sich für Berühmtheiten doch die Beine aus. Nicht wie bei normalsterblich ...« Sie biß sich auf die Lippe und senkte den Kopf.

Daphne lehnte sich hinüber, um ihre Hand zu tätscheln und sagte: »Was meinst du, Derek?«

»Ich meine, wir sollten es versuchen. Verlaßt euch drauf, Leute, sowie ich irgendwelche klaren Antworten habe, sage ich euch Bescheid. Aber im Augenblick scheint es am besten zu sein, davon auszugehen, daß sie in zwei Wochen zurück ist, und ohne sie zu proben, so gut es geht. Auf lange Sicht verlieren wir so am wenigsten Zeit.«

Larry zuckte die Achseln. »Na gut, fangen wir an.«

Alle nickten, bereit, diesen am wenigsten unbefriedigenden Plan auszuführen. Derek pflanzte sich auf die Klavierbank, verkündete Akt zwei, und Daphne erklärte: »Aufzug von der linken Bühnenseite, alle außer den Disraelis und Gladstones. Und natürlich Victoria.« Sie führte die Schritte schnell vor, ihr biegsamer schwarzer Körper flitzte mit unverschämter Leichtigkeit durch die komischen Music-Hall Nummern. Im Grunde handelte es sich um eine Wiederholung der Eröffnungsszene, die 'Vierundsechzig Jahre' hieß, nach der Dauer von Königin Victorias Regime. Die Verse waren andere, aber in der Choreographie spiegelte sich die Anfangsszene.

»Und bei 'regiere ein Imperium allein — ganz allein' zieht ihr euch alle zurück und bildet ein V. Lichter auf Victorias Thron im Scheitelpunkt. Okay, Jaymie?«

»Okay.«

»Und wenn der Vorsitzende sagt 'Zwei!' springen Nick und Larry heraus, einer durch jede Seite des V. Ihr landet in der Bühnenmitte, etwa fünf Schritt auseinander. Nehmt eine Pose ein, spiegelbildlich.«

»Zylinderschwenkend«, schlug Larry vor.

»Ja, etwas in der Art. Um die Details kümmern wir uns später. Und wir fangen sofort an mit 'Dizzy und der große alte Mann'.«

Proben war harte Arbeit. Zwanzig Schauspieler/Tänzer, die Jahre der Entbehrungen und des Trainings hinter sich hatten und weitere Jahre der Entbehrungen und des Trainings vor sich, folgten den komplizierten Instruktionen mit äußerster Konzentration. Selbst bei diesem ersten Mal gab es nur wenige richtig falsche Schritte, aber es würde noch stundenlange Proben kosten, bis alle Knie auf genau der gleichen Höhe waren, Finger und Spazierstöcke im korrekten Winkel, die Übergänge zeitlich abgestimmt. Im Hintergrund staunte Nick, der genauso verrückt war, wieder einmal über die närrische Leidenschaft, die ansonsten normale Erwachsene dazu trieb, Opfer zu bringen und zu schwitzen, zu betteln und zu lügen, bloß um die Chance zu bekommen — ja, was? Nicht, Geld zu verdienen; sie alle wären mit Taxifahren besser dran. Nicht, berühmt zu werden; Ramona hatte als einzige eine Rolle, die vielleicht Ruhm einbringen würde, und sie war schon berühmt. Er und Larry hatten die Chance, bemerkt zu werden, besonders Larry, wenn er sein Solo behalten durfte. Aber die anderen waren im Grunde Chormitglieder, ihre kurzen Auftritte im Rampenlicht viel zu flüchtig, um dauernde Aufmerksamkeit zu erringen. Er beobachtete Jaymie: schlank, ernst, das dunkle lockige Haar zu einem Pferdeschwanz zusammengefaßt, hüpfte sie durch die Tanzschritte des Chors, eilte dann an Ramonas Platz auf Victorias Thron und verwandelte sich in eine würdige Königin. Einmal, während einer Fünfminutenpause, zog er sie auf: »Findest du nicht, daß du für den Hungerlohn zu hart arbeitest?«

»Oh, es geht mir nicht ums Geld«, sagte sie ernsthaft zwischen großen Schlucken Sprite. »Das weißt du, Nick. Teufel, meine Mutter hat mir das Versprechen abgenommen, nie ans Geld zu denken. Sie hat dran gedacht, und es immer bereut.

Hat Papa geheiratet, und er wollte, daß sie aufhört. Und dann ist er mit einer Jüngeren abgehauen, und inzwischen war Mutter über dreißig — jedenfalls hat sie bestimmt recht. Schau Ramona an. Wie alt die ist, und die Leute lieben sie immer noch!«

»Ihr Mann nicht, Kleines«, bemerkte Daphne heiter.

»Schon, aber das meine ich ja nicht. Mutter sagt, es ist die Energie. Du investierst sie, und du kriegst sie von Publikum zurück. Sie sagt, kein Geld kann das kaufen.«

Richtig. Sie würden alle in elender Anonymität schuften wie die Galeerensklaven, schlecht bezahlt, kurz gewürdigt von einem Publikum, das sie alsbald vergessen und mit Ramonas Namen auf den Lippen aus dem Theater kommen würde. Und wenn die Spielzeit vorüber war, selbst wenn sie lange gedauert hatte, bliebe nichts übrig als eine Zeile mehr in ihrem Lebenslauf, die dazu dienen sollte, den nächsten Job mit ähnlich lachhaften Arbeitsbedingungen zu bekommen. Wenn es einen nächsten Job überhaupt gab.

Und doch schätzten sie sich glücklich. Diese Augenblicke des Einvernehmens mit dem Publikum, das Gefühl, ein Instrument zu sein, das den göttlichen Funken in der gewöhnlichen Menschheit zum Vorschein brachte — selbst der Chor hatte solche Momente. Jaymies Mutter hatte recht; mit Geld konnte man das nicht kaufen. Und wie Ramona zugegeben hatte, war das sogar der Grund, warum man sich Erfolg wünschte. Selbst der Ruhm war nur ein Mittel zu dem Zweck.

Aber genügte das? Nick fragte sich. Opferte er Sarahs Zukunft dem launischen Gott des Showgeschäfts?

»Regierte ein Imperium allein — ganz allein«, sang der Chor.

»Nicht ganz allein«, verbesserte Cab als Vorsitzender. »Der Premierminister unterstützte Königin Victoria. Und nicht nur einer. Zwei!«

Nick sprang durch die Mauer der Tanzgruppe und landete gleichzeitig mit Larry in der Mitte, die Hüte in den erhobenen

Händen zum Bühnenhintergrund, die Zwillingslächeln auf das nichtvorhandene Publikum gerichtet.

»Gut«, sagte Daphne und zeigte ihnen die Schritte für ihr Duett, einen fast varietéreifen Steptanz, zu dem eine Menge übermütiges Gehopse und Drehungen mit verschränkten Ellbogen gehörten. »Okay, versuchen wir's. Einmal schnell durch.«

Nick und Larry schwenkten ihre Hüte, legten zu den ausgelassenen Tönen des Klaviers ein paar einleitende Tanzschritte aufs Parkett und fingen an.

»Oh, Gladstone und Disraeli, Victorias tolles Paar! Ruhm genug für Dizzy, für Gladstone auch, fürwahr!«

Der Vorsitzende winkte von seinem Podium an der Seite mit der Hand und stellte vor: »Mr. Gladstone, der große alte Mann!« Nick trat vor. Selbst in seinem verschwitzten Trainingsanzug strahlte er die Energie und den missionarischen Eifer des berühmten Redners aus. »Ich bin William Ewart Gladstone«, sang er. »Mein Talent ist gottgesandt. Ich fördere Gottes Ziele in unserem Parlament! Gefallenen Frauen helf ich, den Iren und dem Volke! Mein Herz gehört der Masse!«

»Sein Kopf schwebt auf der Wolke!« höhnte Larry und schob Nick mit dem Ellbogen beiseite, um die Bühnenmitte für sich zu beanspruchen. Von ihm ging die Aura überlegener Schläue aus. Er war das perfekte Gegenbild zu Nicks pompösem Eifer, als er sang: »Ich bin Benjamin Disraeli, konservativ mit Twist, man nennt mich geistreich, Jude, Brite, der große Imperialist! Ich picke nach dem Nutzen in Gladstones trübem Mist. Ich arbeite für Königin und Reich!«

»Für Dizzys Eigennutz und List!« Nick, ebenfalls verächtlich, schob jetzt ihn beiseite und fing mit dem argumentierenden Refrain an: »Erweitert das Wahlrecht!«

»Das Empire!«

»Gottes Wille!«

»Und strahlender Ruhm!«

»Streit gibt's genug für Dizzy und den großen alten Mann!«

sangen sie im Chor, und zückten spontan ihre Spazierstöcke zu einem gespielten Schwertkampf, während sie herumhüpften. Die anderen Schauspieler kicherten.

»Beide glücklich verheiratet!« verkündete der Vorsitzende, worauf Edith und die Schauspielerin, die Frau Disraeli spielte, aus dem Chor zu ihnen kamen.

Nick und Edith hielten sich zärtlich, aber auf absolut schickliche Art bei den Händen. »Ein biederlumpig Männlein und ein übermüpfig Weib, wir wursteln uns durchs Leben, ein guter Zeitvertreib!« Sie tanzten ordentlich im Twostep um die Bühne; aber Disraeli und seine Frau warfen die Beine hoch. Die rivalisierenden Premierminister stritten sich noch durch drei weitere Strophen. Dann, als Jaymie mit königlicher Würde aus dem klapprigen Stuhl aufstand, der als Thron diente, fing Nick mit dem abschließenden Chorgesang an. »Die Landreform!«

»Und Indien!«

»Der Friede!«

»Krieg!«

»Das Jubiläum!« rief Jaymie dazwischen. Erstaunt sahen die Premierminister sie an. Mit zunehmendem Selbstvertrauen fuhr sie fort: »Und Majestät! Und Dynastie! Viel gibt's zu tun für Dizzy, den alten Mann — und mich!«

Die drei hakten sich unter und tanzten zu den abschließenden Klängen um die Bühne.

»Super!« begeisterte sich Derek. »Komischer, als ich dachte! Von dem Schwertkampf mit den Spazierstöcken war ich ganz angetan, du nicht auch, Daphne?«

»Ich fand ihn wunderbar. Den werden wir beibehalten. Larry, mir gefällt das Vogelscheuchenhafte, das du Disraeli gibst. Aber trage es bei deinen Tanznummern mit Nick nicht ganz so dick auf, damit es noch wie derselbe Tanz wirkt.«

»Okay. Nick ist ja nicht gerade eine Vogelscheuche.«

»Ja, das sagt mir jeder. Haariges Mammut. Prinz von Wal«, grummelte Nick.

»Es wird witzig. Gut gemacht, Jaymie«, sagte Daphne, und Jaymie strahlte. Dann fügte sie ganz beiläufig hinzu: »Gut, Derek, was kommt als nächstes?«

Ein kleines gespanntes Beben ging durch den Raum. Alle wußten, was als nächstes drankommen sollte. Aber Derek sagte so beiläufig wie Daphne: »'An der Spitze angekommen'. Disraelis Solo.«

»Ach, hör bloß auf damit«, sagte Larry wild. »Was hat es für einen Sinn, das zu proben?«

»Wir werden es retten«, sagte Derek. »Es ist wichtig für die Show.«

»Ramona will, daß die Show perfekt wird«, sagte Nick. »Sie wird Vernunft annehmen.«

»Ach ja«, sagte Larry schneidend. »Ganz der Experte für ihren Gemütszustand, nicht wahr? Besonders, wenn sie im Koma liegt.«

»Ja, in meiner Freizeit trainiere ich Telepathie.« Nick und Larry fixierten sich wütend.

»Komm schon, Larry!« rief Derek energisch dazwischen. Gehorsam fingen Larry und Daphne an, die Nummer auszuarbeiten, eine philosophische Betrachtung der Freuden und Leiden bei der Führung eines großen Weltreiches, gepfeffert mit Disraelis geistreichen Bemerkungen. Aber Larrys Darstellung hatte an Schwung verloren, und die Sorge um Ramona bedrückte alle.

* * *

»Und was war deine Lieblingsrolle?« fragte Edith.

»Hamlet natürlich«, sagte Larry.

»Ach, mein Gott, das Superding! Wo hast du ihn gespielt?« Sie saßen an einem mit Brandlöchern übersäten Tisch in der Nische. Edith langte an Nick vorbei, denn der verbeulte Metallaschenbecher, in dem sie ihre Zigarette ausdrücken wollte, stand auf der anderen Seite des Tisches vor Jaymie. *Mikes Laden* konnte man in den Aschenbechern lesen, ehe sie voller

Kippen waren. Dies war nicht Mikes Laden. Auf dem gemalten Schild am Fenster stand *Guarneris Café*, aber soviel Nick wußte, hätte auch das recycelt sein können, wie die Aschenbecher aus Mikes Laden und die Tüten von Gimbles, in denen sich die zum Mitnehmen verpackten Sandwiches und der Kaffee befanden. Anna Maria, die rundliche Besitzerin, ließ nichts verkommen.

»In der Pampa von Oregon«, erwiderte Larry knapp.

Aber Edith, die bei einem Salat aus Hüttenkäse und Ananas gerade gebeichtet hatte, daß ihre Lieblingsrolle das Fräulein Schneider bei einer Wandertruppenaufführung von *Cabaret* gewesen war, schien entschlossen, die Unterhaltung von ihren gemeinsamen Sorgen fernzuhalten. »Was ist an der Rolle so toll?« wollte sie wissen. »Ich meine, vom Standpunkt des Schauspielers. Nicht von dem eines Professors.«

»Viele Solos«, sagte Larry bitter, dann überlegte er es sich anders und grinste sie kurz an, damit es wie ein Scherz wirkte. In beherrschterem Ton fuhr er fort: »Tatsächlich ist die Vielschichtigkeit das Faszinierende daran. Die Sache in Oregon war ein Sommerfestival. Eine nützliche Erfahrung, weil ich Zeit hatte, an der Rolle und mit dem Regisseur zu arbeiten. Nicht die übliche Repertoiretheater-Situation, wo man vielleicht eine Woche hat, um die Tiefen eines Charakters zu ergründen und sich zu überlegen, wie man ihn über die Bühne bringt. Und Hamlet ist so menschlich — schwach, verängstigt, voll leidenschaftlicher Liebe und leidenschaftlichem Haß.«

»Und leidenschaftlichem Witz«, sagte Nick.

»Das auch. Schwarzer Humor. Und wenn man es bei Licht besieht, gibt es ein stärkeres Motiv als Rache? Ein gemordeter Vater, eine geschändete Mutter — das kompliziert einem Typ das Leben, auch ohne die Hetzkampagne aus der Geisterwelt. Ich fände es jedenfalls gräßlich, die Rolle im Rahmen eines New Yorker Probenplanes versuchen zu müssen. Bei der kurzen Zeit, die man hier hat, ist diese Comicversion von Disraeli das Äußerste, was an Tiefgang zu erreichen ist.«

»Und du, Nick?« fragte Cab.

»Merkwürdigerweise ist noch nie jemandem eingefallen, Hamlet mit mir zu besetzen«, gestand Nick und fuhr sich verlegen mit der Hand über den kahlen Kopf. »Aber ein tapferer Kerl hat mich mal im Sommerrepertoire zum Cyrano gemacht. Ich fand es wunderbar. Es war mal ganz was anderes, als die ewigen Geschäftsleute und bösen Könige oder Clowns, die ich sonst immer kriege. Wildromantisch.«

»Das Mädchen hast du aber nicht gekriegt«, sagte Larry.

»Aber sicher, im Geiste!«

Larry schnaubte verächtlich, aber Edith, die Friedensstifterin, wendete den drohenden Streit ab. »Jaymie! Was war deine Lieblingsrolle?«

Jaymie hatte nachdenklich dagesessen, den anderen still zugehört und an ihrer Sprite genuckelt. Jetzt hob sie die Augen und sagte: »Hedwig. In *Die Wildente*.«

»Hedwig?« Edith runzelte die Stirn.

»Das ist das kleine Mädchen, nicht?« fragte Nick. »Die sich erschießt, um zu beweisen, daß sie ihren Vater liebt?«

»Ja, stimmt. Ich war zwölf, als ich sie gespielt habe. Eine Repertoiregruppe in einem Vorort von Chicago hat mir die Rolle zugeschanzt.«

»Was hat daran Spaß gemacht, Schätzchen?« fragte Edith verwundert.

Jaymie schob die Dose weg und runzelte die Stirn. »Spaß? Eigentlich nichts. Nur die — Offenbarung.«

»Das ist komisch. Du hast doch eine Menge Musicals gemacht, nicht? Ich finde, die machen mehr Spaß. Hat es dir bloß deshalb gefallen, weil es was anderes war?«

»Ja, zum Teil. Ich hatte immer diese Kleinmädchensachen. Singen und tanzen, als ob man seinem Daddy was vorführt, ehe er — Oder, weißt du, einen Stab wirbeln, Steptanzen. Deshalb war Hedwig die erste Rolle, wo ich wirklich schauspielern konnte. Aus mir selbst raus in die Haut von jemand anderem schlüpfen. Davor war ich nur immer die kleine Jaymie, der dressierte Hund, weißt du? Sprang geschickt durch Reifen. Aber in dem Stück habe ich gelernt, daß zum Schauspielen weit mehr gehört als nur das.«

»Ja, das ist ein Augenblick, der einem leicht zu Kopfe steigt«, stimmte Nick zu. »Wenn man merkt, daß man alles sein kann. Man ist nicht auf sein eigenes langweiliges Selbst beschränkt. Plötzlich hat man einen Zugang zur Unendlichkeit.«

»Ja, und danach kam mir der andere Kram auch anders vor«, sagte Jaymie. »Ich spielte Königin Victoria oder Annie Oakley, aber ich tat nicht mehr einfach so als ob. Ich konnte wirklich Annie Oakley sein, obwohl sie diese blöden Songs hat.«

Anna Maria erschien an ihrer Sitzecke. Sie schwankte bedenklich auf Clogs mit Plateausohlen und hatte einen Block in die zu eng geschnürten Bänder ihrer schwarzen Schürze geklemmt. Sparsam beim Personal wie bei den Aschenbechern, führte sie ihre Kneipe mit einer Teilzeitkellnerin und einem Teilzeitkoch als Aushilfen und füllte alle Lücken persönlich aus. Unter dickgetuschten Wimpern hervor blickte sie die Schauspieler an und fragte: »Noch was, Leute?«

»Nein, wir gehen besser wieder rauf«, meinte Edith.

Anna Maria zog einen Bleistift aus den dichtgelockten Haaren und fing an zu rechnen. Larry, plötzlich jovial geworden, sagte: »Anna Maria, Sie haben auch auf der Bühne gestanden!«

Sie grinste geschmeichelt und warf ihm über den Rand des Notizblocks einen Blick zu. »Nur auf der Highschool, das wissen Sie doch!«

Er ließ sie in den Genuß des ganzen blendenden Palmer-Lächelns kommen. »Und was war Ihre liebste Rolle?«

Sie schürzte die Lippen und zog einen Augenblick in angestrengtem Grübeln die Brauen zusammen. »Das muß wohl Hedda Gabler gewesen sein«, sagte sie.

Nick schaffte es, das prustende Gelächter angesichts der Vorstellung der dicken Anna Maria als athletische, tragische

Norwegerin herunterzuschlucken, aber ein ungehöriges Schnauben entschlüpfte Larry. Anna Maria richtete sich empört auf. »Na, ich weiß, daß es ein düsteres Stück ist und alles«, verteidigte sie sich, »aber sie saß in der Falle, nicht? Nach dem Stück habe ich mir gesagt, Anna Maria, du besorgst dir jetzt einen guten Job und bleibst dabei, oder du bist eines Tages irgendeinem Trottel auf Gedeih und Verderb ausgeliefert, genau wie Hedda Gabler. Da gibt's also nichts zu lachen, Freundchen«, schleuderte sie Larry entgegen.

Edith sagte hastig: »Es ist ein wunderbares Stück, Anna Maria. Sie haben ganz recht.«

»Na, die Kneipe gehört mir, oder?« Sie riß die Rechnung vom Block ab und knallte sie auf den Tisch. »Und das ist bestimmt mehr, als ihr Typen je aus dem Theater rausholt!«

»Autsch!« sagte Larry und fixierte sie mit zerknirschten dunklen Augen, aus denen aller Humor verschwunden war. »Anna Maria, Sie sind die grausamste Frau, die je gelebt hat. Und die ehrlichste.«

»Na — verletzen wollte ich Sie nicht.« Sie setzte ein einschmeichelndes, leicht kokettes Lächeln auf, um Larrys Entschuldigung zu würdigen, und balancierte auf ihren Clogs wieder hinter die Theke, wo sie einen anderen Kunden bediente.

Sie dachten noch über die traurige nackte Wahrheit nach, die Anna Maria ihnen serviert hatte, während sie die Rechnung beglichen und dann gebückt durch den Regen zur Speichertreppe nebenan rannten. Oben stöberte Derek ziellos in der Requisitenkiste herum, der Inspizient brütete finster über dem Textbuch, und ein paar Schauspieler waren schon mit vorbereitenden Übungen beschäftigt. Aber sie mußten warten, weil Daphne sich verspätete. Endlich kam sie türenknallend hereingerauscht, schleuderte ihren nassen Regenmantel in eine Ecke und kickte ihre Clogs in ungefähr die gleiche Richtung. »Verdammtes Jugendamt!« fauchte sie. »Man läßt sich einen Termin geben, sagt ihnen, daß man wieder zur Arbeit muß, nützt das was? Die haben mich zwanzig Minuten da sitzen lassen, während sie Kaffee tranken! Und dann wundern sie sich, warum ihre Klienten ihre Arbeitsplätze nicht behalten!«

»Man sollte einfach gehen«, schlug Cab vor.

»Hey, Mann, du bist doch arbeitslos gewesen! Dies ist schlimmer! Das war mein dritter Termin diese Woche. Die beiden anderen Male bin ich abgehauen, aber das wird nicht zu meinen Gunsten gebucht, da kannst du wetten. Außerdem ist die Anhörung Freitag nachmittag.« Sie zog ihr dunkelorangefarbenes Catsuit an. »Und dann platzen sie mit einem Hausbesuch während der Arbeitszeit herein und tun so, als wären sie entsetzt, daß eine Fünfzehnjährige den Babysitter für ihre kleine Schwester spielt. Wollen, daß ich einen Babysitter für den Babysitter besorge. Großer Gott!«

Nick fragte: »Haben die denn ein Recht, sich einzumischen?«

»Keins! Kein Recht, Mann. Macht, die haben sie. Pure Macht.«

Sorgfältig hängte sie ihr Kleid mit dem Dashikimuster an den Haken. »Verstehst du, es sind nicht meine Kinder. Es sind die Kinder meiner Cousine. Sie ist vor zwei Jahren an einer Überdosis gestorben, ja? Und ich habe ihre Kinder genommen, weil wir immer wie Schwestern gewesen sind, und weil diese Kinder mich brauchen. Ich meine, wer sonst wird schon ein fünfzehnjähriges schwarzes Kind bemuttern, das schon zweimal geflogen ist?« Sie fing mit ein paar Gymnastikübungen an, um warmzuwerden. »Aber das Jugendamt sagt nein, ich war zu oft arbeitslos, ich komme aus schlechten Verhältnissen, ich bin keine geeignete Mutter.«

Ihre Worte widerhallten in Nicks Kopf. Wie oft war er arbeitslos gewesen? Wie würde er in dem Test für geeignete Eltern abschneiden? Er fragte: »Was wollen die denn mit den Kindern anfangen?«

Daphne zuckte mit einer vielsagenden orangenen Schulter. »Ach, es gibt noch eine Cousine, eine verklemmte Lehrerin, von der sie glauben, sie würde ein besseres Beispiel abgeben. Die Kinder hassen sie. So 'ne angepaßte Moralzicke, verstehst du? Ich meine, der einzige Grund, warum Cally geflogen ist, war der, daß sie das Maul aufreißt, wenn ihre Lehrerin sie fertigmacht. Ihr habt ja gehört, wie sie Ramona beschimpft hat, der kleine Schwachkopf.«

»Ramona hat sie beschimpft«, sagte Nick.

»Tjaha, so geht's auf dieser alten Welt eben zu. Wir hatten auf dem Heimweg eine Aussprache darüber, daß man sich seine Schlachten auswählen soll. Aber zum Teufel, sie ist noch ein Kind.«

Jaymie fragte besorgt: »Die nehmen sie dir doch nicht wirklich weg, oder?«

»Nicht, solange ich lebe, Kleine! Ich liege jetzt vorn, weil ich gute Referenzen habe, und weil die Kinder selber für mich stimmen. Aber diese alten Tussies sehen mich an, und sie sehen Angela Davis Junior. Und sie glauben, ich erziehe das Mädchen zu Angela Davis der Dritten. Mein Gott!« Immer noch vom Zorn getrieben, sprang sie mit einem Satz auf das Podest. »Ich schwöre, das Mädchen kann werden, was sie will, bloß keine Sozialarbeiterin! Los, an die Arbeit. Wo waren wir, Derek? Der Highland Fling?«

»Richtig.«

Sie machten sich an die Arbeit.

IV
Mittwoch abend

7. März 1973

»Bis morgen, Myra.«

»Gut, Mr. Bradford. Und Sie ruhen sich doch etwas aus, ja?«

»Klar. Ich versuch's, Myra.« Steve lächelte seine Sekretärin wohlwollend an. Myra Goodwin war kompetent und großmütterlich. Ihr eigener geliebter Sohn war unglücklicherweise zum Spieler geworden und hatte New York gegen die berauschendere Atmosphäre von Las Vegas eingetauscht. Myras mütterliche Besorgnis war auf Steve übergegangen.

»Ja, tun Sie das wirklich. Sie sehen neuerdings müde aus.« Myra drückte ihre Zigarette in einem großen bernsteinfarbenen Glasaschenbecher aus, dann klopfte sie auf einen Briefumschlag auf ihrer Schreibtischkante. »Und hier, vergessen Sie die Flugtickets Ihrer Frau nicht. Ich hoffe sehr, daß Mr. Busby sich gut erholt.«

»Danke. Da bin ich ganz sicher, Myra.«

Er hatte Glück und fand einen Sitzplatz im Vorortzug. Als sie aus dem Tunnel wieder ans Licht kamen, warf er einen Blick durch das streifige Fenster. Bedeckt und regnerisch; aber wenigstens wärmer als gestern.

Er hatte Maggie heute aus der Entfernung wiedergesehen, wie sie durch den Nieselregen ihrem geheimnisvollen Ziel zustrebte. Ein scharlachroter Schirm schützte sie und das Baby vor den Tropfen. Sie hatte so strahlend gelächelt. Und sie bewegte sich mit solcher Anmut. Diese langen Beine – einen Augenblick erlaubte er sich zu träumen. Durfte er es wagen, zu hoffen?

Des Nachts kamen Frauen ins Zelt des weißen Jägers.

Der Zug wurde langsamer, und Steve fuhr erschreckt auf.

Wo war er? Erst Douglaston. Er sank mit einem Seufzer zurück in seinen Platz.

Er war nicht dort.

Noch nicht.

Im Treppenhaus hängte Derek das Telefon ein und kehrte wieder auf den Probenspeicher zurück. »Ach, Nick. Du bist noch da.«

»Maggie ist heute abend spät dran. Soll ich draußen warten, damit du abschließen kannst?«

»Das eilt nicht.« Derek sank auf einen Klappstuhl. Er sah entsetzlich müde aus.

»Hast du eben mit dem Krankenhaus telefoniert?«

»Ja. Ich habe gewartet, bis die Schauspieler gegangen waren, damit sie sich nicht alle dazudrängeln. Aber es gibt nichts Neues. Sie sagen, ihr Zustand ist unverändert.«

»Vierundzwanzig Stunden.« Das sah schlecht aus. Nick schaute aus dem Fenster, von dem aus man einen schmuddeligen Ausblick auf das nasse Dach von Anna Marias Küche hatte. Er schüttelte ernst den Kopf.

»Du hast sie gesehen, Nick. War es schrecklich?«

Nick erinnerte sich und nickte. »Du weißt, wie lebendig sie immer wirkt, selbst wenn sie stillsitzt? Diese ganze Lebensenergie war weg.« Einmal hatte er Maggie bewußtlos gesehen, und das hatte ihm einen ähnlichen Schock versetzt: die schlaffe Leere war doppelt schmerzlich, weil ihre sprühende Energie einen so wesentlichen Teil ihres Wesens ausmachte.

»Kaum vorstellbar.« Derek strich sein bleiches Haar zurück, und Nick bemerkte graue Strähnen in dem Blond. »Ich kann einfach nicht glauben, daß irgendetwas ihre Lebensgeister unterkriegen könnte.«

»Tja, wie du gesagt hast, wenn sie überhaupt eine Chance hat, wird sie durchkommen.«

»Gott, ich wünschte, sie würden mich zu ihr lassen!«

»Die müssen ihre Arbeit tun, wie sie es für richtig halten, denke ich.«

»Ja, aber — ach, du hast natürlich recht.« Derek versank in dumpfes Brüten. Einen Augenblick später hörte man das schnelle Klappern von Schuhen auf der Treppe, und die Tür ging auf.

»Tut mir leid, daß ich zu spät komme.« Maggie kam hereingeschneit und schüttelte einen feuchten Schirm aus. »Sarah hat ewig gebraucht, bis sie aufgegessen hatte. Hallo, Derek!«

»Hallo.« Er raffte sich zusammen und stand auf. »Wie geht's der Kleinen?«

»Prima, nur langsam ist sie heute.« Sie hatte ihre Aktentasche abgestellt und löste die Schnappverschlüsse, um Sarah aus ihrem Tragesitz nehmen zu können.

»Darf ich sie halten?« fragte Derek.

»Klar. Ich helfe Nick beim Satteln.«

Derek teilte Sarah mit, daß sie ein Superbaby sei, und ließ sich von ihrer kleinen forschenden Hand die Nase quetschen, dann half er, sie in ihren Sitz zurückzuverfrachten, den Nick jetzt umgeschnallt hatte. »Ich habe mich gefragt«, sagte er ganz beiläufig, »ob ihr drei wohl mit zu mir kommen würdet und einen Happen Steak essen. Ich habe ein paar Fragen wegen Ramona.«

»Ich würde wahnsinnig gern mit euch beraten«, sagte Maggie. »Aber ich muß Dan im Büro bei dem Programm für die Resozialisierungsstelle helfen. Und Nick muß sich um Sarah kümmern.«

Derek sah sie mit schmerzlichem Lächeln an. »Dreckige Windeln schockieren mich nicht mehr, wenn es das ist, weshalb du dir Sorgen machst. Ich habe in England selbst drei Kinder.«

»Das ist ja wunderbar.«

»Und einen Hund.«

»Richtig, das ist ein weiteres Problem. Der Hund«, sagte Maggie.

Nick konnte sehen, daß Dereks Vorschlag sie neugierig machte und daß sie gern angenommen hätte, trotz der Hindernisse. Er ebenso. Er sagte: »Ich rufe Julia an.« Ihre Nachbarin im Untergeschoss hatte den Wohnungsschlüssel. »Wenn sie den Hund rauslassen kann, nehme ich Sarah mit zu Derek, und du kannst um neun nachkommen.«

»Wir warten mit den Steaks, bis du kommst«, versprach Derek. »Und wir besorgen unterwegs alles, was Sarah braucht. Sie hat zwei geübte Väter zur Bedienung.«

Dereks Wohnung war im Village, zwei große Räume und eine Miniküchc. »Gehört einem Freund von Ramona«, erklärte er, während sie ihre regenbespritzten Sachen neben der Tür aufhängten. »Ich habe sie für drei Monate. Die Unordnung ist meine Schuld. Die Sachen an der Wand nicht.« Ramonas Freund hatte eine Schwäche für Metallskulpturen, und an jeder Wand hingen schwere Kombinationen von Streifen und Klötzen aus verwittertem Stahl, Kupfer und Messing. »Sieht ein bißchen nach Kesselraum aus, finde ich.«

»Oder wie das Innere einer Kaffeemühle«, stimmte Nick zu, der vorsichtig eine scharfe Kante berührte.

»Sind Steaks in Ordnung?« fragte Derek. »Letzte Woche habe ich endlich gelernt, mit dem Grill hier umzugehen.«

»Klingt toll.«

»Leg die Kleine einfach auf den Teppich da beim Sofa, während du ihr Essen machst. Da habe ich heute saubergemacht. Praktisch die einzige Stelle.«

»Da wird es nicht mehr sauber sein, wenn sie ihre Flocken gegessen hat«, warnte Nick.

»Gut. Legen wir was Wasserdichtes drunter.« Derek zog eine Wachstuchdecke hervor. Während Nick Sarah fütterte und ihre Windeln wechselte, räumte Derek hastig auf, bereitete die Steaks zum Grillen vor und mixte einen Salat. »Ich wünschte, ich hätte den Nerv, ihren Mann anzurufen«, sagte er plötzlich. »Vielleicht hat er sie besucht. Aber ich will da nichts aufrühren. Sie hat schon genug Probleme.«

»Wußte er nicht, daß sie die Show finanziert?« fragte Nick neugierig.

»Ich weiß es nicht. Allerdings hat sie mir gesagt, wenn ich ihm begegne, soll ich nicht erwähnen, daß sie unter die Investoren gegangen ist. Vielleicht hat er gedacht, sie ist nur als Schauspielerin beteiligt.«

»Das könnte sein«, sagte Nick. »Und das kleine Intermezzo auf der Probe gestern bedeutet, daß er dahintergekommen ist.«

»Das vermute ich. Wie er wohl davon gehört hat? Von uns steht keiner auf besonders freundschaftlichem Fuß mit ihm. Ich habe mich gefragt, ob es wohl Ken Martin sein könnte. Er ist nicht nur ihr Partner, sondern auch der Familienanwalt.«

»Aber der würde doch bestimmt Bescheid wissen, wenn Simon nichts davon erfahren sollte!«

»Trotzdem könnte es für Martin schwierig werden, wenn er beiden Loyalität schuldet. Weißt du, ich frage mich dauernd, ob Simon ihn vielleicht — ich meine, ob er nicht auf legale Weise die Kontrolle über das Geld für die Produktion erlangen könnte?« Fragend zog er eine Augenbraue hoch.

»Bestimmt nicht«, sagte Nick. »Aber ich gebe zu, er war wütend.« Könnte Derek recht haben? Hätte es zwischen Ramona und ihrem Mann so schlimm stehen können?

Der Summer ertönte, und sie ließen Maggie ein. Sie schaute zuerst nach Sarah, die wieder auf dem Teppich lag, feste strampelte und die Lampe anturtelte. Die Steaks waren in ein paar Minuten fertig.

»Also, Leute«, sagte Derek, als er den Salat zum zweitenmal herumreichte, »ich wollte euch etwas fragen.«

»Nur zu«, sagte Maggie, die ihr Steak und den Salat mit dem üblichen Gusto attackierte.

»Nick hat gesagt, sie wäre — wie war das noch? Zerknirscht? Reumütig? Wegen gestern?«

»Ja«, sagte Nick. »Sie sagte, sie hätte sich über Simon aufgeregt und hätte es an uns ausgelassen. Beteuerte, sie würde sich bessern.«

»Sie hat sich nicht für etwas Spezielles entschuldigt?«

»Nein, das nicht. Du denkst an Larrys Solo? Ich fürchte, nein.«

»Aber ich glaube, das war in die allgemeine Entschuldigung mit einbezogen«, sagte Maggie.

»Ach so«, sagte Derek. »Tja, es war nur eine Hoffnung.«

Sarah strampelte jetzt zu heftig, und ihr Turteln wandelte sich zu gelegentlichen Jammerlauten. Maggie, die an ihrem letzten Happen Steak kaute, entschuldigte sich und setzte sich mit dem Baby in einen Chrom-Schaukelstuhl. Derek goß Nick den letzten Wein ein und fragte: »Ich habe mich auch gefragt, wieso sie sich plötzlich entschlossen hat, euch ihr Herz auszuschütten.«

»Statt dir, meinst du das?« fragte Nick und spielte auf Zeit. Er hatte keine Lust, Geschichten über die vorgetäuschte Verführung zu verbreiten. Aber seine Frage schien Derek aufzuregen.

»Nein, das habe ich nicht gemeint!« rief er aus. »Nicht ganz, obwohl ich der Komponist bin und alles.«

Nick betrachtete sein Weinglas einen Moment, dann sagte er: »Du weißt ja, daß wir zwei als letzte gegangen sind.«

»Ja.«

»Sie war immer noch in gehässiger Stimmung und versuchte mich in eine peinliche Situation zu bringen, als Maggie hereinkam«, fuhr er behutsam fort. »Also fragte Maggie sie nach dem Grund, und sie gab zu, daß sie wegen der Scheidung durcheinander war. Und in Null Komma Nichts lagen sie sich in den Armen und heulten und schütteten einander ihr Herz aus wie Schwestern.«

»Ach so«, sagte Derek und schaute auf seinen Teller. Nick dachte eigentlich, seine Darstellung wäre vorsichtig genug gewesen, aber Derek knallte plötzlich die Faust auf den Tisch und schrie: »Versuchte dich in eine peinliche Situation zu bringen! Verdammt soll sie sein!« Dann stand er hastig auf und brachte die Teller zum Spülbecken. Da stand er einen

Augenblick stockstill und starrte den Wasserhahn an, dann fügte er hinzu: »Tut mir leid, Kumpel. Ich bin einfach vollkommen durcheinander«, und fing an, wie wild die Teller abzukratzen.

»Wir sind alle durcheinander«, sagte Nick. »Es ist nicht nur wegen der Arbeit, obwohl die weiß Gott für uns alle wichtig ist. Aber darüber hinaus kann man doch nicht anders, als die Leute gernhaben, mit denen man an einer Show arbeitet. Ramona ist sowas wie ein Familienmitglied.«

»Stimmt.« Derek holte noch mehr Teller. Nick half ihm beim Abräumen.

Maggie schaukelte immer noch vergnüglich mit dem Baby. Sie fragte: »Wie alt sind deine Kinder, Derek?«

»Acht, sechs, und die Kleine ist drei.«

»Ein turbulenter Haushalt.«

»Ja.« Er fuhr fort, Teller abzuwaschen.

»Hat deine Frau einen Job?«

»Ja, im Büro.«

»Kommt sie herüber, um das Stück zu sehen?«

»Nein. Sag mal, müssen wir über meine verdammte Frau reden?«

»Tschuldigung«, sagte Maggie, aber Nick, der sie so gut kannte, sah, daß ihr Interesse lebhafter geworden war. »Ich bin zu neugierig, wie üblich. Ich habe mich nur gefragt, wie das wohl sein mag, in London Komponist zu sein.«

Derek tauchte mit unnötiger Wucht einen Teller ins Becken und fuhr herum, um sie anzusehen. »Es ist schlicht beschissen, wenn du es wissen mußt. Wir leben alle von dem, was Elisabeth verdient. Das bedeutet eine Sozialwohnung und ein paar neue Schuhe pro Jahr, richtig? Ihre Mutter lebt gleich um die Ecke. Ein Segen mit Widerhaken. Sie hütet die Kinder und beschwert sich über den Versager, den Elisabeth geheiratet hat.«

»Das übliche Künstlerschicksal«, meinte Nick.

»Stimmt. Ich verdiene ein bißchen was dazu, gebe Musikstunden oder helfe meinem Freund Ron in seiner Kneipe, und Ron läßt mich gelegentlich kleine Shows in seinem Zimmer in der oberen Etage organisieren. Ein paar Leute kommen da hin. Meine Kinder finden sie toll. Aber sie bringen natürlich nichts ein. Elisabeths Mutter beschwert sich.«

»Und Elisabeth?«

»Zuerst haben sie ihr gefallen«, sagte Derek kurz.

Nick konnte sich die Situation gut vorstellen: die junge Frau ist begeistert vom Talent ihres Mannes und seinen Träumen, aber im Laufe der Jahre, wenn die Babys kommen und weder Geld noch Ruhm konkrete Gestalt annehmen, verliert sie langsam den Mut. Maggie liebte wenigstens ihre Arbeit, sie war keine Angestellte in irgendjemandes Büro, erinnerte er sich. Aber sein Mitgefühl für Derek hatte eine eisige persönliche Komponente.

»Wie hat Ramona von dir gehört?« Maggie wechselte das Thema, und Derek atmete sichtlich auf.

»Tja, ich hatte oben bei Ron eine frühe Version von *Victoria R.* aufgeführt.« Er öffnete die Spülmaschine und stellte die abgekratzten Teller hinein. »Einer der Leute, die es dort gesehen haben, war der Freund eines Freundes von Ramona. Etwa ein Jahr später sah Ramona sich nach einem Musical mit einer starken weiblichen Rolle um, und der Freund erinnerte sich, daß er von *Victoria R.* gehört hatte. Ramona rief an, ich schickte ein Tonband, und das war's.« Seine blassen Augen wurden ganz weich vor erinnertem Staunen. »Es war umwerfend, wie ihr euch denken könnt, nachdem ich zwölf Jahre lang versucht hatte, bemerkt zu werden. Na ja, ich hatte ein paar Songs verkauft und ein paar gute Kritiken für die Theaterstücke in der Kneipe. Aber es war doch ein Riesensprung, einem Star aus New York zu begegnen, der einem eine Produktion in New York anbietet.«

»Sie hat dir auch die Regie gegeben.«

»Ja, das war auch erstaunlich. Zuerst hatte sie gesagt, sie brauchte mich zur Beratung bei technischen Einzelheiten, Geschichte und Stimmtraining, sowas in der Art. Sie hat mich hergeflogen. Und dann, nachdem wir geredet hatten, sagte sie, laß uns zusammen Regie führen.«

»Und sie hat eine Wohnung für dich gefunden«, sagte Maggie.

»Ja. Und sogar eine Gage. Das meiste geht für die Wohnung drauf, aber trotzdem …« Er grinste ganz jungenhaft in seiner Freude.

Nick zwang sich zu etwas mehr Mäßigung in seiner Begeisterung; er hatte viele Freunde gehabt, die überzeugt waren, daß ihre große Chance endlich gekommen sei, und dann war die Show schon in der Vorschau gestorben, oder ihre Rolle hatte sich beim Umschreiben in nichts aufgelöst. Es war ein hartes Geschäft, mit höheren Höhenflügen und tieferen Tiefpunkten, als die meisten Leute durchstehen mußten. Und doch waren Dereks Träume notwendig, beinahe vernünftig. Nick hoffte ebenfalls verzweifelt auf gute Kritiken, auf großartige Publicity, auf ein kleines Stück Ruhm. »Es ist ein pfiffiges Stück«, sagte er, »und Ramona ist eine großartige Darstellerin. Wir sind alle ganz glücklich, daß wir dabeisein dürfen.«

Maggie stand auf und sagte entschuldigend: »Dürfen Sarah und ich das Bad benutzen? Sie muß gewaschen und umgezogen werden.«

»Windelzeit«, sagte Derek. »Natürlich. Hier, ich hol' dir ein frisches Handtuch.« Geschäftig lief er ins Badezimmer und kehrte einen Augenblick später mit einem Bündel Kleider und Handtücher zurück. »Die Haushaltsführung ist hier einfach entsetzlich. Ich würde den Kerl feuern, der dafür verantwortlich ist, wenn ich es nicht selber wäre. Aber geh nur hinein, und danach gibt es Dessert.«

Während Derek Eis und Himbeeren zurechstellte, fragte Nick: »Gab es sonst noch was, das du uns fragen wolltest?«

»Ein paar Sachen.«

»Also los.«

»Hat sie euch gesagt, mit wem sie verabredet war?«

»Nein.« Nick war überrascht, wie dringend Derek das wissen wollte. »Ich denke, wir könnten im L'Étoile nachfragen.«

»Na, das habe ich schon getan«, gestand Derek. »Als ich mit der Polizei gesprochen habe, fragten die danach. Und heute morgen habe ich selbst nachgefragt. Sie waren ziemlich sauer auf mich, weil die Polizei schon dagewesen war. Offenbar war auf Ramonas Namen ein Tisch für zwei bestellt, aber niemand hatte ihn verlangt. Natürlich nicht Ramona, aber auch sonst niemand.«

»Das ist eigenartig.« Ebenso wie Derek fand Nick diese neue Information beunruhigend. »Ich wünschte, sie hätte etwas gesagt. Aber sie hat das Restaurant nur nebenbei erwähnt.«

»Wir waren mitten in einem tiefschürfenden Gespräch«, erklärte Maggie, die mit der frisch gewindelten Sarah zum Tisch zurückkehrte. »Alles über Scheidung und Altwerden und die Hoffnungen, die sie in die Show setzt. Cocktail-Pläne haben wir nicht diskutiert.«

»Hoffnungen in die Show?« wiederholte Derek eifrig.

»Sie liebt ihre Rolle«, erklärte Nick, »und sie mag den operettenhaften Einstieg.«

»Ja, sie hofft, daß es sich verkauft, auch wenn es kein Rock ist.«

»Es macht Spaß. Ich mag unser Premierminister-Duett.«

»Ihr wart heute zum Schreien komisch!« Derek grinste. »Genau was Gladstone in einem Gymnastikanzug wäre! Wußtest du, daß er den Vers, den du mit Edith singst, tatsächlich mit seiner Frau gesungen hat?«

»Wirklich? Das 'biederlumpig Männlein' und sein 'übermüpfig Weib'?«

»Ja. Andere Melodie allerdings, denke ich.«

»Was heißt 'übermüpfig'?« fragte Maggie, während sie Sarahs Fäustchen aus ihren Himbeeren entfernte.

»Ungebärdig, laut, ruppig«, sagte Derek.

»Hatte Gladstone wirklich ein übermüpfig Weib?«

»Natürlich nicht«, sagte Nick. »Sie gehörte zur wohlgeborenen Glyn-Familie, ein vergnügter Clan. Sie haben viel gewitzelt, sogar eine eigene Geheimsprache erfunden. Wenn sie sagen wollten, daß jemand nichts taugte, nannten sie ihn Grashüpfers Onkel. Sowas in der Art.«

»Du hast ja deine Hausaufgaben ordentlich gemacht!« rief Derek aus. »Aber diese Leute sind wirklich faszinierend, nicht? Ich meine Victoria und ihre Mannschaft. Phantastisch widersprüchliche Persönlichkeiten. Schrecklich moralisch und anständig, aber mit ganz unpassenden Neigungen. Disraelis junge platonische Geliebte. Victorias Schotte. Gladstone und seine Prostituierten — du mußt darüber gelesen haben?«

»Oh ja. Er pflegte eine aufzulesen, sie nach Hause mitzubringen und ihr in der Küche einen Vortrag zu halten, daß sie ihr Leben ändern müsse.«

»Der große Redner«, sagte Derek und spielte mit dem Salzstreuer. »Und hinterher geißelte er sich, weil es ihn, sagen wir, erregt hatte.«

»Trotzdem«, sagte Nick, »glaubte er wirklich, es sei Gottes Wille, daß er diese Frauen bekehrte, ganz gleich, was seine geheimen Motive waren.«

»Wußte sein übermüpfig Weib davon?« fragte Maggie.

»Oh ja, in dieser Hinsicht war er vollkommen offen«, erklärte Derek. »Sie half ihm, sie zu bekehren. Sie gründeten ein Asyl für die Reumütigen. Sie verstand seine Konflikte, denke ich. Politik lag ihm nicht wirklich am Herzen, er wäre lieber Geistlicher geworden. Aber Gott hatte ihm die Talente eines Staatsmannes gegeben, und er mußte seine Familie ernähren, also blieb er in der Regierung und verfaßte in seiner Freizeit theologische Schriften.«

»Den Konflikt kennt jeder Künstler«, murmelte Nick mit einem Blick auf Sarah. Hatte Gladstone recht? Sollte er seinen aussichtslosen Beruf vergessen und seine Talente für normale menschliche Sachen nutzen wie Geld, einen festen Job, die Familie?

»Wie man auch entscheidet, die andere Seite quält einen dauernd und will beachtet werden«, stimmte Derek nüchtern zu. »Betrügt man seine Familie oder sich selbst?« Er warf einen Blick auf Maggie und war plötzlich verwirrt. »Nein, ich meine — so habe ich das nicht gemeint!«

Aber Maggies Augen ruhten auf Nick. Sie sagte: »Ich glaube, das übermüpfige Weib hätte ihn vielleicht verstanden, wie immer er sich entschieden hätte. Frauen geraten in das gleiche Dilemma. Es läßt sich nur schwer einrichten, beides zu haben.« Sie setzte Sarah in ihre Armbeuge und lächelte Derek an. »Gab es sonst noch was, das du uns fragen wolltest?«

»Ach. Na ja, ich hab' mich nur gefragt, ob ihr mir etwas mehr über ihre Verletzungen sagen könntet. Es hieß, innere Blutungen.«

»Ja.« Maggies dunkelblaue Augen blickten ernst. »Sie blutete hier vorne, auf der linken Seite. Und aus der Austrittswunde am Rücken. Ich habe erste Hilfe geleistet, so gut ich konnte, aber sie ist sowieso gleich ins Koma gefallen. Ich wußte, daß es Probleme gab, die ich nicht sehen konnte. Sie hatte zwar Blut verloren, aber nicht genug, um in einen solchen Zustand zu geraten, fand ich. Innere Blutungen klingt also korrekt.«

»Kannst du mir zeigen, wo sie verwundet war?«

Maggie übergab Sarah an Nick und stand auf. Sie zog ihr Hemd hoch und zeigte auf eine Stelle am unteren Rippenbogen. »Genau hier«, sagte sie und drehte sich dann um. »Und die Austrittswunde war hier hinten, etwas näher am Rückgrat. Aber ich glaube nicht, daß die Kugel den Knochen getroffen hat.«

Derek starrte ihre entblößte Taille einen Moment an, dann stützte er sein Gesicht gramgebeugt in die Hände. »Ach, Hölle und Teufel!«

»Es tut mir leid, Derek.« Maggies Hand legte sich einen Augenblick auf seine Schulter.

»Ich habe sie nicht gesehen, versteht ihr.« Er räusperte sich, um seine Stimme unter Kontrolle zu kriegen. »Bis zu diesem Augenblick ist es mir nicht wirklich vorgekommen.«

»Ich weiß. Mir ist es auch sehr schmerzlich.«

»Wenigstens warst du da und konntest helfen! Die Polizei hat mir gesagt, wenn du nicht dagewesen wärst, hätte sie überhaupt keine Chance gehabt.«

»Ich hoffe nur, die Chance ist groß genug.«

»Sie ist eine Kämpfernatur«, sagte Derek ohne große Überzeugung.

»Ja, das stimmt.« Maggie tätschelte seine Schulter, ehe sie die Dessertteller in die Spülmaschine räumte. Dann sah sie Nick und Sarah an. »Wir bringen unsere Kleine besser nach Hause, Derek.«

»Ja, tut mir leid, daß ich mich so anstelle.«

»Kommst du zurecht? Wir können noch ein Weilchen bleiben, wenn das was nützt.«

»Nein, nein. Allein komme ich besser zurecht, denke ich. Ich brauche nur etwas Zeit, um das in mich aufzunehmen. Ich — na ja, bis zu diesem Augenblick ist es mir nicht wirklich vorgekommen.« Er versuchte zu lächeln. »Man fühlt sich so grashüpferonkelhaft.«

»Also dann — danke für das tolle Steak.«

»Bis morgen«, sagte Nick.

Derek brachte sie zur Tür, sein Elend war fast greifbar.

In der U-Bahn zog Maggie etwas aus ihrer Tasche. »Das hätte ich wohl nicht klauen dürfen«, sagte sie. »Aber ich hatte das Gefühl, es würde ihm peinlich sein, wenn er das Badezimmer aufräumt und merkt, daß er es übersehen hat.«

Es war eine kleine Flasche Parfüm für die Handtasche. Maggie öffnete sie, roch daran, und hielt sie an Nicks Nase.

»Verdammt«, sagte er.

»Wieso?«

»Jasmin«, sagte Nick. »Ramonas.«

In dieser Nacht störte Sarah nicht. Sie war fest eingeschlummert, ehe sie noch fertig getrunken hatte. Und als Maggie zu Nick ins Bett schlüpfte, versank sie nicht augenblicklich in Tiefschlaf, wie gewöhnlich. Sie knabberte zärtlich an seinem Ohr. Zu Nicks Los im Leben gehörten nicht nur Erschöpfung und Ungewißheit, sondern auch ein gerüttelt Maß an Genüssen. Dankbar und schläfrig erwiderte er die Zärtlichkeiten, mußte aber bald aufhören. Mit seiner Hand auf ihrer Brust schlief er ein.

Nick, die Niete.

Zweiter Akt

Gott ist verrückt

(Donnerstag, 8. März 1973)

V
Donnerstag nachmittag

8. März 1973

»Mein Gott, Buzz! Was ist denn mit Ihnen passiert?«

»Maggie! Gottseidank! Ich habe vielleicht einen Tag hinter mir!« Unbeholfen drehte Steve sich auf seinen Krücken zu ihr um, als sie die Straße überquerte, um zu ihm zu kommen. Sein Bein war von der Wade bis zum Spann bandagiert.

»Muß schlimm gewesen sein«, sagte sie, Mitgefühl in den lebhaften Augen. Sie tätschelte das Baby im Tragegurt, während sie dastand und ihn interessiert von oben bis unten musterte. Der Nachmittag hatte sich aufgeheitert, und sie trug den Trenchcoat offen über dem bunten, aber bürotauglichen blaukarierten Wollrock. Die kurze Rockmode dieses Jahres betonte ihre athletische Langbeinigkeit. Eine Frühlingsbrise wehte durch ihre dunklen Locken. Seine Laune besserte sich merklich.

»Es ist nicht bloß das Bein«, erklärte er. »Wissen Sie, meine Frau ist heute nicht in der Stadt, also muß ich mich um Muffin kümmern. Und dann bin ich in der Mittagspause die Bürotreppe runtergesegelt.«

»O je.«

»Nichts Ernstes, aber der Knöchel hat den Dienst aufgegeben. Und beim Arzt hat es Stunden gedauert. Und jetzt bin ich mit allem spät dran. Aber Muffin ist das Hauptproblem. Ihr Kindergarten schließt in fünfzehn Minuten, und ich soll sie abholen. Ich muß dringend was Geschäftliches erledigen, das ich wegen des Arztbesuchs nicht geschafft habe. Ein Haufen Prominenter, bei denen ich mich entschuldigen muß. Also habe ich einen Babysitter in mein Pied-à-terre um die Ecke bestellt, damit ich Muffin dort lassen und dann für ein paar Stunden ins Büro zurückgehen kann.«

»Das klingt, als ob Sie das Problem mehr oder weniger im Griff haben. Wie sind Sie gestürzt?«

»Dämlicherweise danebengetreten, das ist alles. Ich benutze die Treppen als sportliche Übung. Meiner Gesundheit zuliebe, haha.«

Sie grinste. »Auf mich wirken sportliche Übungen genauso. Ich bin reichlich oft vom Barren gefallen.«

»Turnerin?«

»Amateurin.«

»Also haben Sie auf dem Baugerüst das Leben von Klein-Sarah nicht wirklich aufs Spiel gesetzt.« Das beruhigte ihn.

»Nein, die wirklich schwierigen Sachen lasse ich sie nicht mitmachen. Das Gerüst war ein Klacks. Aber müßten Sie sich nicht beeilen, Muffin abzuholen?«

Er streckte seine freie Hand in schüchterner Bitte aus.

»Ach, Maggie, könnte ich Sie um einen riesigen Gefallen bitten?«

»Alles, was ich in zwanzig Minuten schaffen kann«, sagte sie vorsichtig. »Ich muß Sarah abliefern und auch zurück zur Arbeit.«

Er merkte, daß sie Angst hatte, sie sollte Babysitter spielen, und er beruhigte sie schleunigst. »Länger dürfte es eigentlich nicht dauern, außer, Sie verstauchen sich den Knöchel, so wie ich. Die Babysitterin ist schon im Apartment. Aber die Aufzüge sind noch nicht installiert, wissen Sie, und ich komme mit der Krücke noch nicht zurecht. Es ist drei Treppen hoch.«

»Mit einer Zweijährigen.« Sie verstand das Problem auf der Stelle. »Schwer zu tragen und noch schwerer zu führen. Was soll ich tun?«

»Tja, wenn Sie sie im Kindergarten abholen und zur Babysitterin hochbringen würden, wäre ich gerettet.«

»Wie weit ist es zum Kindergarten?«

»Vier oder fünf Blocks. Ich rufe Mitzi an und sage ihr, daß Sie kommen. Fragen Sie einfach nach Muffin. Bitte?«

»Könnte die Babysitterin sie nicht holen?«

»Tut mir leid. Die Carstairs-Leute sagten, die einzige, die so kurzfristig verfügbar wäre, sei eine ältere Frau.«

Sie schaute wieder auf die Krücke und dann in sein flehendes Gesicht. »Also gut, es kann ja nicht lange dauern. Wie sind die Adressen?«

Er fand einen Notizblock der Firma und riß die untere Hälfte einer Seite ab, um die Nummern aufzuschreiben. »Hier ist der Wohnungsschlüssel«, fügte er hinzu. »Sie liegt direkt in dieser Straße. Lassen Sie ihn einfach bei der Babysitterin.«

»Gut. Und die zweite Adresse ist der Kindergarten?«

»Richtig. Erdgeschoß. Und das ist für die Babysitterin.« Er drückte ihr einen Umschlag in die Hand. »Sagen Sie ihr, ich rufe sie an. Tausend Dank, Maggie.«

»Klar. Passen Sie auf sich auf.«

Er sagte entschuldigend: »Ich würde Sie nicht belästigen, aber ich habe im Büro wirklich ein sehr wichtiges Projekt zu bearbeiten. Lebenswichtig.«

»Na, dann laufen Sie los und bearbeiten Sie es. Und machen Sie sich keine Sorgen wegen Muffin.« Sie eilte davon.

Steve humpelte an den Rand des Bürgersteigs, um zu sehen, wie sie mit wehendem Trenchcoat um die Ecke verschwand. Dann begab er sich in eine Bar mit Telefonzelle. Für Muffin war gesorgt. Jetzt würde er Mitzi anrufen. Und dann auch Rachel. Sie beim Wort nehmen, daß sie im Notfall helfen würde.

Dies war ein Notfall.

Gott, was für ein Tag!

Victoria schrie wie am Spieß.

»Schscht, Liebling! Hab keine Angst!« Victorias deutsche Gouvernante, in flachsblonder Perücke mit krausen Korkenzieherlocken, die Nick an extravagante blonde Ohrschützer erinnerten, tätschelte den königlichen Kopf. »Bettzeit. Komm!«

Derek begann eine langsame Walzermelodie, und Jaymie, auf den Knien nur kindgroß, mit großen ängstlichen Augen unter ihren dunklen Ponyfransen, hörte auf zu schreien und blickte zu Edith auf, die der Prinzessin die Haube zurechtzupfte, Jaymies Kopf zärtlich auf ihren Schoß zog und das Wiegenlied sang. »Vickelchen in deinem Häubchen zart, schlaf glücklich und ohne zu weinen.« Sie brachte den Charakter gut über die Bühne, fand Nick, nur ein Anflug von deutschem Akzent in der warmen Stimme. »Ich weiß einen Zauber besonderer Art, der vertreibt die Dämonen der Kleinen.«

Wenn nur wirklich etwas die Dämonen vertreiben könnte. Nicks eigene Ängste steigerten sich mit jeder Stunde, die Ramona im Krankenhaus verbrachte. Es war jetzt Donnerstag; Dienstag abend war sie angeschossen worden. Wenn ihr Koma durch Blutverlust allein verursacht worden war, dann hätte man im Krankenhaus inzwischen eine Besserung erreichen müssen, oder nicht? Derek und Daphne sprachen hartnäckig von Ramonas Rückkehr als einer sicheren Tatsache, aber Nick wußte, daß zumindest Derek alles andere als zuversichtlich war. Ihr Zustand war immer noch so ernst, daß keiner von ihnen sie hatte sehen dürfen.

Ihr Mann hingegen hatte sie offenbar regelmäßig besucht, trotz Ediths Befürchtungen. Derek war ihm zweimal in der Halle begegnet, sagte er, aber Simon Jenkins sah aus wie ein Gespenst und hatte Derek anscheinend nicht erkannt.

Und sie konnten überhaupt nichts tun. Außer sich mit professionellem Elan und voller Hoffnung in die Proben zu stürzen.

Jaymie kuschelte sich an Ediths umfangreichen Schoß, getröstet von den einschmeichelnden Worten und den freundlichen Armen.

»In Leben und Mären gibt's Jubel und Zähren. Es kann sanft sein, dann hart wie ein Stein. Doch ich will dich begleiten, behüten und leiten. Wenn es schlimm wird, bist du nicht allein.«

»Bist du nicht allein«, wiederholte die Prinzessin schläfrig.

»Bist du nicht —«

»Entschuldigen Sie bitte, Mr. Morris.« Eine schwere männliche Stimme unterbrach die Probe.

Derek erstarrte, die Hände über den Tasten, und verdrehte den Kopf, um die Eindringlinge anzusehen. Zwei Polizisten standen an der Tür. Nick erkannte den untersetzten Inspektor, der ihn vernommen hatte, als Ramona angeschossen worden war.

»Ich bedaure die Unterbrechung, Mr. Morris. Aber Sergeant Dwyer und ich müssen einige Fragen stellen.«

»Aber sicher, Inspektor Perez«, sagte Derek, dessen freundlicher Tonfall seinen Ärger kaschierte. »Wie viele von uns brauchen Sie?«

»Alle, fürchte ich, einen nach dem anderen«, sagte Perez. »Die anderen können weitermachen.«

Edith trat vor und rang nervös die Hände. »Bedeutet das, es gibt Neues von Ramona?«

»Der Zustand von Miss Ricci ist unverändert. Unsere Fragen stehen im Zusammenhang mit dem Raubüberfall.«

»Könnte ich als erster drankommen?« fragte Derek. »Dann könnte ich mit der Probe weitermachen.«

»Gut. Pete, reden Sie jetzt gleich mit ihm. Ich schreibe inzwischen die anderen Namen auf.«

Derek folgte Dwyer ins Treppenhaus, war aber Minuten später schon zurück, und die Probe ging weiter. Es war schwierig mit dem dauernden Rausgehen und Wiederreinkommen in unregelmäßigen Abständen, und Daphne gab den Tanz schließlich auf und meinte, sie sollten still stehen und sich auf die stimmliche Interpretation konzentrieren. Endlich war Nick an der Reihe, und er gesellte sich zu den Polizisten im Treppenhaus, während hinter ihm auf dem Probenspeicher die anderen immer noch überschwenglich Victorias vierundsechzig Jahre auf dem Thron besangen.

In dem grauen Tageslicht, das durch das ungewaschene Oberlicht ins Treppenhaus sickerte, schien der stiernackige

Perez immer noch müde, seine olivfarbene Haut von Furchen durchzogen, das lockige Haar schütter und grau gesprenkelt. Er hätte einen Urlaub nötig, fand Nick, eine Woche irgendwo am Strand. Aber die braunen Augen hatten durch die Müdigkeit nichts an Intelligenz verloren. »Mr. O'Connor, stimmt's?« fragte er.

»Richtig.«

»Ich weiß, daß wir Ihre Aussage über Dienstag abend schon haben. Könnten wir sie noch einmal durchgehen? Von dem Zeitpunkt an, wo Sie hier weggegangen sind.«

Nick erzählte die Geschichte noch einmal; er hatte oft darüber nachgedacht und sich gefragt, was er hätte tun können.

Als er fertig war, fragte Perez: »Sie haben zwei Schüsse gehört?«

»Ja. Aber Maggie sagte, sie glaubte, es sei nur eine Wunde dagewesen.«

»Richtig. Also, haben Sie beim Suchen in dem Gebäude eine Pistole gesehen?«

»Nein. Und später habe ich mich darüber gewundert, denn Edith erwähnte, daß Ramona eine bei sich hatte. Aber ich habe die Gegenstände, die aus ihrer Tasche gefallen waren, ziemlich genau angesehen, und an eine Pistole kann ich mich nicht erinnern.«

»Haben Sie selber Miss Riccis Pistolen irgendwann gesehen?«

»Nein, sie hat sie mir nie gezeigt. Ich wußte nicht mal, daß sie eine hatte, bis Edith davon sprach. Es gab mehr als eine?«

Perez antwortete nicht, sondern zog eine kleine Derringer mit Elfenbeingriff in einem Plastikbeutel hervor und zeigte sie Nick. »Haben Sie die schon jemals gesehen?«

Nick schüttelte den Kopf. »Nie. Ist sie damit angeschossen worden?«

»Sie können sie also nicht identifizieren.«

»Nein. Wenn sie Ramona gehört, muß Edith sie erkennen. Und Jaymie hat sie auch gesehen, glaube ich, und vielleicht noch ein paar andere.«

»Ja, wir haben Edith Bigelow deswegen gefragt.« Perez hielt die Tüte mit der kleinen Pistole einen Augenblick auf der Handfläche und schüttelte den Kopf. »Pete, hat Garcia dir von dem Spinner in Queens gestern erzählt?«

»Nein.«

»Drogist. Kommt morgens in seinen Laden, sieht, daß eingebrochen worden ist und ruft die Polizei. Braver Bürger, klar? Dann nimmt er seine Pistole und geht selbst in den Keller. Die Polizei kommt, hört jemanden, brüllt, 'Polizei, die Waffe weg!' Und der brave Bürger springt hinter eine Säule und schießt.«

»Großer Gott! Was ist passiert?« fragte Dwyer.

»Sie haben ihn rausgeholt. Zustand ernst, aber stabil. Wahrscheinlich liegt er jetzt im Bett und plant seine Anklage gegen die Polizei wegen ungerechtfertigter Brutalität.«

»Bringt mehr ein als das Geschäft«, sagte Nick.

»Mein Gott, die Stadt wimmelt nur so von Möchtegern-John Waynes, die nicht begreifen, daß das Ding in ihrer Hand echte Kugeln abschießt.« Er legte die kleine Pistole zurück. »Und wenn sie in Schwierigkeiten geraten, geben sie der Polizei die Schuld.« Perez seufzte erschöpft und wandte sich wieder an Nick, resigniert, kein Stier, sondern ein krausschädeliger Ochse, der die massive Maschinerie der Polizeiuntersuchungen an ihr nutzbringendes Ende schleppte, den unberechenbaren Bürgern zum Trotz. »Also, als Sie an dem Gebäude ankamen, haben Sie da jemanden gesehen?«

Inwendig seufzend wiederholte er es noch einmal. »Nein. Die einzige mir bekannte Person, die jemanden gesehen hat, war die junge Frau. Carlotta oder so.«

»Sie haben keine Schritte gehört oder was?«

»Wir waren ganz um die Ecke. Und selbst Carlotta hat nicht viel gesehen, wie sie sagt. Die Schatten waren schon sehr dunkel. Wir konnten Ramona nicht sehen, bis wir drinnen direkt neben ihr standen.«

Perez zog einen Stapel Polizeifotos heraus: junge schwarze

Männer mit Afros, einander so ähnlich in dem Ausdruck haßerfüllten Angeödetseins, mit dem sie in die Kamera blickten, daß Nick sich ganz bewußt auf die Unterschiede in den Gesichtszügen konzentrieren mußte. »Erkennen Sie einen von denen?«

Nick schaute genau hin, schüttelte aber den Kopf. »Tut mir leid, Inspektor Perez. Ich fürchte, ich bin heute keine große Hilfe.«

»Jedenfalls vielen Dank, Mr. O'Connor. Lassen Sie mich wissen, wenn Ihnen noch etwas einfällt. Würden Sie Miss... wie war das noch, Miss Jaymie Price bitten, als nächste herzukommen?«

Nick kehrte auf die Probe zurück, flüsterte Jaymie zu, daß sie dran wäre, und nahm seinen Platz in der Reihe wieder ein. »Vierundsechzig Jahre!« sang er überschwenglich. Jahre des Trainings und der technischen Beherrschung halfen ihm, die Begeisterung und erinnerten Gefühle in seine Stimme zu legen, die er heute bestimmt nicht spürte. Er betete darum, daß Ramona ihre vierundsechzig Jahre bekommen würde.

Nach der Probe sprang Daphne von der Bühne und eilte ärgerlich zur Tür. »Also wirklich, Callie, ich habe dir ausdrücklich gesagt, ihr sollt bei Anna Maria warten!«

Jetzt sah auch Nick die beiden Mädchen, die kesse Callie und ein kleineres Kind, die sich an der Tür herumdrückten. Callie sagte herausfordernd: »He, Tante Daph, wir ha'm die ganzen Bullen rauskommen sehen! Wollten wissen, ob sie dich geschnappt haben!«

»Ich werd' dir gleich zeigen, wer hier geschnappt wird!« Lachend versetzte Daphne Callie einen freundschaftlichen Boxhieb an die Schulter und umarmte dann das jüngere Mädchen. »Wie geht's dir, Mellie?«

»Prima«, sagte die Kleine.

Larry, die Jacke über die Schulter geworfen, blieb an der Tür stehen und fragte: »Callie und Mellie? Wie hältst du die auseinander, Daphne?«

»Stimmt, das ist schwierig. Meine Cousine hielt sich für unglaublich musikalisch. Hat sie Calypso und Melody genannt. Aber mich stört das nicht, Kollege. Ich mache doch noch Tänzerinnen aus ihnen.«

Plötzlich sprang sie in Hampelmann-Positur, spreizte die Finger und führte einen übermütigen kleinen Steptanz auf. Die Mädchen grinsten und ahmten sie nach.

»Richtig, so wird's gemacht!« Larry klatschte begeistert. Auch Nick mußte unwillkürlich lächeln. Eines Tages könnte er vielleicht Sarah das Tanzen beibringen. Nick Astaire.

»Ich bin in einer Minute angezogen«, sagte Daphne zu den Mädchen und lief fort, ihre Straßenkleider holen.

Callie musterte Larry von Kopf bis Fuß mit unverhohlenem Interesse. »He«, sagte sie, »ich weiß was über Sie.«

»O je. Hoffentlich nicht eins meiner schmutzigen Geheimnisse.«

Er grinste auf sie hinunter.

Sie kicherte und hielt Mellie die Ohren zu. »Und über diese zickige Ramona. Und auch über — «

»Calypso Weaver!« brüllte Daphne quer durch den Raum. »Halt den Mund!«

»Wieso?« wollte Callie empört wissen. »Es wird ja keine Lüge draus, bloß weil sie verletzt ist.«

»Nö.« Daphne schlüpfte in ihren afrikanischen Kittel und die Clogs, warf ihre anderen Sachen in eine Plastiktüte und kehrte geräuschvoll zu den Mädchen zurück. »Sie ist nicht zickig, dadurch wird eine Lüge draus. Ein schlechter Tag macht noch kein Monster aus ihr. Sonst wäret ihr beiden längst Schauermöpse, stimmt's? Jetzt raus mit euch!« Sie scheuchte sie durch die Tür.

Edith, jetzt angezogen, schoß zu Nick hinüber. »Wer waren die Typen auf den Polizeifotos?« wollte sie wissen.

»Keine Ahnung«, sagte Nick. »Ich könnte mir denken, daß sie vielleicht die Pistole mit einem davon in Verbindung gebracht haben.«

»Aber das war Ramonas Pistole!«

»Das dachte ich auch. Hatte sie mehr als eine?«

»Sie hat mir nur eine gezeigt.«

Derek und Jaymie und ein paar andere hatten sich dazugesellt. Larry folgte Daphne nicht nach draußen, sondern kam statt dessen auch dazu. »Hat jemand eins der Fotos erkannt?« fragte Nick die versammelte Mannschaft.

»Nein«, sagte Derek, »aber mir ist aufgefallen, daß keiner besonders jung aussah. Glaubst du, die Zeugin hat sich geirrt? Daß es ein Teenager war, meine ich?«

Jaymie sagte langsam: »Ich habe vielleicht einen davon gesehen.«

»Wirklich?« Eifrig drehten sich alle zu ihr um.

Unsicher schüttelte sie den dunklen Kopf. »Es hätte auch jemand anders sein können. Ich weiß es nicht genau. Aber direkt nach der Probe bin ich die Canal Street entlanggegangen, wie immer. Ich habe jemanden über die Straße gehen sehen, der einer von ihnen gewesen sein könnte.«

»Über die Straße? Bist du sicher?« Larry klang zweifelnd.

»Eben nicht, das ist es ja. Ich bin nicht sicher. Aber da war ein Typ, und ich erinnere mich daran, weil er so angespannt wirkte. Aber natürlich habe ich ihn nie mit dem in Verbindung gebracht, was Ramona passiert ist.«

»Trotzdem, wenn du recht hast, war einer von ihnen in der Gegend.« Nick fühlte, daß er vor Eifer brannte, den Verbrecher zu identifizieren, der Ramona verletzt hatte und durch sie die ganze Truppe, ihre Familien, sogar Klein-Sarah. »Hat die Polizei dir irgendwas über ihn gesagt?« fragte er hoffnungsvoll.

»Nein. Sie waren ziemlich zugeknöpft.«

»Hat ihn sonst noch jemand gesehen?« fragte Derek.

Alle schüttelten die Köpfe. Cab sagte: »Viele von uns sind in die Richtung gegangen, zur Canal Street. Aber ich habe nicht sehr aufgepaßt.«

»Na, ich habe auch nicht sehr genau hingesehen«, gab Jaymie

zu. »Aber morgen soll ich ihn aus einer Reihe Leute heraussuchen. Vielleicht erkenne ich ihn.«

»In welche Richtung ist Daphne an dem Abend gegangen?« überlegte Nick laut.

»Ich glaube, sie hat Callie zu Anna Maria gebracht.« Jaymie zog ihren Paisleyschal zurecht.

»Ist es wirklich möglich, daß sie die Kinder verliert?« fragte Nick.

»Tja, die Sozialarbeiter sind für die andere Verwandte. Diese Lehrerin. Aber sie glaubt, sie liegt vorn, weil die Kinder sie lieber mögen, und weil sie von der Leiterin der Tanzschule und sogar von Ramona gute Referenzen über ihren Charakter hat.«

»Das ist gut. Sie kommt wirklich prima mit ihnen zurecht.«

»Ja. Ich weiß auch nicht, was die gegen sie haben!« verkündete Jaymie vehement. »Sie ist ein bißchen unkonventionell, aber eine wunderbare Mutter! Sie hat mich sozusagen adoptiert, als ich nach New York kam.« Warme Dankbarkeit klang aus ihrer Stimme. »Sie erinnert mich so an Loreen. Mein Kindermädchen, als ich klein war. Und Daphne ist natürlich auch eine phantastische Tanzlehrerin. Deshalb hat meine Mutter mich in der Schule angemeldet. Aber sie hält einem auch die Hand, wenn man es nötig hat.«

»Sie hat auch bei diesem Job für dich gestimmt«, sagte Derek.

»Ja, sie ist fair zu ihren Schülerinnen. Es schien so ein Glücksfall, weil Ramona sie mochte, und ich dachte, daß ich diesmal vielleicht…«

Sie sprach nicht zu Ende, sondern schaute zu Boden, und die dichten Stirnfransen beschatteten ihre Augen. Aber die meisten ihrer Zuhörer konnten den Gedanken zu Ende führen. Auch sie hatten diesmal Hoffnungen gehabt und mußten nun Hoffnung und Ehrgeiz vorläufig beiseite schieben und warten, daß Ramona aufwachte.

VI
Donnerstag, früher Abend
8. März 1973

Susan war im Bett eine Wilde, klein und braunhäutig und voller Entzücken über jeden Zentimeter von Steves Anatomie. Selbst einen bandagierten Fuß. Jetzt eben knabberte sie an seinen Zehen und bot ihm eine wunderbare Aussicht auf Rumpf und Schenkel. Er konnte nicht länger warten und zog sie zu sich hoch, um sie in die Arme zu schließen. »O Gott, Susan, du bist das Unglaublichste, das mir je passiert ist!«

Sie kicherte. »Halt die Klappe, Liebster, und komm zur Sache!«

Wenn man sie in der Außenwelt sah, würde man ihre Anziehungskraft vielleicht nicht bemerken. Erster Eindruck von Susan: klein, nett, tüchtig, abgesehen vielleicht von ihrem Haar, das immer etwas zerwühlt war. Vor sechs Monaten hatte sie sich in einem Bostoner Tagungshotel auf den Barhocker neben ihm gesetzt und ein Bier bestellt. Steve, der Avery Busby auf einer dreitägigen Konferenz vertrat, hatte sie verstohlen gemustert. Nicht sein Typ, aber er hatte schon schlechteres gesehen. Dann hatte sie ohne Einleitung gefragt: »Was meinen Sie, muß ich nach Caracas gehen?«

»Keine Frage von 'müssen'«, hatte Steve geantwortet. »Einige Leute sollten hingehen, andere nicht. Es kommt darauf an, wer man ist.«

Daraufhin hatte sie ihn direkt angesehen, mit überraschten blauen Augen, und etwas in ihm hatte auf das Versprechen reagiert, das er darin sah. »Sie haben recht!« hatte sie ausgerufen. »Ich habe versucht, es logisch anzugehen. Aber die Logik tut nichts zur Sache, nicht wahr? Ich fahre!«

Es stellte sich heraus, daß sie Susan Norwood hieß und stellvertretende Managerin einer Ölgesellschaft aus New Jersey war. Die Position in Venezuela, wo sie das Personalmanagement übernehmen sollte, konnte im positiven oder negativen Sinne ausschlaggebend für ihre Karriere sein. Steve hatte ja erst vor ganz kurzer Zeit, bei seinem abgelehnten Versuch, nach Japan zu gehen, mit einer ähnlichen Entscheidung gerungen, und wußte genau, wie ihr zumute war. Die verständnisinnige Diskussion an der Bar hatte ganz natürlich in eine angenehme Nacht und einen erfreulichen Morgen in ihrem Zimmer gemündet. Nichts Ernstes, hatte Steve sich gesagt, als er am nächsten Tag nach New York zurückflog. Nur wieder mal ein Erlebnis für eine Nacht, wie schon ein paar andere in der Zeit von Elaines komplizierten Schwangerschaften. Er richtete sich darauf ein, diese bei den anderen netten, aber unwichtigen Erinnerungen abzulegen. Er liebte Elaine. Er liebte Muffin. Sein Leben war nahezu vollkommen. Und überhaupt war Susan zwar ganz nett, aber nicht eigentlich sein Typ.

Diese schöne Illusion hatte vier Tage gedauert. Aber Dienstag in der Mittagspause erwischte er sich plötzlich in der Kassenschlange eines Buchladens mit einem Stapel illustrierter Bücher über Venezuela in der Hand. Im Werte von hundert Dollars. Lächerlich, hatte er gedacht, und die Bücher entschlossen zurückgelegt. Er besaß längst alles, was er sich je gewünscht hatte. Susan war nur ein angenehmes Abenteuer unterwegs. Nett, aber im Vergleich zu Elaines Schönheit ein wenig ungepflegt. Fast schludrig. Trotz allem, als er das letzte Buch ins Regal zurückstellte, stellte er fest, daß er nach ihr schmachtete wie ein Teenager. Besser, sie hier zu treffen, auf vertrautem Boden. Im kalten Tageslicht. Sie aus dem System kriegen. Von einer Telefonzelle aus rief er ihr Büro an, bekam ihren Anschluß und verabredete sich voll kühler Berechnung auf einen Drink nach der Arbeit.

Sie war genauso zerzaust gewesen wie zuvor. Genauso ungezähmt. Doppelt so faszinierend. Ganz benommen verabredete er sich mit ihr für Freitag zum Lunch in ihrer Wohnung. Hörte sich selbst beteuern, er sei im Begriff, sich scheiden zu lassen. Und beobachtete, wie er sich im Laufe dieser letzten sechs Monate von einem ernsthaften, beinahe gesetzten spießigen Managertyp zu einem leidenschaftlichen, abenteuerlustigen, vollständigen Mann wandelte. Innerlich jung. Und doch –

Und doch liebte er Elaine. Wahrhaft. Sie hatten soviel zusammen durchgemacht, um ihr Haus, ihr Kind, ihre entspannte Vertrautheit zu erreichen. Er war erwachsen, mit einer verständigen, erwachsenen Liebe. Und er behielt die Realität im Auge wie ein Erwachsener. Er kannte den Unterschied zwischen Liebe und bloßer Verliebtheit.

Daher, sagte die Logik, mußten seine Gefühle für Susan weit mehr sein als bloße Verliebtheit.

Weit, weit mehr. Was ihn dazu bringen konnte, auch nur mit dem Gedanken zu spielen, eine geliebte Frau zu verlassen, tragisches Unglück über eine Familie zu bringen, die er zutiefst, aufrichtig, als gereifter Mann liebte, das mußte eine Leidenschaft schicksalhaften Ausmaßes sein.

Susan fühlte das auch. Erst letzten Monat hatte sie sich eines Mittags an ihn gekuschelt und gestanden: »Steve, du Ekel, wegen dir gehe ich nach Venezuela. Und jetzt bliebe ich wegen dir lieber hier.«

»O Gott, Susan, dann bleib doch!« Er zog die Laken um sie herum, ihre grüngelben Laken mit dem Dschungelmuster.

»Was du mir in der Bar in Boston gesagt hast, war aber richtig.«

»Dann nehme ich es zurück! Nach nüchterner Überlegung.«

»Nüchtern!« Sie lachte. »Wir sind ein paar alberne Kindsköpfe, Steve!«

»Also ich finde es wundervoll. Ich will nicht, daß du weggehst. Ich möchte, daß es immer so bleibt.«

»Na, ich nicht!« Sie schwang sich herum und saß auf der Bettkante, die kurze, sinnliche Linie ihres Rückens ihm zugewandt. »Weißt du, warum ich mich habe scheiden lassen, Steve? Im Grunde, weil Bill mich nicht wachsen lassen wollte. Er wollte mich nicht ausprobieren lassen, wozu ich fähig bin.

Es war erstickend.« Sie sah ihn an, unerwartete Schläue in den silbrig blauen Augen. »Du weißt, was ich meine, Steve. Du erstickst auch.«

»Nein, mir gefällt es so, wie es ist.«

»Nein, tut es nicht. Wieso erzählst du mir sonst, daß du dich scheiden lassen willst?«

Gott, sie konnte in seinen Gedanken aus und ein gehen, als ob sie da zu Hause wäre. Er erinnerte sich noch, daß er gestammelt hatte: »Ja, also —«

»Ach, du brauchst nicht wieder zu lügen, Steve. Das habe ich sowieso nie geglaubt. Ein Typ, der mich nur in der Mittagspause sieht und vielleicht noch eine Stunde nach der Arbeit, der versucht nicht, seine Frau loszuwerden. So blöd bin ich auch nicht, mein Schatz. Ich weiß, daß du sie nicht verlassen willst. Du willst nur herumspielen. Gut, prima, das wollte ich auch nur.«

Hungrig stürzte er sich auf die Vergangenheitsform. »Wollte? Was willst du jetzt?«

»Caracas. Geld. Macht. Abenteuer.«

»Aber dies ist ein Abenteuer! Es ist doch nicht nur ein Spiel, Susan. Es ist Liebe.«

»Vielleicht.« Die Erinnerung an die Traurigkeit, die in ihrem Blick gelegen hatte, versetzte ihm immer noch einen Stich. »Wir kennen uns ziemlich gut, Steve. Vielleicht nicht alle äußeren Einzelheiten. Ich will über deine Frau und all das auch gar nichts wissen. Aber wir kennen uns tief im Innern. Du wußtest vom ersten Augenblick an, daß dies der richtige Schritt für mich war. Du bist durch den ganzen Wirrwarr direkt zum Kern der Sache vorgestoßen und hast gesagt, es ginge darum, wer ich sei. Dafür werde ich dir ewig dankbar sein.«

Bestürzt hatte sich Steve neben ihr aufgesetzt. »Aber wir können einander nicht aufgeben! Dies ist so richtig!«

»Mag sein.« Sie küßte ihn kurz auf die Stirn und stand auf, um sich anzuziehen. »Aber ich habe nicht vor, meine Zukunft sausen zu lassen und für eine Affäre in der Mittagspause hier hängenzubleiben. Und ich höre dich nicht sagen, daß du nach Venezuela kommst.«

»Nach Venezuela? Aber mein Job...« Er sprach nicht zu Ende und verbarg seine Unsicherheit, indem er sein Hemd zuknöpfte.

»Oh ja, dein Job. Deine Frau. Dein ganzes Leben. Richtig.« Sie hielt eine Handfläche hoch, um seinen Protest abzuwehren. »Es ist schon gut, mehr erwarte ich nicht, mein Lieber. Hab ich nie getan. Wir spielen einfach weiter herum, ja?«

Er sagte unsicher: »Vielleicht könnte ich irgendwann mal runterfliegen, Susan.«

»Schscht!« Sie lächelte ein trauriges Lächeln. »Die Mittagspause ist vorbei, Steve. Zeit für die albernen Kindsköpfe, ins wirkliche Leben zurückzukehren. Wie du sagst, es kommt darauf an, wer man ist.«

Sie hatte natürlich recht. Seine eigenen Worte; er hatte recht gehabt. Das war vor einem Monat gewesen; und obwohl seitdem nicht mehr davon gesprochen worden war, hatte Steve darüber gebrütet. Und jetzt mußte er die Frage ernst nehmen. Wer war er? War er ein Mann, der dieser Herausforderung gewachsen war — Veränderung, Leidenschaft, Venezuela? Der dem Tod ins Auge sehen und als Mann aus der Erfahrung hervorgehen konnte? Oder war er dazu verdammt, vom Kilimandscharo nur zu träumen, nichts als ein biederes Wesen, das den übermütigen Kindskopf spielte?

Natürlich hatte er daran gedacht, Elaine einfach zu verlassen, aber das wäre die Lösung eines Kindskopfes gewesen. Auf einen Frachter nach Venezuela springen und sich im Urwald durchschlagen. Und es war alles so kompliziert. Muffin, das süße Baby, war vielleicht zu klein, um dabei schon Schaden zu nehmen; aber beim bloßen Gedanken, Elaine zu verlassen, hatte er einen Kloß im Hals. Elaine war so gut, so liebevoll, verdiente nur das Beste. Es konnte nicht richtig sein, daß sie für die Tragödie ausersehen war; daß er, der sie aus tiefster

Seele liebte, vom Schicksal dazu bestimmt war, sie zu verletzen! Er wünschte, es könnte alles bleiben, wie es war. Aber Susan konnte nicht bleiben, sie hatte recht; es würde ihr wunderbares Temperament ersticken. Ihr Schicksal lag in Venezuela, im Abenteuer. Aber Steve fühlte sich zerrissen: wie konnte er beide Frauen so innig lieben?

Er schob seine Sorgen beiseite. Susan fuhr ab; er durfte diese letzten gemeinsamen Minuten nicht mit trübseligen Gedanken vertun. Er drückte sie an sich.

»Dies ist also das letzte Mal? Du kannst mich morgen nicht zum Flugplatz bringen?« fragte Susan sehnsüchtig.

»Gott, ich wünschte, ich könnte! Aber morgen gibt es keine Möglichkeit, wegzukommmen. Doch ich schwöre, Susan, irgendwie werde ich dich in Caracas treffen. Dies ist nicht das letzte Mal.«

»Ich wünschte, ich könnte dir glauben! Aber danke für dein Verständnis. Weißt du, daß du von den Männern, die ich kenne, der einzige bist, der versteht?«

»Alle halten dich für verrückt, weil du gehst?«

»Tja, Wilson nicht.« Wilson war ihr Chef. »Er sieht es als einen geschickten Schachzug in meiner Karriere. Aber auch er findet, es sei ein wildes Land für eine Frau allein.«

»Nicht für dich, Susan. Du wirst es zähmen. Mit Leichtigkeit.«

»Mmm.« Sie erwiderte seine Zärtlichkeit. »Das ist für all die netten Dinge, die du sagst, und die ich so gern glauben möchte. Mach dir jedenfalls keine Sorgen. Mir wird's gut gehen.«

»Ich weiß. Ich wünschte nur —« Er unterbrach sich, küßte sie und griff nach seiner Jacke. Es war keine Zeit mehr, alles zu sagen, was er sagen wollte. Sie umarmten sich zum Abschied, und er nahm ein Taxi zum Flughafen.

Nach der Probe mußte Nick ein paar Minuten auf Maggie warten. Endlich kam sie mit Sarah hereingestürmt. »Mußte für jemanden was erledigen«, erklärte Maggie. »Und dann brauchte Sarah neue Windeln, zu einem ungelegenen Zeitpunkt. Wie üblich.«

Nick schnitt seiner Tochter ein wüstes Gesicht. »Warst du ungelegen?« wollte er wissen.

Sarah hatte wie Nick braune Augen und fast keine Haare. Sie produzierte ein breites zahnloses Lächeln. Es erleuchtete das gesamte Universum. »Donnerschlag«, murmelte Nick.

Maggie amüsierte sich über seine Anfälligkeit. »Sie ist umwerfend, nicht?«

»Tödlich.« Während er den Tragegurt anschnallte, rasselte er eine ganze Liste herunter. »Außerdem nutzlos, anspruchsvoll, teuer, zeitraubend. Sie hat abstoßende persönliche Gewohnheiten. Sie besetzt unser Haus mit ihrem Krempel und vereinnahmt unsere Zeit mit ihrem Maunzen und Greinen. All das steht auf der einen Seite. Auf der anderen Seite steht dieses blöde Grinsen.«

»Und?« Maggie grinste auch, während sie die Treppe hinunterstiegen.

»Unschlagbar«, gab Nick zu.

»Ja. Tödlich«, stimmte Maggie zu. Sie beugte sich hinüber, um Sarah zu küssen, die fröhlich auf ihren Schal sabberte.

Nick half ihr beim Abwischen. »Paß auf. Die werden uns wahrscheinlich überhaupt nichts sagen, aber ich hätte irgendwie Lust, beim Krankenhaus vorbeizuschauen. Willst du mitkommen?«

»Klar. Ich hatte schon selber dran gedacht. Im Büro ist sowieso nicht viel los. Dan ist bei dem Computerprogramm, das wir für das Projekt der Resozialisierungsstelle brauchen, auf einen Fehler gestoßen, also kann ich ohnehin nicht viel tun, bis das in Ordnung ist. Eigentlich wollte ich mich gerade an die Steuern machen.«

»Ausgerechnet du, mit deinem Doktor in Statistiktheorie.«

»Weißt du, Steuerberaterin ist gar nicht so schlecht. Ich bin ja auch Wäscherin und Amme, und Sarah zahlt weit weniger als den Mindestlohn.«

»Das ist mir aufgefallen. Ich hoffe, die Schauspielergewerkschaft kommt nicht dahinter, daß ich Schwarzarbeit für sie leiste. Hat sie —«

»Nick? Nick O'Connor?« Eine Stimme hielt sie auf.

»Jaa?« Er schaute sich um.

Es war die Blondine, die zwei Abende zuvor bei der Probe hereingeschaut hatte. Heute trug sie einen hautengen lila Pullover, einen Minirock aus Wildleder und gestylte Clogs, in denen die fabelhaften Beine noch länger wirkten. Sie fiel mit ihnen in Gleichschritt. »Ich bin Didi«, sagte sie und spielte dabei mit ihren lila Perlen, die sie einmal in der, einmal in jener Richtung um die Finger wickelte. »Freundin von Larry.«

»Ja, ich habe Sie neulich abend gesehen. Wenn Sie nach Larry suchen, der ist vor ungefähr fünfzehn Minuten gegangen.«

»Ich weiß.«

»Ach. Oh, dies ist Maggie, und das ist meine Tochter Sarah.«

»Hallo.« Didi verschwendete kaum einen Blick an die beiden, ehe sie sich wieder an Nick wandte. »Sagen Sie mal, ist Larry in Schwierigkeiten? Wegen dieser Ramona Ricci-Sache?«

»Wir machen uns alle Sorgen um sie. Um die Show.«

»Nein. Ich meine die Bullen.«

»Nicht, daß ich wüßte. Vielleicht sollten Sie ihn fragen.«

Ein anmutiges Schulterzucken. Der lila Pullover war ein sehr wirkungsvolles Kleidungsstück. »Schon. Nur, wir hatten sowas wie einen Streit gestern abend. Aber mir ist aufgefallen, daß die Bullen heute da waren.«

»Die haben mit uns allen gesprochen.«

»Aber in der Zeitung stand doch, es war ein Raubüberfall. Wenn sie nach einem Straßenräuber suchen, warum befragen sie euch?«

»Gute Frage. Ich denke, sie haben vielleicht die Pistole gefunden, aus der auf sie geschossen wurde. Wollten wissen, ob einer von uns sie wiedererkennt, oder den Typ, der sie hatte.«

Sie wickelte die Perlen wieder um ihre Finger. »Wieso solltet ihr die Kanone kennen?«

»Sie gehörte Ramona, haben sie gesagt.«

Maggie überlegte: »Also gehen sie davon aus, daß der Räuber Ramona ihre eigene Pistole weggenommen und damit auf sie geschossen hat?«

»Wieso nicht? Passiert dauernd«, sagte Nick. »Aber sie waren da, um Fragen zu stellen, nicht um welche zu beantworten. Ich spekuliere nur herum, aufgrund dessen, was sie gefragt haben.«

Didi sagte: »Ramona ist doch nicht tot, oder?«

»Nein. Wir hoffen, daß sie durchkommt.«

»Das Lied, das sie da übers Alleinsein gesungen hat, ist mir durch und durch gegangen. Aber danach war sie ganz schön gemein.«

»Ach, eigentlich nicht. Sie hatte einen schlechten Tag, als Sie sie gesehen haben.«

»Larry sagt, sie ist scharf auf ihn. Er kann sie nicht loswerden.«

Nick wollte antworten, aber Maggie kam ihm zuvor. »Das muß lästig sein für ihn«, warf sie mitfühlend ein. »Sie kennen Larry recht gut?«

Didi zuckte wieder die Achseln. »Das ist es eben. Nicht sehr gut. Meine Freundin Linda war ein paarmal mit ihm verabredet und hat ihn mit in die Wohnung gebracht. Er gefiel mir. Dann ließ er sie fallen und verschwand für zwei Monate. Dann habe ich ihn zufällig beim Tanzunterricht wiedergetroffen, und an dem Abend rief er mich an. Aber es ist schwer, ihm näherzukommen. Gestern abend habe ich ihn erst zum dritten Mal gesehen, und wir hatten den Streit. Linda sagt, sie hätte auch nichts über ihn rausgekriegt, außer daß er Schluß macht, wenn es zu ernst wird. Sowas wie ein Egotrip, sagte sie. Ich hätte aufpassen sollen.«

»Sie meinen, er wollte Schluß machen?« Die ganze Wucht von Maggies kluger Einfühlung richtete sich auf Didi. Ich habe zwei tödliche Frauen, erkannte Nick.

»Ich hab' versucht, es nicht zu ernst werden zu lassen. Aber

Ramona machte eine Bemerkung, als wir gingen, über eine Brünette. Nick, gab es wirklich eine Brünette?«

Manchmal war die grausame Wahrheit am barmherzigsten. Nick sagte: »Die eine oder andere war immer da, zwei Abende pro Woche. Nicht, daß wir schon sehr lange geprobt hätten.«

»Ach so.« Sie war nicht überrascht, nur verstimmt. Sie ließ die Perlenschnur fallen. »Ich hätte es wissen sollen. Ein halbes Dutzend anständiger Typen könnte ich haben, und ich falle auf das Arschloch rein.«

»Himmel, sowas tut weh.« Auch Maggie hatte zu ihrer Zeit das eine oder andere Arschloch gekannt. »Er hat Sie angelogen?«

Didi straffte die Schultern und warf die blonde Mähne zurück. »Also gut, ich will ihn nicht schlechtmachen. Larry hat mir gesagt, daß er hundert Prozent auf seine Karriere steht. Hat gesagt, daß er sich nicht binden kann, wissen Sie, sondern bloß will, daß jeder seinen Spaß hat. Na toll. Das sagt man so, und dann — ach, Mist, ein Typ sagt dir, daß du wunderbar bist, und ihr amüsiert euch miteinander, habt wirklich eine tolle Zeit zusammen — na ja, dann wünscht man sich eben, daß es eine Weile so weitergeht.«

»Ich weiß. Mir ist das auch passiert. Ehe ich Nick traf.«

»Na ja, und all die Klagen, daß Ramona es auf ihn abgesehen hat, vielleicht sollte das nur eine Warnung für mich sein. Verdammt.«

Maggie war an der Ecke stehengeblieben. »Sie glauben, Sie können ihn aufgeben? Ich meine, wenn seine Idee mit dem Spaßhaben Ihnen nicht genügt.«

»Warum glaube ich nur immer, daß sie sich ändern?« Didi, die Hände in den Minirocktaschen, die Schultern hochgezogen, hatte ein verirrtes Stück Zeitung in der Gosse gefunden und versuchte eifrig, es mit der Clogspitze durch das Gullygitter zu manövrieren.

»Wie auch immer, ich glaube, ich kann den Bullen sagen, daß er in der Nacht bei mir war«, sagte sie schließlich.

Maggies Augen wurden um eine Nuance schmaler. »Aber nicht lange, weil es den Streit wegen Ramona gab, nicht?«

»Ach, erzählen Sie ihnen das nicht, ja? Hat ja keinen Sinn, ihn reinzureißen. Sehen Sie, wir wollten die ganze Nacht zusammenbleiben, also kann er ja nicht geplant haben, sie zu erschießen, ganz gleich wie wütend er war!«

»Bestimmt nicht«, tröstete Nick und schaukelte Sarah, die den Stillstand nicht billigte. »Er hat eine phantastische Rolle in dieser Show. Zwei phantastische Rollen, Albert und Disraeli. Wenn er Ramona auch noch so gehaßt hat, die würde er nicht aufs Spiel setzen.«

»Hundert Prozent für die Karriere«, stimmte Didi bitter zu.

»Stimmt. Kein Grund, die Polizei anzulügen, das kriegen sie raus.«

»Vielleicht. Vielleicht fragen sie mich nicht mal. Und überhaupt, für mich macht es ja keinen beschissenen Unterschied mehr, oder?« Sie warf ihr goldenes Haar zurück, gab das Gullygitter auf und ging mit großen Schritten die Straße zurück. Nicks Augen verweilten kurz auf der unbewußten Anmut, dem Schwung schmaler Hüften. Larry mußte verrückt sein.

Maggie wandte sich Richtung Krankenhaus, warf aber Nick einen besorgten Blick zu. »Er klingt wie der geborene Playboy.«

»Mm-hmm.«

»Nick, fühlst du dich angebunden?«

»Natürlich. Aber ich habe Larrys Art zu leben auch probiert. Ich fand es deprimierend.«

»Aber dies wird auch deprimierend.«

Ein merkwürdig wunder Ton lag in ihrer Stimme. Angst? Machte sie sich auch Sorgen?

»Gelegentlich«, gab Nick zu. Da er keine große Lust hatte, die Frage genauer zu untersuchen, beruhigte er sie mit einer anderen Wahrheit. »Aber weißt du, mein Geschmack in Frauen hat sich geändert. Wollüstige Blondinen sind ja gut und schön, aber heutzutage sind es die Kahlköpfigen und Zahnlosen, die mich richtig schwach machen.«

Maggie lachte, und der Schatten zwischen ihnen schrumpfte. »Ja, die sind mir auch die liebsten. Tut mir leid, daß ich mich heute abend verspätet habe.«

»Du sagtest, du hattest was zu erledigen. Also nicht nur Sarah?«

»Nein, ich kann ihr nicht die ganze Schuld geben.« Sie runzelte die Stirn. »Es war merkwürdig. Ich würde gern deine Meinung dazu hören.«

»Schieß los.«

»Also. Vor ein oder zwei Tagen habe ich einen Typ namens Buzz getroffen. Gut angezogen, Mitte dreißig, sowas wie ein Bankmensch oder Manager. Schien nett. Er hat eine kleine zweijährige Tochter. Wir haben uns bloß eine Minute unterhalten und sind dann unserer Wege gegangen. Dann habe ich ihn heute wiedergetroffen. Er hatte Probleme. Haufenweise. Hauptsächlich war er die Treppe heruntergefallen und hatte sich den Knöchel verstaucht. Sie hatten ihn bandagiert, aber er hatte irgendeine große Sache laufen und wollte sie heute noch fertigkriegen, obwohl das Überstunden bedeutete. Aber seine Frau war nicht in der Stadt, und er mußte für sein Kind sorgen.«

»Na, mein Mitgefühl hat er!« sagte Nick mit Nachdruck.

»Ja, meins auch. Er kam ganz gut zurecht. Er hatte veranlaßt, daß eine Babysitterin in sein kleines Pied-à-terre kommen sollte, wie er das nennt. Es ist ein Studio im vierten Stock eines alten Gußeisengebäudes, das renoviert wird, nicht weit von hier. In dem Gebäude gibt es noch keine Fahrstühle.«

»Und er hat den schlimmen Knöchel.«

»Ja. Er schien verzweifelt, Nick. Wie sollte er sie vom Kindergarten holen und zum Babysitter hochschaffen?«

»Die Plagen der Papaschaft. Zweijährige sind angeblich noch schwerer zu handhaben als Sarah.« Auch Nick hatte *Eltern* gelesen. Betreten inspizierte er den schlummernden Kopf seiner Tochter.

»Und sie sind viel schwerer als Sarah«, stimmte Maggie zu. »Jedenfalls hat er mich gebeten, es für ihn zu erledigen, und er war so im Druck, daß ich ja gesagt habe. Das Geld für die Babysitterin hat er mir auch gegeben, in einem Umschlag.«

Nick runzelte die Stirn. »Vertrauensvolle Seele.«

»Vielleicht hat Sarah ihm Vertrauen zu mir eingeflößt. Jedenfalls gab es keine Probleme. Ich ging zum Kindergarten, eine *Montessori*-Schule nicht weit von deinen alten Jagdgründen, dem Theater in der Sullivan Street.« Nick nickte. Das war eine gute Rolle gewesen, damals, als er noch Haare hatte. Das Leben war damals ganz anders gewesen. Maggie fuhr fort: »Ich fragte nach Muffin. Sie sagten, ihr Vater hätte angerufen und haben sie mir einfach übergeben. Niedliches kleines Mädchen. Meinetwegen sehr beklommen, aber sie interessierte sich für Sarah und beschwerte sich nicht. Also habe ich sie in das Apartment gebracht. Nur ein paar davon sind fertig. Der Rest des Gebäudes besteht noch aus Bretterstapeln und Gipsplatten.«

»Klingt heimatlich.«

»Ja. Die Babysitterin war im Eingang des fertigen Teils. Beschwerte sich über ihre Arthritis und welches Glück ich hätte, jung zu sein. Sie hieß Mrs. Golden. Großmutter aus der Arbeiterklasse. Rauchte viel und redete noch mehr. Ich gab ihr den Schlüssel und Muffin und fragte, ob ich Sarahs Windeln dort wechseln könnte.«

»Also worüber machst du dir Sorgen?« Nick zog den Riemen von Sarahs Tragegurt auf seiner Schulter zurecht. »Das klingt doch, als ob er seine Probleme gelöst hätte.«

Maggie blickte finster auf die Fußgängerampel, die Rot zeigte. »Auf meinem Weg hierher haben mich eine Menge Kleinigkeiten nachdenklich gemacht. Erstens mal ist Mrs. Golden nicht ganz das, was Buzz meiner Ansicht nach einstellen würde. Ich hätte eine Nanny oder vielleicht eine mütterliche Jamaicanerin oder eine Oberschülerin aus den oberen Klassen erwartet. Natürlich mußte er alles in höchster Eile arrangieren, aber ich würde doch meinen, daß er Leute kennt, die er anrufen könnte.«

»Tja, aber schließlich war es ein unerwartetes Problem.«

»Schon. Aber auch die Wohnung war merkwürdig. Sie ist winzig, nagelneu möbliert und sieht einfach nicht aus wie Buzz' Wohnung.«

»Woher weißt du, wie seine Wohnung aussehen müßte?«

»Er verdient gut, okay? Burberry, gute Uhr, Schuhe, Aktentasche. Aber die Wohnung war klein und dunkel. Aussicht auf den Luftschacht. Von der Eingangshalle aus kann man sehen, daß ein paar von den anderen Wohnungen im fertigen Teil einen viel schöneren Blick haben. Selbst wenn es da einen Preisunterschied gibt, er kommt mir vor wie jemand, der die bessere haben wollte.«

»Vielleicht gibt er sein ganzes Geld für Klamotten aus.«

»Könnte sein. Aber die Möbel waren auch merkwürdig. Neu, aber billig. Ich meine, jemand mit einem Burberry, der Wörter wie Pied-à-terre benutzt, kauft seine Möbel nicht bei Woolworth.«

»Mir ist schon klar, was du meinst. Aber es ist ja offensichtlich nicht sein Hauptwohnsitz.«

»Sicher. Aber es war etwas faul dran. Als ob man in eine Bühnendekoration hineinkommt. Oder als ob er sie für jemand anders genommen hat.«

»Tja, solange es dem kleinen Mädchen gut geht, ist es ja nicht deine Sache, über sein Privatleben nachzugrübeln.«

»Weißt du, das würde erklären, wieso er nicht seine übliche Babysitterin genommen hat. Vielleicht will er nicht, daß jemand, den er kennt, etwas von dem Apartment weiß.«

»Weißt du denn genau, daß es nicht seine übliche ist?«

»Sie sagte, es sei das erste Mal, daß sie für Mr. Hartford arbeitet. Dann schwätzte sie über ihre eigene Familie. Ihre Töchter und ihren Neffen. Jerry sowieso. Abelson? Jedenfalls wies sie darauf hin, daß das Schloß nichts taugt. Sie hatte recht. Ich hätte den Schlüssel nicht gebraucht, den er mir gegeben hat.«

Nick grinste seine fingerfertige und nicht immer gesetzestreue Frau an. »Nicht jeder verfügt über deine Talente.«

»Ein paar üble Typen schon. Und Nick, es war seine Tochter!«

»Ja.« Nick schaute auf seine eigene hinunter und wurde von Beschützerinstinkten heimgesucht, während sie in die Auffahrt zum Krankenhauseingang einbogen. »Ich hätte es bestimmt nicht auf die Art gemacht. Ich hätte jemanden angerufen, den ich kannte. Glaubst du, Mrs. Golden ist in Ordnung?«

»Ich denke schon.« Sie war immer noch voller Zweifel. »Sie wird der kleinen Muffin wahrscheinlich die Ohren abschwätzen, aber davon abgesehen schien sie kompetent und freundlich.«

»Na, du hast ihm den Gefallen getan wie gewünscht«, sagte Nick nüchtern. »Mehr kann er ja nicht erwarten.«

Sie zuckte die Achseln und nickte. Er stieß die Türen auf, und sie richteten ihre sorgenvollen Gedanken auf Ramona.

VII
Donnerstag abend

8. März 1973

Die Rezeption im Krankenhaus wurde von einem unruhigen Pulk besorgter Menschen umlagert — einem hageren Mann im ausgefransten Parka, Oberhaupt einer schwatzenden südamerikanischen Familie, einer schwarzen Frau mit einem kulleräugigen kleinen Jungen auf dem Arm, einer blassen und hochschwangeren nordeuropäischen Frau, einer untersetzten Nonne mit einem olivhäutigen Mädchen an der Hand, und einem rosigen Dickwanst in der Jacke einer Umzugsfirma. Nick und Maggie arbeiteten sich schließlich bis zum Tisch durch und fragten nach Ramona.

»Unverändert«, sagte die Frau an der Anmeldung knapp. Wahrscheinlich fehlte es ihr nicht an Mitgefühl, überlegte Nick, aber sie wäre kaum imstande, ihre Aufgabe zu erfüllen, wenn sie sich jeden traurigen Fall zu Herzen nähme. Ihre hellen Augen konzentrierten sich einen Augenblick auf die aufmerksame Sarah, und sie fragte: »Gehören Sie zur engeren Familie?«

»Nein. Wir sind Freunde.«

»Tut mir leid. Nur Verwandte dürfen sie besuchen, bis sich ihr Zustand gebessert hat.«

»Danke.« Maggie warf Nick einen resignierten Blick zu: die Schlacht können wir später schlagen, wenn überhaupt. Sie wandten sich zum Gehen.

An der Tür verstellte ihnen die Nonne den Weg. »Ich hörte Sie nach Ramona fragen.« Ihre schwarzen Augen blickten hellwach, ihr angejahrtes Gesicht besorgt. Sie hielt immer noch das raffzähnige, etwa zwölfjährige Mädchen an der Hand, das schüchtern auf seine Schuhe schaute.

Nick sagte: »Ja.«

»Wissen Sie, was passiert ist? Sie wollten es mir nicht sagen. Ich habe Luisa hier nur zu einem Zahnarzt gebracht, den ich kenne, und wir wollten bei ihr vorbeigehen, sind aber nicht weiter gekommen als bis zur Anmeldung. Und ich habe mit ihrem Mann gesprochen, aber er war sehr kurz angebunden mit mir, der Arme.«

»Meine Frau und ich haben sie gefunden.«

»Oh, dem Herrn sei Dank!« Etwas an ihren vorstehenden Zähnen verlieh ihrem Lächeln eine bezaubernde Clownhaftigkeit, als ob Bugs Bunny von der Leinwand in ein Kloster übergesiedelt wäre. Sie stubste an Sarahs Nase. »Und so ein kleines Schätzchen, direkt von Gott! Bitte setzen Sie sich einen Augenblick zu uns und erzählen Sie uns davon. Wissen Sie, wir waren schon draußen, und dann fiel mir mein Regenschirm ein, und ich kam zurück und hörte Sie nach ihr fragen. Ich bin ja so froh!« Flugs streckte das stämmige Energiebündel ihren zusammengefalteten Regenschirm aus und scheuchte sie zu ein paar Plastikstühlen, von denen sich die südamerikanische Familie gerade erhoben hatte. »Es ist ernst, wie ich höre«, half sie ihnen auf die Sprünge, als sie sich setzten.

»Ja. Sie wurde angeschossen.«

Die schwarzen Augen wurden in einer mitfühlenden Grimasse zugekniffen. »Das arme Herzchen! Wie kam es, daß Sie sie gefunden haben?«

Nick umriß die Situation. Sie nickte ernsthaft und fragte: »Sie war bewußtlos?«

»Ja. Sie blutete stark«, sagte Maggie. Sie nahm Sarah auf den Schoß, wo sie nach Luisas Ohr grapschte. Beide Kinder amüsierten sich königlich.

»Ich hoffe, die Ärzte können sie wieder zusammenflicken«, sagte Nick.

»Ja. Ich bin so froh, daß Sie beide für sie da waren!«

»Ich muß dauernd denken, wenn wir doch einfach mit ihr zum Restaurant gegangen wären«, sagte Nick, obwohl er beschlossen hatte, auf keinen Fall Hätte-oder-wenn-doch-nur-Spiele zu spielen. Möglicherweise legte der Anblick des Nonnenhabits den Gedanken an Beichte nahe. Sein Schmerz und seine Reue brannten immer noch ganz dicht unter der Oberfläche. »Ich wünschte, wir hätten es getan.«

Sie bot Verständnis, keine Absolution. »Ich auch, Söhnchen, aber was wissen wir schon?«

Maggie sagte: »Schwester, entschuldigen Sie, aber ich hätte nicht gedacht, daß Ramona eine enge Freundin von Ihnen ist.«

Sie gluckste. »Ich hätte das auch nicht gedacht! Aber sehen Sie« — sie beugte sich vor und machte ihre Mitteilung mit heiterem Nachdruck — »Gott ist verrückt!«

Selbst Maggie war verblüfft. »Ja, das mag sein, Schwester.«

»Verrückt und wundervoll. Für uns Sterbliche unbegreiflich. Wir wissen nicht, wer wir sind, oder wozu wir fähig sind.« Sie warf sich so schwungvoll zurück, daß der Stuhl knarrte. »Es ist viele Jahre her, daß ich Ramona kennengelernt habe. Ich hatte gerade erst in dem Asyl in Süd-Brooklyn angefangen. Hier.« Aus den Falten ihres Gewandes zog sie eine fleckige Karte hervor und reichte sie Nick. *Sankt Thomas Stift* stand darauf, und darunter, handgeschrieben, Schwester Alphonsus. Sie fuhr fort: »Ramona war sechzehn. Ich hatte sie mit ein paar von den Oberschülerinnen gesehen, die manchmal vorbeikamen, aber sie war nie lange geblieben. Dann erschien sie eines Nachts. Blaues Auge, Quetschwunden und ein Koffer. 'Schwester', sagte sie, 'ich gehe auf den Times Square und werde Nutte!' 'Gut', sagte ich, 'und was willst du von mir, einen U-Bahnfahrschein?'«

Sie konnten nicht anders als mitlachen, als Schwester Alphonsus bei der Erinnerung an ihren eigenen Witz losprustete. Sogar die schüchterne Luisa grinste ihre Schuhe an.

Sie fuhr fort: »Na, sie war sechzehn und fand es nicht komisch. Sie schmiß ihren Koffer nach mir und machte eine Lampe kaputt, und ich begriff, daß sie auf Kampf aus war. Also nahm ich einen Besen, jagte sie in mein Zimmer und schloß die Tür ab.« Sie fing Luisas fassungslosen Blick auf und nickte heftig. »Ja, das habe ich gemacht! Und du merk dir das, mein Kind! Ramona tobte und brüllte eine Weile, dann beruhigte sie sich und schlief. Ich schlief auf meiner holprigen alten Couch. Am nächsten Morgen ließ sie mit sich reden.«

Nick hatte plötzlich einen Einfall. »Haben Sie ihr Kakao gebracht?«

»Ja. Ja, ich glaube schon.« Sie sah jetzt ernst aus, jedenfalls so ernst, wie es ihr Comic-Gesicht erlaubte. »Und sie erzählte mir von ihrem Pa, der Alkoholiker war und sie abwechselnd verwöhnte und verprügelte. Ihre Mutter war schon längst daran kaputtgegangen, aber Ramona war zäher. Liebte ihn, haßte aber, was er ihr antat. Und dann fragte sie, was kann ich tun. Und ich sagte, 'Das sag' ich dir nach dem Frühstück.'«

»Gute Idee. Ihr was zu essen zu geben«, sagte Maggie, die ewig Hungrige.

»Ach, das war's gar nicht!« Wieder dies beschwipste Grinsen. »Ich brauchte Zeit, verstehen Sie! Ich hatte nicht die leiseste Ahnung, was zu tun war. Ich habe ein so lahmes Hirn, ich weiß wirklich nicht, warum Gott mich erwählt hat. Ich wundere mich über Seinen Geschmack, wissen Sie? Aber die Menschen sind manchmal gebrochen, und dann schickt Er mir die Kraft zu helfen.« Sie vollführte einen begeisterten kleinen Hopser auf dem gequälten Stuhl. »Wie damals bei Ramona! Sehen Sie, während des Frühstücks — zu uns kommen alle möglichen Leute, wissen Sie, und manche brauchen Frühstück — schaute sich Ramona am Tisch um und fing plötzlich an, mit den Händen einen Takt zu klatschen. Und dann sang sie los: 'Und ich wasch' mir den Kerl einfach ab von der Pelle'. Tja, ich glaube, sie meinte ihren Vater. Aber das spielt keine Rolle. Der Punkt ist, daß sie die ganzen Gammler und selbst die alte trockene Schwester Catherine Mary einfach bezauberte. Sie klatschten im Takt mit ihr und grinsten wie die Idioten. Also gab Gott mir den Gedanken an Heck Callahan ein. Wir waren zusammen auf die Grundschule zum Heiligen Franziskus gegangen.«

»Aha«, sagte Nick. Callahan war in den Fünfzigern ein führender Produzent gewesen.

»Ich rief ihn an und weckte ihn auf, glaube ich, und sagte, er müßte sich dieses Kind ansehen. Und er fluchte auf mich und kriegte dann raus, daß ich Nonne geworden war, und es war ihm so peinlich, daß er ja gesagt hat. Also habe ich nach dem Frühstück zu Ramona gesagt, sie soll sich ihre zwei liebsten Songs überlegen und dann losziehen und sie Heck vorsingen.«

»Und der Rest ist Geschichte.«

Wieder erleuchtete das komische Lächeln ihr Gesicht. »Eine Menge Leute vergessen. Ramona kam kaum jemals wieder. Eine Weile dachte ich, sie hätte Angst, ihren Pa zu treffen, und später war sie so berühmt. Aber vergessen hat sie nicht. Zweimal im Jahr hat sie Geld geschickt.«

Nick sagte: »Uns hat sie erzählt, Sie wären ihre beste Freundin.«

»Oh, dabei geht es nicht um mich. Sie sieht jemanden durch mich, will es aber nicht zugeben.« Schwester Alphonsus nickte energisch. »Und ich sehe Ihn durch sie und durch die anderen wunderbaren Menschen, denen ich begegne. Ich liebe diese geschundene alte Welt, aber es kostet eine Menge Anstrengung und viel gegenseitige Hilfe.« Sie warf einen Blick auf Luisa. »Luisas Mami strengt sich jetzt sehr an.«

»Auf Entzug«, steuerte Luisa bei und warf Nick einen schüchternen Blick zu. »Dann geht es ihr besser, und sie bekommt einen Job.«

»Aber inzwischen muß jemand Luisa zu einem Zahnarzt bringen. Ich sag' halt zu mir selbst: 'He, du mit den Raffzähnen, du willst doch nicht, daß sie so wird wie du!' Also unternehme ich was.«

»Ihr Asyl ist für Kinder?« fragte Maggie wißbegierig.

»Das ist unser Ziel. Aber manchmal hilft man den Kindern am besten, indem man der Mama eine Verschnaufpause verschafft, oder den Papa überredet, die Schule zu Ende zu machen, oder einfach der ganzen Familie eine warme Mahlzeit gibt.« Sie grinste. »Ramona ist so ein Witzbold. Nennt es Stützverband für gebrochene Leben. Na, die meisten Menschen heilen schnell mit ein bißchen Hilfe. Wir brauchen allerdings mehr familiäre Unterstützung für die Zeiten, wo eine Familie wirklich hart dran ist. Ramona hofft, sie kann dabei helfen. Und ein paarmal habe ich sie angerufen, wenn da ein junges Mädchen war, dem sie helfen konnte. Sie zieht mich immer auf. Sagt, ihre große Chance sei mit *Auf Teufel komm raus* gekommen, also könne Gott nicht dafür verantwortlich sein. Aber sie tut immer, worum ich sie bitte.«

Nick sah plötzlich Schwester Alphonsus vor sich, strahlend in der verhuschten Bevölkerung von Süd-Brooklyn, wie sie diesem eine Tüte Lebensmittel, jenem eine Zahnklammer und der nächsten ein komplettes neues Leben verabreichte, alles mit dem gleichen schiefen, dankbaren Lächeln. Maggie schaute ihn fragend an, und er nickte. Sie drückte Schwester Alphonsus zwanzig Dollar in die Hand.

»Hier, Schwester. Damit jemand einen Stützverband bekommt.«

»Oh, Luisa, schau nur! Da ist der Rest von Mrs. Hameds Miete!« frohlockte Schwester Alphonsus.

»Mrs. Hamed? Das klingt mir aber nicht sehr katholisch«, flachste Nick.

»Ach was, katholisch, schmackolisch! Wenn Gott uns auf die Art sortiert haben will, soll er das selber machen«, schnaubte sie. »Wissen Sie, Mrs. Hameds Jüngster hat vier große Knöpfe verschluckt, daher hatte sie ein paar unerwartete Ausgaben. Und ihre Papiere sind noch nicht durch, deshalb bekommt sie keinen Zuschuß vom Gesundheitsdienst.« Sie stand energisch auf. »Wir gehen besser, sonst macht Luisas Schwester sich noch Sorgen um sie.«

»Ja«, stimmte Nick zu. Sie gingen alle in die kühle Abendluft hinaus. »Schwester, ich bin froh, daß Ramona eine Freundin hat wie Sie.«

»Ach, ich hoffe so, daß sie gesund wird! Na, sie ist stark, und ich werde alle bitten, für sie zu beten.«

»Gut.«

»Ja, Gott ist einmalig!« Sie hakte ihren fest zusammengerollten Regenschirm über einen Arm und ergriff Luisas Hand, dann schaute sie mit verwundertem Kopfschütteln zum Krankenhaus zurück. »Aber verrückt.«

* * *

Nick und Maggie waren bis zur Einfahrt des Krankenhausparkplatzes gekommen, als eine graue Limousine vor ihnen ausscherte. Der Fahrer hing angestrengt über dem Lenkrad und sah aus wie eine große ernsthafte Dänische Dogge. Nick sprang auf den Wagen zu und schlug auf die Windschutzscheibe.

»Mr. Jenkins! Entschuldigen Sie, bitte!«

»Was zum Teufel soll das heißen?« fauchte Jenkins durch den vier-Zentimeter-Spalt des nicht geschlossenen Seitenfensters.

»Es tut mir leid. Aber ich bin ein Freund von Ramona. Ich dachte, Sie könnten uns sagen, wie es ihr geht.«

»Mein Gott!« explodierte er, und seine stachligen Brauen zogen sich zusammen. »Erst dieser spillerige Wicht von einem Engländer, dann die Nonne, und jetzt Sie! Hat denn keiner von Ihnen auch nur einen Funken Respekt im Leibe?«

»Doch. Aber uns liegt auch viel an Ramona.«

»Euch liegt viel an ihrem verfluchten Geld! Sie sind doch auch einer von diesen gottverdammten Schauspielern, stimmt's?«

Nick fühlte, daß sich sein Kinn straffte. »Ja, Sir, ich bin einer von diesen gottverdammten Schauspielern, Sir«, sagte er milde.

»Ihren Sarkasmus können Sie sich sparen. Ich habe keine Lust, mit einem von Ihnen zu reden. Der einzige, mit dem ich reden möchte, ist der Kerl, der sie auf dem Baugrundstück gefunden hat.«

»Zu Ihren Diensten«, sagte Nick. »Sir.«

»Was?«

»Ich bin der Kerl. Ich habe sie gefunden. Meine Frau und ich.«

Die gramvollen Augen wanderten zum ersten Mal zu Maggie hinüber. »Ist das Ihr Baby?«

»Nein, wir machen ein Hobby draus, Findelkinder einzusammeln.«

Jenkins ignorierte das. »Die Polizei hat ein Baby erwähnt. Also gut, steigen Sie ein, und wir reden.« Er drückte einen Knopf, um die Türen zu entriegeln. Maggie nahm Sarah mit nach vorn auf den Beifahrersitz, während Nick sich in den geräumigen Rücksitz sinken ließ. Moosweiche Polster, luxuriöser Duft von dickem Leder.

»Ich fürchte, ich kann nicht lange reden, Mr. Jenkins«, sagte Maggie, als die große Maschine schnurrend in die Straße einbog. »Muß zurück an die Arbeit.«

»Dann haben Sie mit dieser verdammten Show nichts zu tun?«

»Nein. Ich bin Statistikerin.«

Jenkins runzelte die Stirn. »Finanzen? Nie von Ihnen gehört.«

»Nein, Beraterin für Leute, die statistische Erhebungen analysieren wollen, Programme auswerten, sowas in der Art. Wir arbeiten mit Firmen und Wissenschaftlern, und wir arbeiten für Regierungsprojekte. Aber das wollen Sie ja nicht von uns wissen.«

»Nein, ich — sagen Sie, wo Sie hin wollen. Ich setze Sie da ab.«

Sie nannte ihm die Adresse, und er wechselte die Spur. »Was ich wissen wollte«, sagte er, »war, wie der Schurke entkommen konnte. Die Polizei weicht der Frage immer aus.«

»Die wissen es wahrscheinlich nicht«, sagte Maggie. »Ich könnte Ihnen unsere Theorie erläutern. Wir glauben, der Junge rannte durch das Gebäude zur nächsten Straße.« Sie beschrieb noch einmal die schützenden Gerüste, die zerbrochenen Sperrholzwände und die leere Handtasche.

»Niemand hat ihn wegrennen sehen?«

»Nein. Daher nehmen wir an, daß er in die nächste Straße gelaufen ist. Da war ein Baugerüst. Gute Deckung.«

»Ich verstehe. Hören Sie, Sie haben 'Junge' gesagt. Wieso 'Junge'?«

»Mr. Jenkins«, sagte Nick, der sich aus den Tiefen der Polster hochkämpfte, um sich vorzubeugen, »die Polizei hat Ihnen offenbar nicht viel gesagt.«

»Verdammt ausweichend«, stimmte Jenkins zu.

»Wissen Sie was, wir würden gern einen Tauschhandel machen«, erklärte Maggie. »Uns gegenüber ist die Polizei auch sehr ausweichend gewesen.«

»Na ja, Sie haben sie als Letzte gesehen! Woher soll ich wissen, daß Sie sie nicht erschossen haben?«

»Das können Sie nicht wissen«, sagte Nick. Er wünschte, der Sitz wäre nicht gar so tief und weich. Ein weniger luxuriöser Rücksitz würde es ihm leichter machen, sich zu bewegen. Mühsam stützte er sich ab und schob sich vor, so daß er auf der runden Vorderkante des Polsters balancieren konnte. »Wir können auch nicht wissen, daß Sie sie nicht erschossen haben.«

Doch Jenkins schien eher verblüfft als beleidigt. »Ich? Großer Gott, warum?«

»Schneller als Scheidung«, sagte Maggie trocken.

»Und Sie bekämen Ramonas Geld«, fügte Nick hinzu.

»Ramonas Geld? Verdammt nochmal, sie wird nicht sterben! Und wer zum Teufel, glauben Sie, will die verdammte Scheidung? Ich doch nicht!«

»Das war nicht gerade eine freundschaftliche Auseinandersetzung, die Sie auf der Probe mit ihr hatten.«

»Das geht Sie nichts an.«

»Wahrscheinlich nicht. Aber sie hat uns erzählt, Sie hätten eine Affäre«, sagte Maggie.

»Herrje, dieses blöde Weib!« Jenkins stöhnte. »Und Ramona auch. Ich hätte nicht gedacht, daß sie das herumerzählt. Ja, stimmt, ich habe mich mit einer Frau getroffen. Aber das hatte nichts zu bedeuten! Es liegt nur daran, daß Ramona sich auf diese Projekte einläßt und nichts anderes mehr für sie existiert. Ich könnte genausogut auf dem Mond sein. Also gut, diesmal war da jemand ... tja ... verfügbar. Und ich dachte, ich könnte mich inzwischen amüsieren.«

Nick hatte diese Geschichte schon hundertmal gehört: der hingebungsvolle Theatermensch, besessen von einem Stück oder einer Rolle, der alles andere völlig vernachlässigt. Und der verunsicherte Partner reagiert eifersüchtig auf den Verlust der Vorrangstellung und nennt die Reaktion Rache oder Selbstverwirklichung oder Amüsement, genau wie Jenkins.

Jenkins wiederholte: »Aber es hatte nichts zu bedeuten.«

»Für Ramona wahrscheinlich doch.«

»Ich weiß nicht, wieso sie das nicht begreifen konnte! Sie hat diese ganzen katholischen Komplexe, dabei ist sie seit Jahren nicht in der Kirche gewesen. Ich habe ihr das früher schon erklärt, wenn sie solche Phasen hatte — aber Ken Martin hat mir erzählt, daß sie diesmal völlig außer sich war. Richtig wütend.«

»Sie hat es einfach herausgefunden?« fragte Maggie.

»Das idiotische Weib hat sie angerufen! Natürlich ist Ramona an die Decke gegangen. Direkt zu Ken gerast, um die Scheidung einzureichen. Diesbezüglich hatte sie keine katholischen Komplexe! Er hat natürlich versucht, ihr das auszureden. Ist seit Jahren mit mir befreundet. Aber er konnte nicht.«

»Sie war sehr aufgebracht«, sagte Nick. Der Wagen fuhr über ein Schlagloch, und er rutschte hilflos wieder in den allumfassenden Sitz zurück.

»Aber wir renken das wieder ein. Irgendwie. Sie hatte versprochen, mit mir zu reden, genau an dem Abend.«

»Sie möchten also die Ehe retten?«

»Na selbstverständlich! Ramona — sie ist eben was Besonderes.«

»Da haben Sie recht«, stimmte Nick zu, aber er fragte sich, wieviele von Jenkins' Eröffnungen auf Wahrheit beruhten. Er schaute zu, wie die Straßenlaternen am Rückfenster vorbeiglitten. »Sie glauben, Ken Martin hilft Ihnen? Und Ramona auch? Das verstehe ich nicht.«

»Stimmt schon, es ist schwierig für ihn. Aber er ist schon seit einer ganzen Weile Familienanwalt. Sie ist auch nicht zum erstenmal hinter meinem Rücken zu ihm geschlichen. Eher als ich haben Sie gewußt, daß sie Ken für dies idiotische Musical-Projekt eingespannt hat. Aber er hat ihr gesagt, er besteht darauf, daß sie sich für die Scheidung jemand anderen sucht. Sie hat natürlich getobt, und … tja, schließlich hat er gesagt, vielleicht müßte doch ich mir einen anderen suchen. Aber all das — zum Teufel, welchen Unterschied macht das jetzt?«

Nick rutschte wieder nach vorn. »Ist ihr Zustand denn so schlecht?«

»Schlimm genug — und diese idiotischen Polizisten! Sagen, sie tun alles, was sie können, wollen mir aber nichts sagen, und nach allem, was ich höre, sind sie überzeugt, es war einer von den Männern auf dem Foto.«

»Aber Sie sind nicht überzeugt?« fragte Maggie.

»Tja, nachdem diese dumme Frau sie angerufen hatte, war sie in einer furchtbaren Stimmung. Ich habe mich gefragt, ob sie sich vielleicht in Schwierigkeiten gebracht hat. Ob es jemand war, den sie kannte.«

»Wir zum Beispiel.«

»Genau.«

»Na, es stimmt, daß sie an dem Tag wie eine Wilde auf uns losgegangen ist«, sagte Nick. »Mit der Stimmung haben Sie recht. Aber sie schien nicht in Selbstmordlaune zu sein, wenn Sie das meinen. Mehr außer sich. Möglicherweise nicht so auf der Hut, wie es nötig gewesen wäre. Und die Polizei scheint es für erwiesen zu halten, daß es ein Straßenräuber war.«

»Durch was erwiesen?« fragte er barsch und wißbegierig.

»Bitte, Mr. Jenkins, sagen Sie uns, wie es ihr geht.«

Durch den Rückspiegel warf Mr. Jenkins einen Blick auf Nick und zuckte die Achseln. »Schlecht«, sagte er kurz angebunden, »Koma. Sieht aus... na ja, voller Schläuche und Drähte. Es ist einfach nicht Ramona. In den ersten paar Stunden wurde es etwas besser, dann ist was passiert, ein Blutgerinnsel oder was. Hat den ganzen Alarm ausgelöst. Sie haben noch ein paar zusätzliche Schläuche installiert, und jetzt stabilisiert sie sich wieder. Aber die Schwestern... ich weiß nicht, wie ich das ausdrücken soll.« Er hatte plötzlich einen Kloß in der Stimme. »Sie wurden alle distanzierter. Mechanischer. Hörten auf, 'Nur Mut' zu mir zu sagen. Sagten nur noch manchmal, ich sollte was essen.« Von der Seite warf er einen Blick auf Maggie, die ihr Gesicht an Sarahs Kopf barg, und sagte zornig: »Sie wollten es doch wissen!«

»Ja. Wir wollten es wissen«, sagte Maggie und sah ihn direkt an. »Für Sie muß es auch die Hölle sein.«

»O Gott, wenn ich doch nur —« Jenkins unterbrach sich und starrte finster in den Verkehr. Die Hände umklammerten das Lenkrad.

Nick räusperte sich. »Sie haben gefragt, warum wir 'der Junge' gesagt haben.«

»Ja.« Jenkins zwang seine Gedanken in die Gegenwart zurück. »Hat die Polizei Ihnen Fotos gezeigt?«

»Ja. Das waren keine Jungen«, bestätigte Nick. »Aber es gab eine Zeugin, eine Frau, die ein paar Schritte hinter Ramona gegangen war. Sie sagte, es war ein jugendlicher Schwarzer. Aber sie gab zu, daß sie ihn nicht genau gesehen hatte, nur für eine Sekunde, als er Ramona in das Gebäude hineinzerrte.«

»Ach. Eine Zeugin. Wie heißt sie?«

»Ich weiß nicht«, log Nick, der plötzlich keine Lust hatte, Carlotta durch Jenkins verhören zu lassen. »Außerdem hat sie ihn nur ganz kurz gesehen. Andererseits ist es wohl so, daß die Polizei den Mann gefunden hat, der ihre Pistole stahl, denke ich. Einer von denen auf den Fotos.«

»Aber wie ist er an die Pistole gekommen?«

»Vielleicht ist er ein kleiner Mann. Vielleicht ist er der große Bruder des Jungen. Vielleicht hat sich die Zeugin auch geirrt.«

»Das meinte ich nicht«, sagte Jenkins. »Sie würde ihre Tasche festhalten. Er konnte die Tasche nicht ohne die Pistole kriegen, nicht wahr? Und er konnte die Pistole nicht ohne Tasche kriegen.«

Nick dachte darüber nach. Carlotta hatte nichts von einem Kampf oder Schreien erwähnt. Aber sie war ja auch weggerannt und hatte selber geschrien, noch ehe die Schüsse abgefeuert wurden. Vielleicht hatte sie Ramona nicht gehört. Er sagte: »Angenommen, der Typ hat ihr die Tasche entrissen, und sie ist ihm nachgerannt. Zufällig fand er die Pistole in der Tasche und schoß auf sie.«

»Dann muß er sie ziemlich schnell gefunden haben«, sagte Maggie zweifelnd. »Oh, Mr. Jenkins, hier ist unsere Ecke.«

Jenkins parkte in der zweiten Reihe, und Nick stieg aus und übernahm Sarah. Maggie beugte sich noch einmal in den Wagen und berührte Jenkins am Arm. »Ich danke Ihnen. Und bleiben Sie ruhig, wenn Sie können.«

Er begegnete ihrem mitfühlenden Blick, und sein Doggengesicht verzog sich. »Ich werde mir nie verzeihen!«

»Sie hat sich aufgeregt, ja, aber wenn Sie ihr erklären —«

»Ach, das mit der Scheidung hätten wir wieder hingekriegt, das weiß ich. Das meine ich nicht«, sagte er rauh. »Ich meine, ich habe ihr die verfluchten Pistolen gekauft. Zu ihrem verfluchten vierzigsten Geburtstag.«

Er fuhr los, fast ehe sie die Tür schließen konnte.

Der Abend brachte keine Erholung. Nick fütterte und badete seine Tochter wie gewöhnlich, aber als Maggie um halb zehn nach Hause kam, mußte er sofort weg zu einer späten

Verabredung, die sein Stimmlehrer für ihn arrangiert hatte. Als er wieder heimkam, lange nach elf, fand er sie im Schaukelstuhl im Schlafzimmer. Sarah trank noch in schläfriger Euphorie an der Brust ihrer Mutter. Auch Maggie war verträumt, völlig absorbiert vom Glück des Babys. Nick fühlte ein Zerren an seinem Innersten, ein Aufwallen urtümlicher Liebe für die beiden. »Hä-hrm«, räusperte er sich.

Durch Nebel selbstvergessener Zufriedenheit lächelte Maggie zu ihm auf. »Sie ist fast fertig, Liebling.«

»Ich kann sie wickeln.«

»Gut. Ich brauche eine Dusche. He, Krabbelinchen, bist du soweit?« Sie setzte das Baby aufrecht auf ihre Knie. Sarah kam ein wenig zu sich und rülpste.

»Fabelhaftes Team«, sagte Nick. Sarah bemerkte ihn und setzte ihr ehrfurchtgebietendes Grinsen auf.

»Nick, wie kommst du voran?«

Er setzte sich auf's Bett. »Ganz gut. Mit den Gladstone-Nummern habe ich heute echte Fortschritte gemacht. Aber ich sorge mich noch immer um Ramona.«

»Ja, ich auch. Jenkins war nicht ermutigend.« Maggie überreichte ihm Sarah und holte eine frische Windel.

»Und ist bei dir alles in Ordnung?« fragte er.

»Tja, Dan hat Schwierigkeiten im Büro.«

»Was für Schwierigkeiten?«

»Erinnerst du dich noch an den Auftrag, den wir von der Resozialisierungsstelle hatten, wo wir die Entscheidungen des Komitees für Hafturlaub analysieren sollten?«

»Jaah, ich denke schon.«

»Sie haben ihn uns gegeben, weil ich eine Kanone in multipler Regression bin, und Dan ist eine Kanone mit Computern. Als ich ihm sagte, wie es eingerichtet werden müßte, dachte er, es wäre ganz leicht, sein Regressionsprogramm zu adaptieren.«

»Und das war es nicht?« Sarah zappelte. Nick setzte sie auf sein Knie.

»Es hat sich herausgestellt, daß wir nicht alle Variablen einsetzen können, die wir brauchen. Das Programm selbst nimmt zuviel Platz ein.«

»Da komme ich nicht mit.« Sarah fing an, auf seinem Knie zu hopsen. Vorsichtig hielt er sie unter ihren winzigen Armen.

»Verstehst du, das Programm enthält eine Menge Optionen, die wir nicht brauchen, und die verbrauchen Speicherkapazität. Also muß Dan für diese eine Analyse ein komplettes neues Programm schreiben.«

»He, sieh dir das mal an! Du kleine Amazone!« Sarah hatte ihre Beine ausgestreckt und stand aufrecht, lehnte ihren dicken kleinen Körper in seine stützenden Hände und knetete mit ihren kleinen Zehen seinen Oberschenkel, weil sie abspringen wollte.

»Ja. Für mich ist jedenfalls sowas wie Stillstand angesagt«, sagte Maggie schlecht gelaunt. »Bis er das Programm fertig hat. Nächste Woche, sagt er.«

Sarahs Entzücken an dem Hopsspiel war ansteckend. Nick war überwältigt von ihrem umwerfenden Vertrauen in ihn, ihrer Freude an den Entwicklungsmöglichkeiten ihres unkoordinierten kleinen Körpers, ihrer reinen Seligkeit, lebendig, gesund und geliebt zu sein. Nach einem Augenblick merkte er, daß Maggie etwas gesagt hatte. »Was?« fragte er, sah aber immer noch hingebungsvoll Sarah an.

»Verdammt nochmal, Nick, ich bin auch noch da! Ich habe dich etwas gefragt!« Sie riß ihren Bademantel vom Haken.

»Ach, komm schon, Maggie! Sei doch nicht eifersüchtig auf deine eigene Tochter.«

»Ja, schon gut. Aber ich will reden, und du schäkerst mit ihr.«

»Das ist doch kein Grund zur Aufregung.«

»Nicht? Ich hatte gedacht, daß ausgerechnet du es vielleicht verstehen würdest!« Türenknallend verschwand sie im Bad.

Bestürzt starrte Nick die Tür an, dann brachte er Sarah zum

Tisch, um die Windeln zu wechseln. »Deine Mutter ist mir ein Rätsel«, teilte er ihr besorgt mit.

»Ah-yah.« Sarah grinste, völlig unbesorgt.

Am Arrival-Gate war Elaine angenehm überrascht. Verdammt, sie war eine nette Frau, dachte Steve. So voller Liebe und Schönheit. Sie rief: »Steve! Du hättest nicht kommen müssen!«

»Ich wollte aber. Mußte sowieso länger im Büro bleiben. Ich habe auch einen ganz schön anstrengenden Tag gehabt.«

»Wo ist Muffin?«

»Zu Hause. Bei Rachel. Kein Problem.«

»Ach, ich hoffe, sie ist noch wach, wenn wir ankommen!«

Er grinste sie an. »Wenn sie noch wach ist, wird sie quengelig sein.«

»Das ist mir egal!«

»Nun sag schon, wie geht's deinem Vater?«

»Er hat es gut überstanden. Der Arzt schien sehr zufrieden. Paps war wach und nörgelte schon, ehe ich abfuhr. Ich mußte versprechen, ihn anzurufen, wenn ich nach Hause komme. Aber Mama flüsterte mir zu, ich sollte das lieber lassen, weil sie den Auftrag hat, ihm eine Schlaftablette zu geben, sobald er heute abend zu Hause ist.«

»Ich wußte, daß alles gut geht«, sagte Steve. Avery Busby war viel zu zäh zum Sterben. Gelegentlich waren Steve unwürdige Gedanken durch den Kopf geschossen, besonders seit ihm der Job in Japan durch die Lappen gegangen war. Aber er mußte Avery Busby bewundern, so verkrustet er auch war. Ein beachtlicher Schwiegervater.

»Wie hält sich deine Mutter?« fragte er Elaine. Während sie durch den Regen nach Hause fuhren, sprach sie über ihre Familie und ihre Reise. Steve dachte, es hat ihr gut getan, daß sie hingefahren ist, die Routine einmal unterbrochen und ihre Eltern gesehen hat, zu ihren Wurzeln zurückgekehrt ist. Sie war jetzt entspannter, erleichtert, daß ihr Vater keine Probleme gehabt hatte. Gott sei Dank dafür.

Als sie in ihre eichengesäumte Straße einbogen, merkte er, daß etwas nicht stimmte. Auch Elaine war nicht mehr gelöst, spannte sich, wurde aufmerksam. »Was ist da los, Steve?«

»Ich weiß nicht.« Es war nicht leicht zu definieren. An der hohen Hecke vorbei konnte er Rachel auf dem Rasen stehen sehen, scharf umrissen von dem Licht, das aus ihrem eigenen Wohnzimmerfenster nebenan strömte. Bob stand daneben, tätschelte ihre Schulter. Vielleicht war es das, Rachels starre Haltung, die ineinander verkrampften Hände. Von ihrer gewohnten gutgelaunten Lockerheit keine Spur.

»O Gott«, sagte Elaine. »Glaubst du, es sind vorzeitige Wehen? Es ging ihr doch so gut! Und wo ist Muffin?«

»Ich weiß nicht«, sagte Steve. Etwas Schweres und Kaltes breitete sich in seinen Eingeweiden aus. Böse Dinge waren im Gange. Er fuhr an den Randstein. Elaine war schon draußen, noch ehe der Wagen richtig hielt, und rannte über den lichtgestreiften Rasen zu Rachel.

»Rachel, bist du in Ordnung? Wo ist Muffin?«

»Du hast sie nicht? Oh, Gott!« Rachel sank gegen Bob, der stützend die Arme um sie legte.

»Was zum Teufel geht hier vor?« Steve fühlte sich weit entfernt, als ob er die Szene von einem Stern aus beobachtete, der am Himmel funkelte. Rachel schluchzte, und Elaine stand vor ihr, alarmiert und angstvoll.

Bob sagte: »Rachel ist hingegangen, um sie abzuholen, aber sie war nicht da. Die Frau sagte, jemand anders hätte sie abgeholt.«

»Jemand anders?«

»Eine junge Frau, sie sagte, du hättest sie geschickt.«

»Habt ihr die Polizei angerufen?« wollte Steve wissen.

Rachel schüttelte den Kopf. »Ich wußte nicht, was ich tun sollte! Ich habe dich sofort im Büro angerufen, aber du warst nicht da.«

»Ja. Ich mußte eine Weile weg«, sagte Steve schuldbewußt. Susan. Er war bei Susan gewesen, als dies geschah, als Rachel ihn zu erreichen versuchte.

»Und ich dachte, vielleicht hättest du wirklich jemand anderen gefunden und mich dann nicht erreichen können, weil ich schon weg war. Deshalb bin ich einfach hierher zurückgekommen, um nachzusehen, ob du vielleicht zu Hause wärest. Versuchte nochmal, dich im Büro zu erreichen.«

»Da war ich wahrscheinlich schon unterwegs, um Lainey abzuholen.«

Elaine schaute von einem zum anderen, ohne etwas zu verstehen. Vielleicht wollte sie nicht verstehen. »Was für eine junge Frau? Wo ist Muffin?«

»Oh, Schatz, das wissen wir nicht!« sagte Rachel. »Ich weiß nicht, was ich tun soll!«

»Wir rufen die Polizei an«, sagte Steve. Er schoß über den Rasen und seinen Plattenweg entlang. Die anderen folgten ihm langsam. Er knipste das Flurlicht an und eilte in die Küche zum Telefon. Welche Nummer sollte er wählen? Das nächste Polizeirevier? Manhattan?

»Steve!« schrie Elaine. »Steve! O Gott, nicht doch!«

»Was ist?« Immer noch mit dem Hörer in der Hand trat er in den Flur zurück.

Elaine kauerte am Boden, wo die Post in einem ungeordneten Haufen durch den Briefkastenschlitz gefallen war. Sie hielt ein Stück Papier in der Hand, das mit Großbuchstaben bedruckt war. Sieht von hier aus nach Reklame aus, dachte Steve. Aber schlecht gesetzt, Buchstaben passen nicht zueinander.

Betäubt, wie ein angeschossenes Tier, das nicht versteht, was ihm zugestoßen ist, sah Elaine zu ihm auf. Steve ließ den Hörer fallen und hockte sich neben sie, legte einen Arm um ihre Schultern. Sanft nahm er ihr das Papier aus der Hand.

Dies ist nicht wirklich, dachte er, ein schlechter Film oder ein schlechter Traum. Die Wörter entsprachen dem zur

Genüge bekannten Klischee: Buchstaben, aus Zeitungsüberschriften ausgeschnitten, als ob sie schon auf die zur Genüge bekannten Gefühlswallungen in den Schlagzeilen vorbereiten sollten. Aber die Botschaft, Klischee oder nicht, traf direkt ins Herz.

Wir haben Muffin. Nettes Kind. Wenn Sie sie zurückhaben wollen, zahlen Sie bis Freitag abend 500 000 $ an uns. Wir lassen Sie wissen, wo und wann. Wir scherzen nicht. Wenn wir das Geld nicht kriegen, schicken wir ihren Finger. Wenn Sie die Polizei rufen, schicken wir ihr Ohr.

Dritter Akt

Grashüpfers Onkel

(Freitag morgen, 9. März 1973)

VIII
Freitag morgen
9. März 1973

Als es Morgen wurde, war Steve über Erschöpfung längst hinaus. Er existierte in einer Welt dumpfer Müdigkeit und paradoxerweise hellwacher Sinne. Stundenlang hatten er und Elaine abwechselnd miteinander gestritten und einander getröstet. Beide waren in Panik; beide litten Qualen um ihr Kind; beide hatten erdrückende, lähmende Schuldgefühle. Und in diesem Zustand des emotionalen Chaos mußten sie einen Aktionsplan zusammenschustern.

»Steve, wir müssen rational sein!« hatte Elaine gestern Abend schluchzend gerufen, nachdem sie sich erbittert gegenseitig beschuldigt hatten. »Ihr Leben hängt davon ab!«

»Ich weiß, Liebling.« Steve hatte sie in die Arme geschlossen und sein Gesicht in ihrem Haar vergraben, erneut stiegen Schuldgefühle in ihm auf. Wie hatte er jemals glauben können, daß es sich lohnte, dies zu riskieren, um mit Susan zusammenzusein? Ein alberner Kindskopf, der jetzt für sein unverantwortliches Verhalten teuer bezahlen mußte. Jetzt konnte er Elaine nicht zu allem anderen auch noch ein Geständnis aufbürden. Aber ihr Schmerz war ein zusätzliches Messer in seiner Wunde. Er sagte: »Bleiben wir rational. Rechnen wir die Finanzen durch.«

Sie hatten zusammengerechnet. Der größte Teil ihres Vermögen war fest angelegt — das Haus, die Wagen, Versicherungen. Bankkonten und Aktien, die sie vor dem entscheidenden Freitag abend einlösen konnten, beliefen sich nur auf etwas über 100000 Dollar.

Es war Elaine, die es schließlich eingestand. »Wir werden Paps anrufen müssen.«

»Ja. Verflucht.«

Sie hatte angerufen, kurz vor Mitternacht, nur um von ihrer Mutter erinnert zu werden, daß Avery Busby entsprechend der Anordnung des Arztes unter Beruhigungsmitteln stand. Elaine hatte sich geweigert, ihrer Mutter das Problem zu schildern, sondern sagte, sie würde früh am nächsten Morgen zurückrufen. »Ach, ich hoffe, ich habe sie nicht zu sehr aufgeregt«, sagte sie, als sie auflegte.

»Du hast es gut gemacht, Liebling.«

»Aber glaubst du denn, er kann helfen?«

»Ja, aber nicht, ehe die Banken öffnen.«

»Steve, wie konntest du nur jemand anderem erlauben, sie abzuholen?«

»Verdammt nochmal, es war doch Rachel!« Steve hatte es einfach nicht fertiggebracht, ihr von Maggie und Mrs. Golden zu erzählen. »Du hast sie doch selbst manchmal bei Rachel gelassen!«

»Oh, Gott, warum habe ich sie je allein gelassen?« Ihre Seelenqual hatte wieder die Richtung gewechselt, betraf jetzt ihr eigenes Versagen.

»Schatz, wir können an dem, was schon passiert ist, nichts mehr ändern. Wir müssen von hier aus weitersehen. Versuchen wir doch, etwas zu schlafen.«

Ein dummer Vorschlag; keiner von ihnen konnte viel schlafen. Steves Gedanken waren ein wahrer Mahlstrom von Sorgen und Ängsten – um Elaine, um Susan, um Geld, am meisten um seine Tochter. Ging es ihr gut? Hatte sie Angst? Würde er sie je wiedersehen? Die Erinnerung an ihre entzückenden Grübchen beim Lächeln drang schneidend durch den ermatteten Aufruhr seiner Sorgen, klar und blitzend wie Sonnenlicht. In der unfreundlichen Dunkelheit legte Steve seinen Kopf aufs Kissen und weinte um seine verlorene Tochter.

Aber dann wachte Elaine, die dank Valium neben ihm ein wenig döste, mit einem Schluchzen auf, und Steve zwinkerte die eigenen Tränen aus den Augen, damit er versuchen konnte, sie zu trösten.

Freitag in aller Frühe hatte die schreckliche Nacht an beiden ihre Spuren hinterlassen, aber jetzt konnten sie wenigstens etwas unternehmen. Zuerst rannten sie zur Haustür, um nachzusehen, ob womöglich schon eine zweite Botschaft eingetroffen wäre, aber da war nichts. Ganz mechanisch machte Elaine Kaffee und Toast. Nur wenige Minuten später klopfte es an der Tür: Rachel, mit einem enormen Bauch unter dem Velourbademantel.

»Ich habe gesehen, daß Licht an war. Gibt's was Neues?«

»Noch nichts.«

»Ich fühle mich so schuldig!« schluchzte sie. »Wenn ich nur energischer versucht hätte, dich zu erreichen, Steve! Wenn —«

»Rachel, bitte, es ist nicht deine Schuld. Ich war sowieso nicht die ganze Zeit am Telefon.«

»Ach, Steve! Du hättest mich nicht abholen sollen!« brach es aus Elaine hervor.

»Lainey, glaubst du nicht, daß ich alles anders machen würde, wenn ich könnte?« Steve setzte sich hilflos hin und stützte den Kopf in die Hände.

Aber sie war in Gedanken schon bei einer anderen Frage. »Es ist noch zu früh, Paps anzurufen, glaube ich.«

Steve sah prüfend auf die Uhr. »Vielleicht auch nicht. Er bringt uns um, wenn wir in so einer Angelegenheit zu lange warten.«

Elaine reichte Rachel Kaffee. »Wirklich? Meinst du, es geht?«

»Nur zu«, sagte Steve.

Avery Busby war hellwach. Elaines Mutter stellte ihn durch, und Steve konnte sein gereiztes 'Hallo' durch die ganze Küche hören.

»Ach, Paps, es ist etwas ganz Gräßliches passiert!«

Auf der Stelle war Elaine wieder das kleine Mädchen, das seine Sorgen heraussprudelte. Sie würde immer Busbys kleines Mädchen bleiben. Und Steve würde immer der Junge sein. Mitschuld quälte ihn; er mußte seine Resentiments jetzt vergessen, sich auf Muffins Dilemma konzentrieren.

»Paps, du mußt mir glauben! Hör zu, ich les' dir den Zettel vor.« Elaine nahm das Papier und wiederholte die schrecklichen Worte.

Sie lauschte einen Augenblick, dann sagte sie: »Nein, die Polizei haben wir natürlich nicht gerufen. Wegen dem, was auf dem Zettel steht!« Und gleich danach wandte sie sich an Steve. »Hier, er will mit dir reden.«

Steve packte den Hörer. »Hallo?«

»Stimmt das alles, Steve?«

»Es tut mir leid, besonders so kurz nach deiner Operation, aber —«

»Wieviel Bargeld habt ihr?«

»Hundertundzwei flüssig.«

»Den Rest besorge ich. Du rufst die Polizei an.«

»Nein! Es hieß ausdrücklich —«

»Die Polizei wird schon wissen, was zu tun ist. Sie hat —«

»Das ist mir egal! Wichtig ist nur Muffins Sicherheit!«

»Na selbstverständlich! Schon gut, ich rufe sie an. Ich habe Verbindungen.«

»Nachdem sie zurück ist! Nicht vorher!«

»Sieh mal, Steve, die haben Spezialisten. Die wissen, daß es darauf ankommt, sie schnell und sicher zurückzubekommen. Die haben so etwas schon öfter miterlebt.«

»Das weiß ich«, sagte Steve stur. »Aber die Drohung auf dem Zettel war ernst gemeint. Beim kleinsten Patzer könnte unser Baby verletzt werden.«

Im Hintergrund konnte er Elaine in Rachels Armen schluchzen hören, und er haßte Busby dafür, daß er ihn zwang, solche Dinge auszusprechen.

Aber der alte Mann war unnachgiebig. »Es ist viel wahrscheinlicher, daß du selber etwas verpatzt. Ich glaube, ich komme besser selbst.«

»Aber du kannst noch nicht reisen!«

»Bill war in der Army beim Sanitätskorps. Wann hast du die Nachricht bekommen?«

»Ich weiß nicht, wann sie gekommen ist. Wir haben sie so um neun gefunden, als wir nach Hause kamen.«

»Und du weißt, daß sie um fünf heil und gesund im Kindergarten war?«

»Ich habe dort angerufen, um zu sagen, daß jemand anders sie abholt. Sie hätten was gesagt, wenn es da schon ein Problem gegeben hätte.«

»Tja, wir haben schon viel Zeit verloren. Wir müssen die Polizei sofort dransetzen.«

»Bitte.« Steve hörte die Verzweiflung in seiner eigenen Stimme. »Elaine ist so schon völlig erledigt. Und ich auch, verdammt nochmal! Wir tun einfach haargenau, was die uns sagen, bis wir Muffin wiederhaben. Danach kannst du dann das FBI rufen, wenn du willst. Aber jetzt noch nicht!«

»Du vergißt zwei Dinge«, sagte Busby beißend. »Erstens, ich erlaube nicht, daß einem meiner Familienmitglieder etwas geschieht. Ich werde das tun, was für das Kind am besten ist. Zweitens, kein Kidnapper, der auch nur halbwegs bei Verstand ist, würde derartig viel Geld von dir verlangen. Es ist nicht deine Tochter, die man entführt hat, Steve, sondern meine Enkeltochter. Und deshalb bestimme ich, was unternommen wird. Ich bin gegen Mittag bei euch.«

»Aber — oh, verflucht.« Das Gespräch war unterbrochen. Steve knallte den Hörer auf die Gabel. Dabei überschwemmten blutrote Visionen eines zerschmetterten Busby sein Hirn.

»Ruft er die Polizei an?« Ruckartig ballte Elaine die Hände zu Fäusten und ließ wieder locker.

»Allerdings.« Steve räusperte sich. »Er nimmt uns die Sache aus der Hand. Verdammt, ich hätte es wissen müssen!«

»Na ja, vielleicht ist es besser so«, sagte Elaine mit versagender Stimme, aber ihre Blicke wanderten zu der Nachricht.

»Seht mal«, sagte Rachel, betroffen, aber ein klein wenig objektiver. »Er hat das Geld, stimmt's? Ohne ihn könnt ihr nicht tun, was die Kidnapper wollen.«

»Das stimmt. Jedenfalls nicht bis heute abend«, gab Steve zu.

»Also braucht ihr ihn, und er will euch helfen, aber auf seine Art. Was habt ihr denn erwartet?«

»Ich habe ein gewisses Verständnis für die Situation erwartet! Ich meine — was sie in der Nachricht sagen —«

»Tja«, sagte Rachel realitätsbewußt, »es ist klar, daß die Polizei eingeschaltet wird. Das nehmt ihr besser als gegeben hin.«

»Das stimmt«, sagte Elaine. »Du weißt, wie Paps ist.«

»Allerdings weiß ich das.« Steve wußte, daß sie recht hatten. Er würde eben irgendwie versuchen müssen, die Polizei zu überreden, sich rauszuhalten. Vielleicht würde die Nachricht das bewirken. »Aber was, wenn die Kidnapper das Haus beobachten?« fragte er. »Ich rufe sie besser selber an.«

Das herrische Klingeln des Telefons kam ihm zuvor. Wieder Avery Busby. »Es ist alles arrangiert«, informierte er Steve. »Ihr oberster Spezialist sucht dich um neun im Büro auf.«

»Im Büro?«

»Ja, selbstverständlich. Dein Haus könnte ja von den Kidnappern beobachtet werden. Viel sicherer, bei der Arbeit mit ihnen zu reden.«

»Du glaubst, dort werde ich nicht beobachtet?«

»Sieh mal, diese Leute wissen schon, was sie tun. Dieser Lugano ist der Spitzenmann. Vergiß ja nicht, ihm die Nachricht und ein Foto von Muffin zu geben. Bis bald.«

Steve hängte ein und drehte sich zu Elaine um. »Also gut, ich werde mein Bestes tun, sie von hier fernzuhalten«, sagte er zu ihr. »Liebling, du wirst dich um das Telefon kümmern müssen. Ja? Falls sie die Anweisungen so durchgeben. Und kümmere dich um deinen Vater, wenn er kommt. Du kannst mich jederzeit anrufen, wenn du mich brauchst.«

»Ja.« Elaine nickte.

»Möchtest du, daß ich bleibe?« fragte Rachel.

»Bitte«, sagte Elaine. »Wenn Bob dich nicht braucht.«

»Ich sage ihm noch auf Wiedersehen und komme sofort zurück.« Rachel wuchtete sich auf die Füße und watschelte hinaus.

Steve ging sich Krawatte und Jackett anziehen. Als er wieder in die Küche kam, hatte Elaine ihren Stuhl ans Telefon geschoben und saß da mit brennenden Augen, Muffins wolligen braunen Teddy im Arm. Steve kniete sich vor Elaine hin.

»Liebling, es wird alles wieder gut. Ganz bestimmt«, log er. Aber der betäubte Schmerz in den schönen haselnußbraunen Augen war für seine Worte unerreichbar. Er küßte die geballte Hand und wartete unglücklich auf Rachels Rückkehr.

Auf dem Weg ins Büro machte er Pläne, wie er mit der Polizei verhandeln würde. Busby mochte darauf bestehen, sie einzuschalten, aber die Nachricht war mehr als deutlich gewesen: keine Polizei. Steve würde eben tun, was er konnte, um sie so lange von der Spur fernzuhalten, bis Muffin wieder zu Hause in Sicherheit wäre.

Als Myra Goodwin durchrief, um einen Mr. Lugano anzumelden, ging Steve hinaus, ihn zu begrüßen. Einen Augenblick war er verblüfft — zwei Männer saßen auf dem Ledersofa und warteten, beide ganz offensichtlich Geschäftsleute in grauen Nadelstreifenanzügen und konservativen Krawatten. Steve fragte die Sekretärin: »Myra, wo ist Mr. Lugano?«

»Mr. Bradford?« Einer der beiden Männer erhob sich. Schwarzes Haar, braune Haut und wachsame bernsteinfarbene Augen wie ein Löwe oder ein Jaguar. »Ich bin Harold Lugano.«

»Oh! Ja, ich freue mich, Sie kennenzulernen.« Steve schüttelte ihm die Hand.

»Schön, daß Sie mich heute einplanen konnten.«

»Ja, natürlich.« Wider Willen war Steve beeindruckt; dieser Auftritt war mit Überlegung und Sachkenntnis vorbereitet worden. »Möchten Sie mit mir ins Büro kommen?«

»Wissen Sie was, ich schäme mich fast, das einzugestehen, aber ich mußte heute das Frühstück auslassen. Wäre es möglich, daß wir irgendwo hingehen, wo man einen Kaffee und ein Brötchen bekommt?«

»Ich könnte danach schicken lassen, Mr. Bradford«, bot Myra an.

»Ja, wieso —« Ein flüchtiges Stirnrunzeln über den bernsteinfarbenen Augen rüttelte Steves erschöpftes Hirn plötzlich wach, und er begriff. »Ach nein, wenn ich's genau überlege, ich habe sowieso noch eine Besorgung zu machen. Wir sparen Zeit, wenn wir ins Café gehen.«

»Prima«, sagte Lugano.

»Ich bin bald zurück«, verkündete Steve der Sekretärin, die zu ihrer Schreibmaschine und ihrer Zigarette zurückkehrte, ohne den Streß in seiner Stimme zu bemerken.

Als sie im Gewühl auf der Straße sicher waren, fragte er Lugano: »Dann ist selbst mein Büro verdächtig?«

Lugano nickte. »Ich kenne bisher natürlich noch keinerlei Details, aber beim Kidnappen von Kleinkindern sind meist Insider-Informationen erforderlich. Manchmal beobachtet ein völlig Fremder die Familie eine Weile, manchmal ist es aber auch ein vertrauter Angestellter oder Freund.«

Steves Kopf dröhnte. »O Gott, daran habe ich nie gedacht. Man nimmt eben einfach an, daß es ein Außenstehender ist, wissen Sie? Sagen Sie, glauben Sie, wir bekommen meine Tochter wieder?«

»Wenn wir die Kidnapper nicht erschrecken.«

»Genau! Genau das ist es, was mir Sorgen macht. Kann jemand in dieser Straße Sie erkennen?«

»Ich habe es bisher vermieden, ein allzu bunter Hund zu werden«, sagte Lugano mit leichtem Lächeln. »Hier, lassen Sie uns da hineingehen.«

Das Café leerte sich gerade ein wenig nach dem morgendlichen Ansturm. Lugano blieb in der Tür stehen, dann sah er offenbar, was er wollte. Zwei Männer in einer Ecknische standen auf, um zu zahlen. Er steuerte auf die Nische zu und setzte sich so, daß er den Hauptteil des Restaurants im Blick hatte. Steve setzte sich ihm gegenüber. »Wir haben Glück, daß wir einen Tisch für uns gefunden haben.«

»Das waren meine Leute«, erklärte Lugano. Eine Kellnerin kam, und er wartete, bis sie ihren Kaffee bestellt hatten. Dann sagte er: »Jetzt erzählen Sie mal die Geschichte. Haben Sie das Foto?«

Steve reichte ihm das Bild: Muffin, grinsend in einem rüschenbesetzten Frühlingskleid, das die Großeltern ihr geschickt hatten. »Das ist das Beste von den neueren.«

»Sieht gut aus. Sie ist zweieinhalb, sagten Sie?«

»Ja.«

»Also dann.« Lugano steckte das Foto ein. »Haben Sie irgendeine Vermutung, wer sie haben könnte?«

»Keine.«

»Ihre Frau?«

»Hören Sie, Mr. Lugano — ich meine, Inspektor? Oder was?«

»Mister ist am besten.«

»Gut. Jedenfalls, wir wissen nichts, und wir möchten nicht, daß jemand jetzt schon Nachforschungen anstellt, wegen der Drohungen auf dem Zettel. Wir wollen einfach unsere Tochter wiederhaben!«

Lugano antwortete nicht; der Kaffee kam. Als die Kellnerin gegangen war, sagte er: »Wir auch. Haben Sie den Zettel mitgebracht?«

Steve händigte ihn aus. »Hier. Da sehen Sie, wie mörderisch die sind!«

Lugano las die Botschaft und nickte. »Bedauerlicherweise ist das ziemlich typisch. Sie wollen Eindruck auf Sie machen.«

»Sie meinen, vielleicht täten sie ihr nichts?«

»Das meine ich nicht. Wir müssen sie ernst nehmen.«

»Ja, das dachte ich mir.«

»So, nun erzählen Sie mir, wie es passiert ist.« Lugano hatte sein Notizbuch gezückt.

»Versprechen Sie, die Fahndung nicht aufzunehmen, bis sie heil zurück ist?«

»Ich verspreche, Ihre Tochter nicht zu gefährden.«

Steve holte tief Luft. »Also, meine Frau war nicht in der Stadt. Ihr Vater wurde operiert.«

»Ja. Wir haben von ihrem Vater gehört.«

»Das kann ich mir vorstellen«, sagte Steve grimmig. »Jedenfalls war sie nur von mittags bis abends weg, aber wir mußten natürlich für Muffin etwas organisieren. Wir dachten, es wäre leicht. Muffin geht in den Kindergarten einer *Montessori*-Schule im Village, unterhalb von Washington Square.«

»Ist das nicht ungewöhnlich? Warum nicht ein Kindergarten in Ihrer Nähe?«

»Er ist nur eine halbe Stunde weit. Der Kindergarten wird von einer alten Freundin von Elaine geleitet, Mitzi Black. Außerdem tanzt Elaine, und sie nimmt immer noch Unterricht bei einem Lehrer im Village. Deshalb brachte sie Muffin normalerweise gegen Mittag hin, nahm ihre eigene Stunde und brachte Muffin dann nach Hause.«

»Ach so. Aber gestern nicht.«

»Nein. Sie brachte Muffin hin wie üblich, fuhr aber dann direkt zum Flughafen. Mitzi sollte Muffin bis fünf dabehalten, und ich wollte ein paar Minuten früher im Büro Schluß machen und sie selbst abholen.«

»Gut.«

Jetzt stand ihm der schwierige Teil bevor. Steve war entschlossen, den intelligenten und tüchtigen Lugano von den Leuten fernzuhalten, die Muffin hatten. Lugano hatte versprochen, sie nicht zu gefährden; aber es gab eine sicherere Methode.

Steve sagte: »Tja, es stellte sich also heraus, daß ich verschiedenes erledigen mußte, und daß es im Büro Extraarbeit gab, und — jedenfalls kam alles mögliche zusammen. Na, und unsere nächste Nachbarin, Rachel, hatte ihre Hilfe angeboten. Muffin kannte sie. Es war mir unangenehm, auf das Angebot zurückzukommen, aber es wurde immer hektischer, also rief ich sie an.«

»Aha.« Die bernsteinfarbenen Raubtieraugen richteten sich auf Steve.

»Verdammt, ich fühle mich furchtbar schuldig! Aber zu der Zeit schien alles in Ordnung!«

»Natürlich. Regen Sie sich nicht auf. Schuldgefühle helfen Ihrer Tochter jetzt nicht. Tatsachen aber wohl. Was dann?«

»Ich rief Mitzi an, um ihr zu sagen, daß jemand anders Muffin abholen würde. Sagen Sie, Sie verhören diese Leute bestimmt nicht?«

»Ich werde alle in Frage kommenden Personen in unseren Akten überprüfen, falls jemand dabei ist, den wir kennen. Ich frage die Streifenpolizisten, ob sie gestern etwas gesehen haben. Keine Befragung der Nachbarn, keine Überwachung, keine Fahndungsmeldung. Nichts, das sie auf den Verdacht bringen könnte, wir interessierten uns dafür.«

»Na ja...« Steve zögerte immer noch. Der verdammte Avery Busby, der sich überall einmischte. Wenn Muffin erstmal wieder da war, konnten sie nach Herzenslust Nachforschungen anstellen. Aber vorläufig war es besser, Maggie und die Babysitterin, Mrs. Golden, nicht zu erwähnen. Würde Lugano die beiden ohne Steves Zuarbeit aufspüren können? Wenn der Inspektor nicht Wort hielt und anfing, Leute auszufragen, würde er von der *Montessori*-Schule eine Beschreibung von Maggie bekommen, möglicherweise auch einen Namen, wahrscheinlich aber nicht Adresse und Telefonnummer. Und wenn er Maggie auf irgendeine Weise finden sollte, dann könnte sie ihm von dem Pied-à-terre erzählen und ihm möglicherweise Mrs. Goldens Namen verraten. Aber wieder weder Adresse noch Telefonnummer, aller Wahrscheinlichkeit nach. Und selbst soweit zu kommen, würde Zeit kosten. Und bis Lugano endlich Mrs. Golden erreichte, dürfte sich das Problem erledigt haben. Steve war überzeugt, daß Mrs. Golden wußte, wo Muffin sich befand.

Lugano fragte: »War die Person, die Ihre Tochter abholte, im Kindergarten bekannt?«

»Nein. Groß und dunkelhaarig, sagten sie. Jung. Nicht Rachel.«

»Kleidung?«

»Ich habe nicht daran gedacht, danach zu fragen. Aber bitte

fragen Sie nicht! Was ist, wenn jemand von denen mit drinhängt? Wir können niemandem trauen, haben Sie gesagt.«

»Ich sagte Ihnen schon, wir befragen niemanden. Wir kooperieren, verhandeln, wo möglich, mit den Kidnappern. Wie sieht diese Rachel aus?«

»Dunkles Haar, ausgeprägte Gesichtszüge. Hochschwanger.«

»Wie lange kennen Sie sie schon?«

»Sie ist letztes Jahr nach nebenan gezogen. Sie und Elaine sind eng befreundet.«

»Gut. Noch mehr gute Freunde in der Nachbarschaft?«

»Klar. Aber keine, die so nah wohnen. Leute, mit denen wir segeln gehen und so weiter.« Unsicher stirnrunzelnd sah Steve den wachsam abwartenden Polizisten an. »Sie belästigen sie bestimmt nicht? Wenn einer von ihnen es getan hat, möchte ich ihn nicht beunruhigen.«

»Wir halten uns von allen fern, bis Ihre Tochter wieder da ist. Sie könnten aber schon mal eine Liste machen. Jetzt zu Ihrer Sekretärin.«

»Ja, Myra Goodwin.«

»Ist sie schon lange bei Ihnen?«

»Eineinhalb Jahre.«

»Kennt Ihre Gewohnheiten?«

»Tja...« Bestürzt sah Steve Lugano ihre Tugenden notieren, die plötzlich einen finsteren Aspekt bekamen. »Aber sowas würde sie niemals tun!«

Lugano klopfte auf die Nachricht. »Menschen haben schon ganz andere Sachen gemacht, für weniger Geld.«

»Ja. Aber sie ist nicht groß und dunkelhaarig!«

»Ich muß jeden verdächtigen. Tut mir leid. Können Sie mir noch etwas sagen?«

»Nein. Ich denke, ich könnte Mitzi nach mehr Einzelheiten fragen, was das Aussehen der Frau betrifft, die sie abgeholt hat.«

»Sie haben sie doch gebeten, nichts über die Entführung verlauten zu lassen?«

»Selbstverständlich. Sie ist mit Elaine befreundet. Sie wird nichts sagen. Es sei denn – meinen Sie, sie könnte etwas damit zu tun haben?«

»Alles ist möglich«, sagte Lugano, »allerdings können sich solche Tagesheime die negative Publicity nicht leisten, die mit einer Entführung zusammenhängt. Ich stelle mir vor, daß sie mehr zu verlieren hätten als nur das Lösegeld. Wir werden natürlich Angestellte, die erst seit kurzem dabei sind, überprüfen.«

»O Gott!« sagte Steve. »Plötzlich sehen alle schuldig aus.«

»Ja. Aber Sie dürfen nicht vergessen, die meisten Leute sind es nicht. Versuchen Sie eine Beschreibung dieser Frau zu bekommen, und sagen Sie dieser Mitzi Black, sie soll allen mitteilen, Ihre Tochter sei krank oder sowas.«

»Mach' ich. Verdammt! Rachel und ihr Mann wissen ja auch Bescheid. Sie waren dabei, als wir die Nachricht fanden.«

»Sind sie gescheit genug, es nicht auszuposaunen?«

»Ja, ich glaube schon. Derjenige, bei dem ich mir nicht sicher bin, ist mein Schwiegervater.«

Lugano lächelte leicht über die Bitterkeit in Steves Stimme. »Er ist ja nicht dumm. Und wir haben ihm eindringlich klargemacht, daß unbedachte Äußerungen gefährlich sein könnten.«

Steve nickte. Avery Busby war nicht nur streitsüchtig, sondern auch sehr gescheit, und wenn irgendwer ihn überzeugen konnte, dann dieser Lugano mit seiner ruhigen, kompetenten Art. »Ich rufe besser meine Frau an. Um ganz sicherzugehen, daß sie niemandem etwas erzählt.«

»Gut. Wir werden jetzt also Ihr Telefon abhören. Wenn die Botschaft statt dessen wieder ein Zettel ist, rufen Sie mich unter dieser Nummer an.« Lugano gab Steve eine Karte. »Wir werden Sie instruieren, wie Sie zu reagieren haben.«

»Ich weiß, wie ich zu reagieren habe«, sagte Steve verkniffen. »Wir tun alles, was wir müssen, um Muffin zurückzubekommen. Zur Hölle mit Ihren Instruktionen!«

»Ich habe das nicht sehr geschickt formuliert«, sagte Lugano nachsichtig. »Wir machen Vorschläge, die auf Erfahrung beruhen. Wenn es uns gelingt, die Kidnapper zu identifizieren, können wir Sie eventuell darüber informieren, was sie nervös macht und so weiter.«

»Ja. Ich verstehe. Das wäre nützlich«, gab Steve zu. »Hören Sie, Mr. Lugano, ich will Sie nicht kränken. Aber ich bin verdammt durcheinander.«

»Klar, Sie brauchen sich nicht zu entschuldigen. Ich habe selbst ein Kind. Wir tun alle unser Bestes.« Lugano warf einen Blick auf die Uhr. »Sie gehen besser zurück ins Büro. Wir gehen nicht zusammen weg.«

»Gut. Oh, und danke.«

»Wir reden bald weiter.«

Steve ging allein zum Büro zurück. Die morgendliche Frühlingssonne hatte die letzten Spuren des gestrigen Nieselregens beseitigt. Bei einer Telefonzelle hielt er an, um Elaine anzurufen.

Beim ersten Klingeln hob sie ab. »Hallo?« Ihre Stimme klang rauh.

»Schon gut, Lainey, ich bin's nur. Geht's dir gut?«

»Steve, leg auf! Was ist, wenn sie anrufen?«

»Nur eine Sekunde, Liebling. Nur eine kurze Botschaft von der Polizei. Erzähl niemandem von der Entführung. Und mach Rachel und Bob klar, daß sie nichts sagen dürfen, obwohl sie das sicherlich wissen. Ja?«

»Ja. Ich verstehe.«

»Wir arbeiten alle dran. Aber der Inspektor sagte, wir brauchen keine Publicity.«

»Ja. Gut.«

»Ich komme zeitig nach Hause. Obwohl ich besser bis Mittag hierbleibe, damit es nicht verdächtig wirkt. Ruf mich an, wenn sie anrufen, ja?«

»Ja.«

Steve kehrte ins Büro zurück, nur um blindlings auf die

Akten auf seinem Schreibtisch zu starren. Um zehn Uhr dreißig rief Avery Busby an.

»Ich habe das Geld besorgt. Bin unterwegs. Hast du was gehört?«

»Noch nicht. Falls ja, lassen wir es dich sofort wissen. Willst du mir das Geld mit Boten schicken?«

»Nein. Lugano hat gesagt, es wäre möglich, daß sie mit mir in Verbindung treten statt mit dir. Er ist auch der Meinung, daß es mein Geld ist, hinter dem sie her sind.«

»Kann schon sein.«

»Ich habe hier einen Mann drangesetzt. Wir werden abwarten müssen was sie sagen. Ich bin bald da.«

»In Ordnung.«

Unglücklich legte Steve auf. Na und? Dann war es eben Busbys Geld, das die Kidnapper wollten. Die Nachricht hatten er und Elaine bekommen. Warum glaubte Busby, daß die nächste Nachricht an ihn ginge? Egozentrischer alter Mann. Aber wie üblich würden sie nach seiner Pfeife tanzen müssen. Einen Augenblick träumte Steve davon, auszubrechen, Busby die Stirn zu bieten, ihn auszutricksen; aber er pfiff seine Gedanken von solchen Visionen zurück. Muffin zurückzubekommen, das war das Wichtigste. Was war der nächste Schritt? Warten, leider.

Er kritzelte ein paar sinnlose Krakel auf seine Akten und machte sich dann beizeiten auf den Heimweg zu einem frühen Lunch.

Am Freitagmorgen kam Derek zu spät zur Probe, und ehe er noch ein Wort gesagt hatte, war allen klar, daß er eine schlechte Nachricht brachte. Das kleine Häuflein Menschen, die zwanglose Streckübungen zum Aufwärmen oder Stimmübungen machten, wurde still, während er über den abgetretenen Fußboden zum Podest in der Mitte stampfte. Er stand ganz still, mit trüben, leeren Augen.

Edith sagte: »Derek. Schlimme Nachrichten?«

Er zwang sich, sie anzusehen. »Sie ist tot.«

IX
Freitag morgen
9. März 1973

»Nein! Das ist unmöglich!« schrie Jaymie auf.

»Sie hätte doch irgendwie durchkommen müssen!« fand auch Edith.

»Soll das heißen, sie hat es nicht geschafft?« Daphnes Stimme war ungläubig.

Derek starrte alle mit leeren Augen an und antwortete nicht.

Larry sagte kurz: »Alsdann. Die Show ist vorbei.« Die Plastiktasse in seiner Hand wurde zu einem kleinen zerknitterten Klumpen. Nick merkte, daß seine eigenen Hände die Krone fest umklammerten, die er gerade aus der Requisitenschachtel ziehen wollte.

»Nein!« protestierte Daphne. »Es ist nicht nur sie. Es ist eine Produktionsgesellschaft!«

»Sie würde wollen, daß es weitergeht!« stimmte Edith zu. »Derek, sieh mal, das ist unmöglich! Es kann nicht wahr sein!«

»Stimmt.« Cab unterstrich das Gesagte. »Sie würde nicht aufgeben, Derek. Nicht die Show im Stich lassen. Selbst wenn sie nicht …« Seine Stimme versiegte.

Dereks Augen richteten sich fest auf ihn, als ob er endlich bemerkte, worum der ganze Aufruhr ging. »Seht mal, Leute«, sagte er mit einer schrecklichen leisen Stimme. »Ramona ist tot. Die Show ist tot. All unsere verdammten kleinen Träume sind tot. Alle!« Er sprang vom Podest und eilte mit großen Schritten zur Tür.

Larry erwischte ihn an Arm, ehe er sie öffnen konnte. »Augenblick mal! Du kannst uns nicht einfach auf die Straße setzen! Du schuldest uns —«

»Die ganze Hölle, du dämlicher Hund! Ein großer, wunderbarer Star stirbt, und alles, woran du denkst, ist Geld!«

»Ich werde zu gegebener Zeit um sie trauern, Derek. Das werden wir alle. Aber wir haben einen legitimen Anspruch auf die Gage für zwei Wochen Vorstellungen. Und das weißt du auch.«

»Ich weiß überhaupt gar nichts, außer daß alles aus ist! Jetzt laß meinen Arm los!«

»Du kannst nicht einfach rausrennen, ohne Vorkehrungen für unsere Bezahlung zu treffen!«

»Laß los!« Derek schubste Larry.

Nick ließ die Krone fallen und stubste Cab in die Seite, dann gingen die beiden hin, um die Streithähne zu beruhigen. »Laß ihn in Ruhe, Larry«, sagte Nick. »Er kann uns jetzt nicht helfen. Derek, könntest du diesen Anwalt dazu kriegen, sich mit uns zu treffen?«

Derek rieb seinen Arm und blieb still.

»Derek, hörst du mich? Ramonas Partner, der Anwalt. Ken Martin. Er müßte sich mit uns treffen.«

»Ich — ja gut, das mach' ich.« Derek wollte wieder zur Tür.

»Heute Nachmittag«, drängte Nick. »Um vier Uhr. Oder hinterlaß uns hier eine Nachricht, wo wir alle nachsehen können.«

»Ja, gut. Schon recht.« Er entfloh und klapperte die Treppen hinunter. Mit einem unterdrückten Fluch wandte Larry sich ab.

Nick warf sich den Gymnastikbeutel über die Schulter. »Er hat gerade verdammt viel verloren.«

»Ach? Und wir anderen nicht? Wir sollen bloß lieblich lächeln und obendrein unser Geld verlieren?« fauchte Larry und nahm seine Jacke.

Nick wurde auch langsam wütend. »Laß es nicht an ihm aus!«

»Er hat besonders viel Rücksicht verdient?«

Nick folgte ihm ins Treppenhaus. »Glaubst du, du bist der einzige, der große Hoffnungen in diese Show gesetzt hat? Larry Palmer endlich im Rampenlicht! Die Produzenten gönnen deinem Agenten keinen Augenblick Ruhe! Das große Geld rollt an! Filmangebote! Ein riesiges Hefner-Apartment voller Didis und Ramonas!«

Larry war schon am Treppenabsatz angekommen. Er lachte bitter. »Tja, das klingt toll, sicher. Aber du und Derek, ihr habt erhabenere Träume, nehme ich an. Rosenumrankte Häuschen, süße glückliche kleine Familien, College für die Kinderlein, Sicherheit, treue Hunde. Von all sowas verstehe ich natürlich nichts, dazu bin ich zu oberflächlich.«

Nick war betroffen. »Sieh mal, Larry, jemand, der Albert und Disraeli so spielen kann wie du, ist nicht oberflächlich. Das weiß ich. Aber warum zum Teufel kannst du nicht verstehen, daß Derek und ich auch leiden? Schon seit Tagen versuchst du, einen Streit vom Zaun zu brechen.«

»Und jetzt bist du wohl soweit, dich auf einen einzulassen?« Larry ging voraus in den wohligen Sonnenschein und wandte sich nach Osten, an rostigen und renovierten Gußeisenfassaden entlang.

»Kein Grund, ihn noch länger zu unterdrücken, oder?« fragte Nick friedlich. »Emotionen unter Verschluß, bis sie beim Machtkampf zwischen Dizzy und dem großen alten Mann rausgelassen werden?«

Larry wurde langsamer und sah Nick abschätzend von der Seite an. »Bei dir läuft das so? Ja, bei mir auch.«

Einen Augenblick später fügte er hinzu: »Du hast Didi erwähnt.«

»Sie macht sich Sorgen um dich.«

»Und hat zweifellos ein paar ausgewählte Bemerkungen über Ramona parat. Wie zum Beispiel, Mann, was die für ein widerliches Biest ist. Und Mann, was für ein widerliches Schwein Larry ist. Ja, Nick, vielleicht haben wir zwei wirklich einiges zu bereden.«

»Einverstanden«, sagte Nick, neugierig auf diesen gutaussehenden, schwerarbeitenden Playboy. Er fragte sich auch, ob sie wohl über ihre borstige Arbeitsbeziehung hinauskommen könnten. »Reden wir erst. Streiten können wir später immer noch.«

»Du gehst jetzt zu deiner süßen kleinen Familie nach Hause?« Larry war zu einem Waffenstillstand noch nicht ganz bereit.

»Ziemlich bald. Noch nicht.« Nick beschloß, es mit Unverblümtheit zu versuchen. »Larry, ist Ramona ermordet worden?«

»Was meinst du damit? Sie wurde erschossen, oder nicht?«

»Wir sollen denken, daß es ein Raubüberfall war.«

Larry nickte. »Ja, ich verstehe, worauf du hinauswillst. Ich habe auch mit dem Gedanken gespielt, daß einer von uns es getan hat.«

»M-hm. An dem letzten Tag lagen verdammt viele explosive Emotionen in der Luft. Ramona hat ihr Bestes getan, uns alle zum Äußersten zu treiben.«

»Na, bei mir hat sie es geschafft«, sagte Larry leichthin. »Ich war rasend vor Wut, als sie mein Solo strich.«

»Ich glaube immer noch, daß sie das nicht ernst gemeint hat.«

Larry zuckte die Achseln. »Ach, das haben wir doch alles schon durchgekaut. Und jetzt ist es doch sowieso egal, nicht?«

»Außer, daß Didi gesagt hat, du wärest an dem Abend nur ein paar Minuten geblieben. Sie hat auch gesagt, daß Ramona es auf dich abgesehen hatte.«

Aus dem Augenwinkel sah Larry ihn abschätzend an. »Du fragst mich, ob *ich* sie erschossen habe?«

»Es wirft nur ein anderes Licht auf alles. Bis Didi das sagte, konnte ich mir nicht vorstellen, daß ein begeisterter Schauspieler wie du seine große Chance aufs Spiel setzt. Teufel, selbst ohne das Solo wären deine beiden Rollen noch großartig.«

»Da hast du recht.«

»Und Didi sagte, du stündest zu hundert Prozent auf Karriere.«

»Süße Didi. Ich war mir nicht sicher, ob sie es verstanden hatte.«

»Sie dachte, Du hättest vielleicht nur erfunden, daß Ramona hinter dir her ist. Als Warnung für sie.«

»Oh nein. Nicht ganz. Letzte Woche war Ramona wirklich auf Raub aus. Ein paar kurze Bumsereien mit Derek, sagte sie. Und es war ziemlich offensichtlich, daß sie Cab auf der Liste hatte. Und auch meine Wenigkeit, ihr lieber Prinz Albert, entging ihren beutehungrigen Blicken nicht.«

»Aber du hast natürlich deine Tugend verteidigt?«

Larrys dunkle Augen waren undurchsichtig und kalt. »Ich ficke nie jemanden, mit dem ich gerade zusammenarbeite. Prinzipienfrage. Schlecht für die Show. Obwohl ich natürlich das Nötige getan hätte, um mein Solo wiederzukriegen, wie die raffinierte kleine Ramona sehr genau wußte.«

»Und zum Teufel mit den Prinzipien.«

»Dasselbe Prinzip, findest du nicht? Mein Solo war gut für die Show.«

»Ja, natürlich.«

Larry schaute Nick vielsagend an. »Ich kann nicht glauben, daß sie dir keine Anträge gemacht hat, so komisch, wie sie deine Witze fand. Hat sie doch, oder?«

»Es ist nichts passiert«, sagte Nick.

»Treue gegenüber deiner Statistikerin?«

»Nenn es wie du willst. Aber zufälligerweise stimme ich mit deinem Prinzip überein. Bring die Show niemals durcheinander.«

Larry nickte. »Schade, daß Ramona keine Anhängerin unserer altmodischen Moral war. In den letzten Tagen hat sie es uns schwer gemacht. Aber du siehst ein, daß ich den Höhepunkt meiner Karriere nicht riskieren würde. Ich kann mir nicht leisten, daß persönliche Gefühle dazwischenkommen. Weder so rum noch so rum.«

»Schon gut, ich klage dich ja nicht an. Aber ich war neugierig.«

»Neugierig. Prima. Jetzt bin ich dran. Was ist mit dir? Hast du Ramona erschossen?«

»Nein. Du denkst an den Umstand, daß ich einer der letzten war, die sie lebend gesehen haben?«

»Richtig. Gelegenheit. Wir wissen, daß du in der Nähe warst, und sie hatte dich auch gepiesackt.« Larry war stehengeblieben, den Rücken an einen graffittiverzierten Hauseingang gelehnt. Sie hatten den Gußeisenbezirk verlassen und waren jetzt mitten in einem schäbigen Block in der Bowery.

»Mein Solo hat sie nicht gestrichen«, erinnerte ihn Nick.

»Du hattest ja auch keines, wolliges Mammut. Und da ist noch was. Du hast eine Frau. Ein süßes kleines Baby. Und Ramona hatte es auch auf dich abgesehen. Viel unangenehmer für dich als für einen unbeschwerten Junggesellen wie mich.«

Die Worte waren schneidend; aber es lag ein merkwürdig bitterer Unterton in Larrys Stimme. Nick gab zu: »Tja, die Version ist stichhaltig.«

»Besser als deine Geschichte über mich!«

»Hängt davon ab, wieviel dir an Didi liegt, stimmt's? Sie glaubt, deine Handlungen erzählen eine andere Geschichte als deine Dementis.«

»Verdammt sei Didi!« Larry wies ärgerlich mit dem Daumen auf das Gebäude hinter ihm. »Ich lade eigentlich niemanden in meine Wohnung ein. Aber ich sehe schon, daß ich den eifersüchtigen, angebundenen Familienvater nicht loswerde, ehe er mein berühmtes Hugh-Hefner-Apartment mit den Augen verschlungen hat.« Ohne Nicks Proteste abzuwarten, schloß er die Tür auf und sprang die Treppe hinauf. Nick folgte ihm, halb beschämt. Spanner O'Connor.

Das Apartment lag im vierten Stock eines schäbigen Gebäudes ohne Portier, dafür mit fragwürdigen Nachbarn und uralten Rohrleitungen. Das Treppenhaus war seit Jahren nicht gestrichen worden, außer mit Graffitti. Deshalb war es ein starker Kontrast, als Larry seine Wohnungstür aufschloß.

Klein, ja; aber peinlich sauber und ordentlich, keine Bilder an den schlichten weißen Wänden, einfache Möbel, ein keuscher grauer Teppich. In der kleinen Ecke, die vom Vermieter wohl als Küche deklariert war, leuchteten ein uralter Eisschrank, Spülbecken und Herd in strahlendem Weiß. Darüber, auf einem Eichenregal, waren weiße Tassen und Teller symmetrisch aufgereiht. Die fanatische Ordnungsliebe eines Mörders? Nick schob den Gedanken beiseite. Ein Eichentisch und Stühle und ein properes Bett mit maßgeschneidertem grauem Twillüberwurf standen an der Wand. Das einzige Zeichen von Extravaganz war die Sammlung auf dem schlichten Eichennachttisch: eine verschnörkelte viktorianische Lampe mit Tiffany-Schirm, eine Fotografie im Goldrahmen, eine italienische Emailledose, ein Stapel Bücher.

Larry verstaute seine Sachen im Schrank und drehte sich mit einer spöttischen Verbeugung wieder zu Nick um. »Na, wie fällt das Urteil aus? Wäre Hugh Hefner stolz auf mich?«

»Kaum. Gandhi schon eher.«

»Ja. Ich habe auch abgespeckt.«

Nick dachte an sein eigenes Haus. Wenn Mörder ordentliche Menschen waren, dann kam er nicht in Frage, bei dem Chaos aus halbabgerissenen Tapeten, Wäschebergen, die trotz ihrer verzweifelten Anstrengungen immer höher wurden, der mit verkleckertem Babybrei verklebten Küche, der Stehleiter, die auf jemanden wartete, der eine Minute übrig hätte, um die Decke fertig zu weißen, den Stapeln von Windeln und Babystühlen und Mobiles und Spielzeug, den Tagen, die von einem anspruchsvollen Baby, einem lebhaften Hund und einem übermüpfig Weib bis zum Rand angefüllt waren. »Ich wünschte, ich könnte auch vereinfachen«, sagte er sehnsüchtig.

Larry deutete auf einen der Stühle und setzte sich selbst auf die graue Bettkante. »Wirklich? Ich dachte, du wolltest den Prototyp des Don Juan.«

»Und statt dessen finde ich den Prototyp von Thoreau«, gab Nick zu. Er fragte sich plötzlich, wer wohl der Prototyp eines Vaters wäre? Wer war der Don Juan des Windelwechselns, der Thoreau mit Sabber auf der Schulter? Der einsame Reiter, der sein Baby auf und ab trug, statt mit seiner Frau zu schlafen? Wo waren die heldischen Vorbilder, die er jetzt nötig hatte?

»Falls du dich fragst, wie Didi und die anderen da reinpassen«, fuhr Larry fort, »sie tun es nicht.«

»Ein Mann mit Schubladen«, sagte Nick. »Sex da drin, Zuhause hier, die Arbeit woanders. Alles säuberlich getrennt. Wenn sie aber deine Seele genauso liebt wie deinen Körper?«

»Ihr Problem. Hör mal, Herr Familienvater, du brauchst deine Beschützerinstinkte gar nicht auszufahren. Didi hat den Grundregeln zugestimmt. Bloß eine nette Zeit, keine Verpflichtungen. Sie hat es verstanden. Sie hat es mir aufsagen müssen.«

»Schon gut, schon gut. Mir hat sie es auch aufgesagt.«

»Na ja, es ist doch nicht meine Schuld, wenn sie später beschließt, daß sie die Regeln ändern möchte. Ein anderes Spiel spielen, bei dem ich nicht mitmache.«

»Aus ihrer Schublade krabbeln?«

»Ja, genau!« Larry warf sich rücklings aufs Bett. »Ich nehme an, für dich bedeutet es Glückseligkeit, eine Frau in sämtlichen Schubladen zu haben?«

»'Glückselig' ist ein zu friedliches Wort für Chaos«, erklärte ihm Nick. »Aber — 'Freude' vielleicht. Manchmal.«

»Glückspilz«, spottete Larry.

Nick sagte vorsichtig: »Du würdest es vielleicht auch als Freude empfinden, Larry.« Mit dem Zeigefinger stubste er das Foto auf dem Nachttisch an: ein junger Larry im Smoking mit einer hübschen Brünetten im rosa Ballkleid.

Larry warf einen Blick auf das Bild, sagte: »Teufel auch«, und legte sich zurück, mit dem Unterarm über den Augen. Nach einem Augenblick sagte er: »Ja, ich dachte, ich brauchte nur sie in allen Schubladen. Aber ich konnte ihre nicht alle ausfüllen. Sie hatte diese riesige leere Schublade mit der

Aufschrift 'Sicherheit'. Sie mochte meine Schauspielerei, konnte aber meine Arbeitslosigkeit nicht ertragen. Was würdest du tun, Nick? Wenn du zwischen deiner Arbeit und deiner Familie wählen müßtest, wie würdest du entscheiden?«

Nick rieb sich den kahlen Schädel. »Liebe oder Pflicht?«

»Ja. Was würdest du wählen?«

»Ach Gott, ich weiß nicht mal mehr, was was ist. Wenn ich je wählen müßte — tja, wie immer ich entscheiden würde, es würde mit Schubladen enden, denke ich.«

»Ja.« Larry nahm den Arm von den Augen und sah Nick scharf an. »Ich habe versucht, mir vorzumachen, daß es nur ein Aufschub wäre, daß ich in ein oder zwei Jahren eine Chance bekäme und genug Geld verdiente, daß Beth davon leben könnte, und dann wären wir glücklich bis an unser seliges Ende. Aber so läuft es nicht.«

»Du arbeitest doch ziemlich regelmäßig«, sagte Nick.

»Das zählt nicht. Du weißt das, Nick. Diese abgeblasene Show, die wir gerade hinter uns haben, könnte der letzte Job gewesen sein, den du oder ich je an Land ziehen. Ich hoffe das nicht, aber möglich ist es.«

»Stimmt. Und du hast Angst, daß Beth nicht warten wird?«

Larry lachte bitter. »Beth doch nicht. Vor zwei Jahren hat sie unseren heimatlichen Bausparkassen-Vertreter geheiratet. So sicher wie nur was. Baby unterwegs.«

»Das tut mir leid«, sagte Nick ungeschickt. Trampeltier O'Connor, latscht wieder mit großen Füßen über die Gefühle anderer Leute.

»Sie wollte, daß ich Immobilienmakler werde. Und Schauspielerei als Hobby betreibe.« Er rollte sich auf die Seite, mit dem Rücken zu Nick. »Aber manchmal ... weißt du, ich frage mich, ob sie wohl nach einer Weile nachgegeben hätte. Wenn ich in ihrem Sinne gehandelt hätte ...«

»Ich weiß nicht. Was ich genau weiß, ist, daß Ehe harte Arbeit bedeutet, selbst wenn beide diesen lächerlichen Beruf billigen.«

»Jaa.« Larry gestikulierte mit einem Arm durch sein keusches Zimmer. »Aber du mußt die Welt aufgeben, verstehst du. Oder sie wenigstens in Schubladen einteilen.«

Nicks Leben war nicht in ordentliche Schubladen unterteilt. Weit gefehlt. Eher ein wirres Durcheinander. Aber vielleicht waren die Alternativen auch nicht besser. Er sagte zu Larry: »Das ist wahrscheinlich die beste Lösung für dich, jedenfalls vorläufig.«

»Es ist die einzige Lösung, die mich nicht wahnsinnig macht.« Larry setzte sich abrupt auf. »Also, wir wechseln jetzt beide besser die Schublade. Raus mit dir und mach die Runde.«

»Richtig. Die Zeit für Jobsuche ist wieder mal gekommen«, stimmte Nick zu.

Aber nachdem er Larry verlassen hatte, rief er als erstes Maggie an.

Sie käme sowieso früher nach Hause, sagte sie, und traf ihn an der Canal Street. Sie umarmte ihn von der Seite, um Sarah nicht wehzutun. »Es tut mir leid, Nick. Die arme Ramona.«

»Ja. Wir sind alle ziemlich erschüttert. Haben es so halb und halb erwartet und doch gehofft, daß sie durchkäme.«

»Ich weiß. Bei mir war es genauso. Du mußt jetzt also wieder die Runde machen?«

»Ich gehe zu George. Besuche ein paar Besetzungschefs. Und ich muß nochmal auf den Speicher, nachsehen, wann Ramonas Partner mit uns reden will.« Er entfernte Sarahs klebrige kleine Hand von seinem *Back Stage* Theatermagazin.

»Ach Gott, ich hatte so gehofft, sie schafft es.«

»Ja. Ist aus dem Koma gar nicht mehr aufgewacht, wie es scheint. Übrigens, dein Gedanke wegen Derek und Ramona war richtig. Jedenfalls sagt Larry das. Diese Woche war sie auf Beute aus, sagte er, und machte jedem Mann in Sichtweite Avancen. Sogar alten verheirateten.«

»Die sind ja auch nicht schlecht«, sagte Maggie ruhig. »Hör mal, mußt du auf der Stelle zu George?«

»Ziemlich bald, damit er mir sagen kann, was für Vorsprechtermine in Aussicht sind. Aber vielleicht nicht auf der Stelle. Gott weiß, daß ich nicht gern die Runde mache. Woran hattest du gedacht?«

»Ich wollte bei Buzz' Apartment vorbeischauen. Ich mach' mir immer noch Sorgen um Muffin.«

»Bist du deswegen so früh gekommen?« Nick spürte Ärger.

»Teilweise. Hauptsächlich, weil ich sehen wollte, ob du Trost brauchst.«

Ihre Augen begegneten sich. Aus ihren sprach Liebe, Sorge, Erschöpfung, Entschlossenheit. Er sagte: »Verdammt, warum kann die Welt uns nicht eine Weile in Ruhe lassen? Zwei Berufe und Sarah und die Ehe und eine Hausrenovierung und ein Hund sind schon genug zu jonglieren.«

»Die Welt ist selten rücksichtsvoll.«

»Ich weiß. Verdammt, ich bin deprimiert, Maggie.«

»Jaah.« Sie bedachte ihn mit noch einer von diesen unbefriedigenden seitlichen Umarmungen. »Ich würde dir gern helfen, wenn ich könnte.«

»Ja. Gehen wir also zu Buzz' Apartment.« Vielleicht würde ihn das ein paar Minuten von seinen Problemen ablenken. Wut und Schuld und Entmutigung, weil eine Freundin grausam gestorben war, weil er eine wunderbare Rolle verloren hatte.

Die Eingangstür des Gebäudes stand heute offen, und sie konnten beim Eintreten auf der rechten Seite Hämmern und das Jaulen elektrischer Werkzeuge hören. Nick bedauerte schon, daß er mitgekommen war, es gab so viel anderes zu tun. Oder vielleicht würde er heute alles bedauern, ganz gleich, was er täte. Sie stiegen die Treppe hinauf; obwohl weitgehend unfertig, war es auf den oberen Stockwerken doch leiser. Maggie sagte: »Laß uns hintenrum gehen, falls jemand in der Wohnung ist.«

Das Gebäude war C-förmig, mit einem Eingang in der Mitte jedes Flügels. Die meisten Wohnungen lagen an den Außenwänden, aber ein paar kleinere gingen auf den drei Meter breiten zentralen Luftschacht zwischen den Flügeln hinaus. Die Wohnungen entlang des Südflures waren fertig, ihre Wände trennten den Flur vom Licht der Außenfenster ab, aber die im Nordflügel waren noch unfertige Gerippe, und Arbeitsmaterialien und Holzstapel lagen in den Fluren.

Maggie ging voran in den vierten Stock und dann in den unfertigen Flügel hinüber. Soweit Nick das sehen konnte, gab es dort nur zwei kleine Wohnungen zur Innenseite des Flures hin; ihre Fenster würden die Aussicht auf den Luftschacht und das drei Meter entfernte andere Wohnungsfenster bieten. Maggie betrat die eine, bahnte sich einen Weg durch die Bretterstapel und Gipsplatten und schaute gespannt auf die andere Seite des Luftschachts.

»Da ist es«, sagte sie und zeigte auf das Fenster, das ihnen direkt gegenüberlag.

»Ich sehe überhaupt nichts«, sagte Nick. Was zum Teufel machte er hier? Er sollte statt dessen seinen Agenten aufsuchen oder herausfinden, wann Ramonas Partner sie treffen würde, oder sonstwas.

»Ich denke, sie sind weg«, sagte Maggie. »Ich sehe nach.« Sie ging wieder hinaus.

»Kannst du ihn nicht einfach anrufen und fragen?«

»Das habe ich versucht. Konnte in keinem der Telefonbücher irgendwelche Buzz Hartfords finden.«

»Dann die Babysitterin.«

»Ja, den Namen der Agentur hat er mir gesagt. Vielleicht versuche ich das.« Aber sie ging immer noch voran in Richtung des gegenüberliegenden, fertiggestellten Gebäudeflügels. An der Wohnungstür blieb sie stehen, horchte, und fummelte dann einen Augenblick am Schloß herum. Die Tür ging leise auf.

Niemand war da. Die Wohnung war genau so, wie sie erzählt hatte: klein, zwei Fenster zum Luftschacht hinaus, möbliert mit billigen neuen Möbeln. Eine kurze Wand mit kleinen Küchengeräten, eine Tür, die wohl ins Badezimmer führte. Maggie schaute hinein, überprüfte den Wandschrank, nahm dann einen Papierkorb auf und schüttelte den Kopf.

»Was hast du gefunden?« fragte Nick ungeduldig.

»Nichts«, sagte Maggie, entfernte Sarahs Finger vom Papierkorb und stellte ihn hin. »Und das ist das Problem. Muffin hatte eine Umhängetasche mit den üblichen Kindergartensachen bei sich — Papier, Buntstifte, Obstsaft und so weiter. Und ich habe den Zettel weggeworfen, auf dem diese Adresse stand. Hier in diesen Papierkorb.«

»Also ist Mrs. Golden eine ordentliche Person und räumt auf.«

»Tja, aber es ist vielleicht zu sauber.« Sie runzelte die Stirn.

Er versuchte, seine gereizte Ungeduld im Zaum zu halten. »Aufräumen ist nicht unbedingt ein Anzeichen finsterer Machenschaften, weißt du. Zugegeben, wir haben unseren eigenen Fußboden seit Monaten nicht gesehen, aber draußen in der wirklichen Welt kommt sowas gelegentlich vor.«

Sie grinste abwesend. »Ja, ich habe von solch abwegigen primitiven Praktiken auch schon gehört.«

»Einbrechen hingegen«, fügte Nick hinzu, »wird üblicherweise als finstere Machenschaft betrachtet.«

Ihre Augen wurden dunkel, aber sie sagte ruhig: »Du hast recht. Gehen wir.«

Als sie zum Vordereingang hinunterstiegen, hörten sie eine Stimme aus der Eingangshalle, in der die Arbeiter versammelt waren: »Bin gleich bei dir, Dino. Hab' meine Säge auf der Vordertreppe gelassen.«

Nick und Maggie eilten wieder ein Stockwerk hinauf und durch die Korridore im zweiten Stock zur Hintertreppe. Sie kamen in der Seitenstraße heraus, und Maggie versetzte dem unsicheren Türpfosten einen verächtlichen Knuff. »Buzz ist nicht sehr auf Sicherheit aus. Das Schloß könnte man mit einem Buttermesser aufkriegen.«

»Die ortsansässigen Einbrecher sind vermutlich nicht so gewieft wie du. Sie haben keine Buttermesser bei sich.«

»Das ist auch seine einzige Rettung.« Sie streichelte Sarahs schläfrigen Kopf und seufzte. »Gott, Nick, ich bin müde.«

»Warum zum Teufel bist du dann nicht zu Hause und machst ein Nickerchen?« platzte er los. »Deswegen haben wir schließlich gleich zu Anfang diesen verrückten Stundenplan arrangiert, damit du dich ausruhen konntest! Wieso mischst du dich hier in Buzz' verdammte Angelegenheiten ein, wenn du nicht mal Zeit für dich selbst hast?«

»Für mich selbst?« Wie ein geerdeter Blitz antwortete ihre Verbitterung auf seine. »Um welches Selbst machst du dir Sorgen? Das der Kuh, die jeden Tag vier oder fünf Stunden damit verbringt, dein Baby zu säugen? Das der Waschfrau und Putze? Das der guten Freundin, die früher nach Hause kommt, um dein Händchen zu halten, wenn du Kummer hast?«

»Oh ja, du bist ein wahrer Trostspender, nicht? Eine richtige Madonna!«

»Sieh mal, ich versuche, mitfühlend zu sein, Nick. Ich versuche auch, das Geld für unsere Hypothekenzahlungen zu verdienen und mich um unser Baby zu kümmern.« Sie drückte Sarah ein wenig fester an sich.

»Zum Donner, Gnädigste, wollen Sie ein Dankschreiben? Vor lauter Sarah baden und meinen mickrigen Scheck abholen habe ich das doch glatt vergessen! Morgen schicke ich eins ab. Oder möchten Sie eins für jede Ihrer umwerfenden Rollen? Madonna, Mutter und Geldverdienerin?«

Sie standen unter dreckverkrusteten Feuerleitern und einem Scheibchen lächerlich heiteren blauen Himmels, und ihre Stimmen bebten vor aufgestauter Empörung. »Du vergißt eins für die Muh-Kuh!« tobte Maggie. »Und für die Einmischerin! Das ist auch ein Teil von mir, ob es dir gefällt oder nicht! Und für die Ex-Geliebte. Obwohl ich verstehen kann, warum du —«

Der Puls in Nicks Schläfe drohte ein Erdbeben an. Sarah wimmerte. Er brüllte: »Du regst sie auf!«

Maggie schaute auf das unglücklich verzogene Babygesicht hinunter, drehte sich auf dem Absatz um und lief mit langen Schritten die Straße entlang.

Nick hätte sie am liebsten erwürgt.

Sie oder vielleicht auch sich selbst.

X

Freitag, später Vormittag

9. März 1973

Susans Flug ging am Nachmittag. Von einer Telefonzelle an der Pennsylvania Station rief Steve sie an und erwischte sie gerade noch, ehe sie zur Tür hinausging. »Alles fertig gepackt?« fragte er.

»Schon lange. Kaue bloß an den Nägeln wegen des neuen Jobs!«

»Mach dir keine Sorgen«, sagte Steve. »Wenn du erst das eine oder andere konkrete Problem vor dir hast, wirst du merken, daß du damit fertig wirst.«

»Das hoffe ich. Gott, ich werde dich vermissen, Kerl!«

Er schloß die Augen vor der Häßlichkeit des Bahnhofs, seinen grauenvollen Sorgen, und murmelte: »Ich dich auch. Aber wir sehen uns wieder. Irgendwie.«

»Kannst du ganz sicher nicht schwänzen und mich zum Flughafen bringen?«

»Nein, ich ... tja, es ist was dazwischengekommen. Aber ich wollte doch Bon Voyage sagen.«

»Danke. Es war schön, Steve.«

»Das war es.«

Aber als er auflegte und sich nach dem kurzen Eintauchen in den Zauber ihrer Stimme wieder der schmuddeligen Alltäglichkeit des Bahnhofs zuwandte, überfiel die Ungeheuerlichkeit seines Problems Steve von neuem. Es war nicht nur Muffin, obwohl er sich natürlich ihretwegen quälte. Hatte sie Angst? Waren die unbekannten Aufpasser nett? Wenigstens kompetent? Aber in der Hinsicht konnte er nichts tun. Er konnte nur dafür sorgen, sie so schnell wie möglich von da weg wieder nach Hause zu kriegen. Und er mußte sichergehen, daß die Rückkehr nicht durch die Polizei oder den starrsinnigen Avery Busby gefährdet wurde. Diese ganze Verantwortung lag bei ihm. Und ein Fehler könnte — aber daran wollte er nicht denken. In einer Krise, sagte der weiße Jäger, besser nicht denken. Stürze dich jählings in reines, glückendes Handeln.

Um elf war er wieder zu Hause. »Hast du etwas gehört?« fragte er Elaine. Sie saß in dem Stuhl dicht beim Telefon, ordentlich angezogen, das vollkommene Gesicht verfallen. Rachel, voller Mitgefühl und ganz gegen ihre Gewohnheit schweigsam, hatte sich auf dem Sofa zusammengerollt und änderte gelegentlich ihre Stellung, um das Gewicht ihres Bauches anders zu verteilen. Ein Radio dudelte im Hintergrund.

»Nein. Außer daß Paps unterwegs ist. Und du?«

»Nichts. Ich habe unser Geld. Und dein Vater hat mich auch angerufen und gesagt, er bringt seins.«

»Ja.« Sie fuhr sich mit der Hand über die Stirn; ihre Haut war fleckig. Für einen Augenblick wurde Steve seiner eigenen unendlichen Sorgen enthoben und konzentrierte sich auf sie. Seine schöne, untadelige Frau, Muffins freudige Mutter, Busbys elegante Tochter — alle waren hinter dieser angespannten, erschöpften Verzweiflung verschwunden.

»Lainey, Liebling, es wird wieder gut!« Er beugte sich hinunter, um sie in die Arme zunehmen und wünschte, er könnte das Gestern ungeschehen machen. Wenn er nur nicht bei Susan gewesen wäre, wenn er nur Susan nie begegnet wäre! Er drückte Laineys lieben, vergrämten Kopf an seine Schulter. »Wirklich, Schatz, wir kriegen das hin! Sie wird wieder da sein und alles wird gut!«

»Ach, Steve!« schluchzte sie. »Weißt du, ich muß dauernd denken, vielleicht war es mir nicht bestimmt, ein Kind zu haben!«

»Aber Lainey, das ist doch verrückt!« Steve brach selber fast in Schluchzen aus. Flehend schaute er Rachel an.

»Elaine, du weißt genau, du bist die beste Mutter der Welt«, sagte Rachel. Und dann zu Steve: »So ist sie schon den ganzen Morgen. Ich wünschte, sie hätte noch etwas anderes zu tun als warten.«

Steve wurde klar, daß das stimmte; er hatte wenigstens die Polizei auf dem Hals gehabt, das Geld besorgen müssen. Er sagte: »Jetzt hör mir zu, Lainey. Dein Vater und ich bringen sie zurück. Glaub mir das. Deine Aufgabe ist, dir zu überlegen, was sie brauchen wird, wenn sie wieder da ist. Ich glaube nicht, daß sie mißhandelt wird, aber sie wird ziemlich durcheinander sein, und —«

»Aber auf dem Zettel stand das von ihrem Finger!«

Verfluchter Zettel. »Das haben sie nur geschrieben, um uns zu warnen, Liebling. Und wir sind gewarnt, und die Polizei hat versprochen, nichts zu unternehmen, was sie gefährdet. Wirklich. Und auf dem Zettel stand auch, daß sie süß ist. Erinnerst du dich?«

»Ja, aber —«

»Also mögen die sie auch. Sie werden ihr nichts tun, so lange wir tun, was von uns verlangt wird. Es geht ihr bestimmt gut. Aber du solltest dich doch darauf einstellen, sie immer wieder zu beruhigen, wenn sie wieder da ist.«

»Er hat recht, Elaine«, sagte Rachel, die verstanden hatte, worauf er hinauswollte. »Sie wird dich mehr brauchen als je zuvor.«

»Ja. Das verstehe ich.« Ein wenig Entschlossenheit kehrte in ihr Gesicht zurück.

»Und es wird alles von dir abhängen«, fuhr Steve fort, »weil ich so lange bei der Arbeit sein muß und nicht zu Hause bin. Besonders, da ich jetzt nicht viel zustande bringe.«

»Ach, Steve!« Reuig berührte sie seinen Arm. »Ich weiß, daß du dir auch Sorgen machst.«

»Ja, alles andere ist ganz unwichtig geworden«, sagte Steve. »Ach, Rachel, hat Elaine erwähnt, daß die Polizei nicht will, daß darüber geredet wird?«

»Ja, aber das wußte ich sowieso. Hör mal, ich habe ein paar Sandwiches mitgebracht, aber Elaine hat sie nicht angerührt. Möchtest du was zu essen?«

»An Essen habe ich gar nicht gedacht. Aber du hast recht,

ein Sandwich wäre vielleicht nicht schlecht.« Er sprach nicht weiter; alle hörten das schabende Geräusch, mit dem die Post durch den Briefkastenschlitz rutschte. Rachel war am nächsten und erreichte den Flur zuerst. Sie überreichte ihnen den Stapel.

Rechnungen, Reklamesendungen und ein dicker gefütterter Umschlag. Eilsendung. Kein Absender. Steve öffnete ihn. Darin lag ein zusammengerollter Kindertragebeutel in Teddybärform, häßlich stumpfviolett mit Reißverschluß am Bauch und einem fehlenden Auge. Das war alles.

»Was ist es?« fragte Elaine ängstlich.

»Sowas wie eine symbolische Nachricht?« fragte Rachel und schüttelte den gefütterten Umschlag, ob auch bestimmt kein Zettel drin wäre.

Steve öffnete den Reißverschluß des Bären. Darin befand sich ein Stück Papier, wie der vorige bedeckt mit aus Zeitungen ausgeschnittenen Buchstaben.

Das Geld kommt da rein. Unmarkierte Hunderter und Fünfhunderter. Der Bär kommt heute vor fünf Uhr neben die anderen Bären im Ming Bazar an der Canal Street. Falls sich keine Polizei zeigt, rufen wir vor sechs wegen Muffin an. Wenn jemand Schwierigkeiten macht, wißt ihr was passiert.

Steve schaute Elaine an. Zum ersten Mal glaubte er in ihren Augen einen Hoffnungsschimmer zu bemerken. Aber sie sagte nur: »Paps wird jeden Augenblick hier sein.«

Nick fühlte sich wie Grashüpfers Onkel.

Ohne die vorübergehenden Leute auf dem Bürgersteig wahrzunehmen, trottete er weiter, eingehüllt in verworrenes Schamgefühl. Wer ist wer und was ist was? pflegte Gladstones übermüpfig Weib zu fragen, wenn die Dinge unübersichtlich wurden. Worin bestand Maggies Problem? Woher war diese blitzartige Bitterkeit gekommen? Und was das betraf, woher rührte seine eigene? Es wäre leicht, zu sagen, seine Freundin war gestorben, und sein Job — nein, mehr als ein Job, seine augenblickliche Passion — war verloren. Leicht zu sagen, daß sich jeder bedrückt fühlen würde. Aber warum auf Maggie eindreschen? Sie hatte Trost angeboten. Nicht direkt Trost; in so einer Situation gab es keinen Trost. Aber sie war gekommen. Und er hatte sie dafür attackiert.

Liebe oder Pflicht. So wie er damit umging, würde er am Ende beides verlieren. Kein Konflikt mehr, weil nichts Lohnendes in seinem Leben übrigbleiben würde.

Irgendwie hatte er den Kontakt zu ihr verloren. Es war nicht nur der Schmerz um Ramonas Tod. Noch die Bitternis, die beflügelnde Arbeit zu verlieren — das kam in seinem riskanten Beruf nur allzu oft vor. Wenn es überhaupt etwas gab, womit er umzugehen gelernt hatte, dann war es die Arbeitslosigkeit. Nein, das Problem war neueren Datums — und lag tiefer — als das.

Sarah war das Problem.

Ihre Ankunft hatte sein Leben aus dem Gleise geworfen: neue Gipfel unerwarteter Freude, neue Abgründe der Erbitterung. Er und Maggie hatten sie beide gewollt; sie beide beteten sie an. Und sie hatten sich beide ganz gut durchgewurstelt, hatte er gedacht. Sie hatten die Schlaflosigkeit und die schmutzige Wäsche mit gutgelauntem Grummeln geteilt und dabei auf das feste Band vertraut, das sie beide seit Jahren verband und bereicherte. Sie freuten sich über Sarah und freuten sich über die Freude des anderen. Wenn er Maggie beim Stillen zusah, wo beide in einem Zustand euphorischer Innigkeit schwebten, erfüllten ihn starke neue Gefühle. Liebe, Stolz, und mehr. Er hatte gedacht, daß Maggie diese Gefühle teilte.

Aber sie hatte sich Muh-Kuh genannt.

Also war es auch für sie komplizierter, als er gedacht hatte.

Muh-Kuh. Was war ihm entgangen? Sie hatten sich immer schnell und instinktiv verstanden, jeder hatte mit Leichtigkeit die Gedanken des anderen gelesen, selbst wenn niemand anders mitkam. Wie die Szene mit Dr. Rank: kleine Spiele, die eine tiefere Zusammengehörigkeit symbolisierten. Sarah hatte all diese Dinge reduziert. Spiele. Gespräche. Musik. Sex.

Mein Gott, war das sein Problem? Motzen, weil ihm seine Schmusepuppe fehlte?

Auch Gladstone hatte mit dem Problem zu kämpfen gehabt. Als vitaler, lustbetonter Mann hatte er sich sehr anstrengen müssen, erhabene moralische Prinzipien aufrechtzuerhalten, so viktorianisch wie Viktoria selbst. Aber sein geliebtes übermüpfig Weib hatte in einem dauernden Kreislauf von Schwangerschaft, Stillzeit und Krankenpflege acht Kinder geboren. Das hochgeschätzte Ehebett hatte alsbald seine eigenen Hindernisse produziert. Gladstones Antwort auf diese Entbehrungen war es gewesen, sich an den Kindern zu freuen, härter zu arbeiten, den Prostituierten Predigten zu halten, Premierminister der mächtigsten Nation der Welt zu werden. William des Volkes nannten sie ihn. Großer Alter Mann.

Und Nicks Antwort? Er hatte seinen Job verloren. Seine Frau beschimpft. Reizender Typ. Großer Alter Schwanz.

Seine Füße hatten ihn von allein wieder zum Probenspeicher geführt. Er sollte nachsehen, ob Derek wegen des Treffens mit Ramonas Partner eine Nachricht hinterlassen hatte. Er öffnete die Tür und mühte sich die Treppe hinauf.

Wenn man an einer Rolle arbeitete, achtete man genau auf jedes Wort, das der Charakter sprach, den man darstellte, auf jedes Wort, auf das er reagierte, auf jedes Wort, das über ihn gesagt wurde — stets auf der Suche nach Hinweisen auf die inneren Strömungen, die ihn motivierten. Worte hatte es gegeben, das konnte man sagen. Einmischerin hatte er sie genannt. Na gut, sie hatten jetzt zu viel um die Ohren, als daß sie noch sorgenvolle Gedanken an das Kind anderer Leute verschwenden konnten, aber das war nicht das eigentliche Problem. Maggies Neugier und ihr lebhaftes Verantwortungsgefühl waren immer Teil der Freude gewesen, mit ihr zusammenzuleben. Daß er sie Einmischerin nannte, sollte nicht heißen, daß er es anders haben wollte, nur daß er genervt war. Das war nicht neu. Das war die Art Kabbelei, die gewöhnlich schnell und vernünftig bereinigt werden konnte.

Madonna hingegen — das Wort mußte untersucht werden. Er hatte sie auch Madonna genannt. Was hatte er gemeint? Schön, ja. Nährend. Tröstend.

Und asexuell, natürlich. Eins mit ihrem Baby, heil und heilig.

Der kleine Joseph, der sich ängstlich im Hintergrund hielt und seinen Heiligenschein trug wie einen nachträglichen Trostpreis, was er ja auch war, der kleine Joseph wurde nicht gebraucht.

Aber er war nicht Joseph! Oh nein. Nicht Nick, der Heißblütige. Zum Teufel, die Army hatte doch schon vor langer Zeit einen Mann aus ihm gemacht. Das Theater übrigens auch. Drei Bierwerbungen, nicht? Und ein Spot mit Kübelwagen. Im Fernsehen von ganz Amerika war Nicks Flimmerbild ein Emblem der Männlichkeit. Jederzeit würden sie ihn jetzt bitten, Scarlett O'Hara diese Treppen raufzutragen. Oder auch der nächste Tarzan zu sein. Der auf seine haarige Brust schlug. Rohen Tiger frühstückte. Bäume ausriß.

Seine Frau beschimpfte.

Verdammt.

Madonna, hatte er hämisch geschnaubt. Weil sie so mit Sarah beschäftigt war, daß sie ihn vergessen hatte? Oder weil etwas in ihm zögerte, eine so geheiligte Mutter zu schänden?

Hm. Also, das laß mal lieber vorläufig ruhen, Nick, mein Alter.

Aber ihre anderen Worte waren auch ziemlich gewichtig gewesen. Muh-Kuh, hatte sie gesagt. Ex-Geliebte. Das 'Ex' gefiel ihm gar nicht. Was zum Teufel ging mit ihnen vor?

Schon minutenlang hatte er etwas angestarrt, ohne es zu sehen. Er faßte es ins Auge: Dereks Nachricht, mit Tesafilm an die verschlossene Speichertür geheftet. Viertel nach vier, stand drauf. Ramonas Partner, Ken Martin, würde die letzten Gehaltsschecks mitbringen. Er warf einen Blick auf die Uhr. Etwas mehr als fünf Stunden.

Nick ging ans Telefon und rief die unter ihm wohnende Nachbarin an.

»Ich soll schon wieder euren verflixten Hund rauslassen?« wollte sie wissen. Julia war fast siebzig, kregel und erfrischend wie ein Schwaps Hamamelislotion. Sie gab sich große Mühe zu verbergen, wie gern sie Maggie und Nick und Sarah und sogar den verflixten Hund hatte.

»Nein. Ich brauche Rat, Julia.«

Den Ernst in seiner Stimme registrierte sie sofort. »Maggie hat mir gesagt, daß Ramona Ricci gestorben ist. Es tut mir so leid, Nick. Auch um den Job.«

»Ja. Aber es geht um ein anderes Problem. Ich glaube, es ist ein anderes. Julia, als Sie Ihre Babys hatten, ging Ihre Ehe doch nicht in die Brüche.«

»Daher weht der Wind, was?« fragte sie nachdenklich.

»Oder doch?«

»Nein, das nicht. Aber ich ging in die Brüche, und Vic auch. Vorübergehend. Wir brauchten Monate, bis wir merkten, was mit dem anderen los war.«

»Genau.«

»Es ist blöd, daß man Flitterwochen nach der Hochzeit macht und nicht nach Babys, wissen Sie. Es passiert einem genauso viel. Klar ist es schwer, von dem verflixten Baby wegzukommen. Stillen und alles. Und wenn man mal eine Stunde übrig hat, nützt sie zu Hause überhaupt nichts. Viel zu viel zu tun. Das lenkt ab.«

»Richtig«, gab er finster zu. »Es gibt also keine Lösung?«

»Klar gibt es eine Lösung. Erstens seid ihr beide erschöpft, und das werdet ihr eine Weile bleiben. Also spinnt euch keine wilden Theorien über Probleme zusammen, die sich einfach dadurch erklären lassen, daß ihr steinmüde seid.«

»Ja, das verstehe ich.«

»Im übrigen ist Reden und Umarmen die Lösung, wie üblich. Die Schwierigkeit ist, Zeit dafür zu finden. Ihr müßt das planen. Ein bißchen Flitterwochen in kleinen Dosen. Vic und ich haben uns immer mit meiner Cousine abgewechselt. Habt ihr jemanden zum Abwechseln?«

»Wir haben nicht viele Freunde mit Kindern. Aber ich werde jemanden finden.«

»Gut. Jetzt zum unmittelbaren Problem. Haben Sie Geld?«

»Etwas. Die letzte Gage kommt heute.«

»Sie wissen, daß ich nicht den Babysitter spiele«, warnte die flammend unabhängige Julia.

»He, so ein Klotz bin ich nicht, aber ich mußte jemanden fragen, der Verständnis hat. Wir finden jemanden zum Abwechseln.«

»Aber wissen Sie was«, sagte Julia, die Dorothy Parker bewunderte, »ich habe immer davon geträumt, mal ins Algonquin zu gehen. Selbst wenn es bedeutet, daß ich ein paar Stunden Kindermädchen spielen muß. Nur einmal. Sonntag Nachmittag würde gehen.«

»Julia, Sie sind mir ja vielleicht eine Stürmische!«

Sie kicherte und legte auf. Nick traf seine Vorkehrungen und setzte sich dann auf die Stufen, um sein *Back Stage* Theatermagazin zu studieren. Er machte sich eine Liste von den Besetzungschefs, die er vor vier Uhr aufsuchen konnte, und überlegte gerade, bei welchem er es zuerst versuchen sollte, als er Stimmen hörte.

»Immer mit der Ruhe!« Das war Daphne. »Siehst du, das Licht ist aus. Es ist vorbei, Liebes.«

»O Gott! Was soll ich nur tun?« Jaymies Stimme brach. Sie

rannte ein paar Stufen hinauf und starrte auf das verdunkelte Oberlicht des Probenspeichers. Dann bemerkte sie Nick.

»Grüß dich«, sagte er.

»Kommen die anderen auch? Fangen wir wieder an?« fragte Jaymie mit blanken Augen.

»Nein.« Er deutete auf Dereks Nachricht. »Letzte Gage.«

»O Gott.« Jaymie rannte leichtfüßig die letzten Stufen hinauf, las den Zettel und sank auf die Stufen. Daphne eilte zu ihr und wurde weggestoßen.

»Kann ich helfen?« fragte Nick sie beunruhigt.

»Nein.« Daphne schaute Jaymie traurig an, kam dann ein paar Stufen herunter und setzte sich neben Nick. »Gott, ich habe keine Zeit für dieses Wrack! Muß mich zum Vorsprechen umziehen, die Kinder abholen — und plötzlich dreht diese Miss Chicago vollkommen durch. Sie hat gekokst. Plötzlich hatte sie die fixe Idee, es könnte trotz allem eine Probe stattfinden. Kam rübergerast. Sie fühlt sich gräßlich.«

»Tja. Wir fühlen uns alle schrecklich.«

»Nicht so furchtbar wie sie.« Daphne senkte die Stimme und zog ihren afrikanisch gemusterten Rock über den Knien zurecht. »Vor einer Woche hat sie gehört, daß ihre Mutter in ein Pflegeheim muß.«

»Mein Gott!«

»Sie stehen sich sehr nahe. Ihre Mutter hat sie zu Juillard geschickt, weißt du, hat ihr Stunden bei Madame bezahlt, alles. Aber Mrs. Price hat Jaymie gesagt, sie soll jetzt nicht kommen. Sie sollte an dieser Rolle arbeiten, es sei die große Chance, auf die sie beide gewartet hätten. Aber es muß ernst sein, wenn sie in ein Heim muß.«

»Ein Heim!« Jaymie hatte es gehört. »Ein Heim nennen die das! Was wirklich passiert, ist, daß man ihnen seine sämtlichen weltlichen Güter vermacht und sie einen dann in einen Abstellraum an einem langen grauen Korridor schieben!«

»Und pflegen«, sagte Daphne. »Sie haben dort gute Schwestern, sagte sie.«

»Jaa. Gute Schwestern. Oh, Gott, warum ist sie gestorben?«

»Ist sie — ach, du meinst Ramona«, sagte Nick.

»Ja! Ja, Ramona! Ich bin doch gut vorangekommen. Meine Mama wollte, daß ich Erfolg hatte! Sie hat mich unterstützt, hat für meine Wohnung hier bezahlt, alles, bloß damit ich —« Blindlings zerrte Jaymie ein Taschentuch aus ihrer umfangreichen braunen Schultertasche, benutzte es aber nicht, schaute es nur sinnend an, während die Erinnerungen kamen. »Als ich klein war, gab sie mir Unterricht, brachte mich zu Wettbewerben. Ich gewann sie auch. Die Junior Prinzessin von Cook County. Im Radio singen. Im Nußknacker tanzen, den Mäusekönig, als ich noch ganz klein war. Aber Papa hat uns trotzdem verlassen. Und dann konnten wir uns Loreen nicht mehr leisten, und sie ging auch. Mama fand eine Oberschule, wo ich auch Schauspielunterricht nehmen konnte. Sagte, wir würden es Papa schon zeigen. Hat mich in Daphnes Klasse und das Juillard Programm gekriegt. Jedes Mal —« Sie preßte das Taschentuch an die Nase. »Ach, Gott, warum müssen sie uns feuern? Nach allem, was Mama getan hat!«

»Es tut mir so leid«, sagte Nick.

»Ja. Obwohl es schließlich so lange gedauert hat, bis ich eine Chance bekam. Sie wollte immer selber ein Star sein. Aber Papa holte sie aus einer Ballettgruppe heraus, und er war zu reich, als daß sie hätte ablehnen können, sagte sie. Aber es hat ihr immer schrecklich gefehlt. Nachdem er weg war, hat sie versucht, wieder einzusteigen, aber inzwischen war sie schon über Dreißig. Sie war so glücklich, als ich beschloß, Schauspielerin zu werden.«

»Meine Mutter war entsetzt!« sagte Nick.

»Ach, Gott, meine auch!« nickte Daphne und sah verstohlen auf die Uhr. »Sieh mal, Jaymie, ich muß jetzt rennen, die Kinder —«

»Nein! Daphne, bitte! Papa ist weggegangen und Loreen und Mama — ich kann doch jetzt nicht mit ihr reden, verstehst du das nicht?« Das Kokain wirkte nicht mehr, und

Nick konnte sehen, wie elend sie sich fühlte, als sie an ihrem Taschentuch zerrte und die dunklen Ponys über traurige Augen fielen. »Ich kann ihr nicht sagen, daß es aus ist. Ich kann sie jetzt nicht im Stich lassen. Was soll ich nur tun?«

»Lügen«, schlug Daphne unfreundlich vor und stand auf; aber nach einem Blick auf Jaymie war ihre Stimme wieder sanft. »Liebes, ich rede später mit dir, ja? Ich muß jetzt ins Studio rasen und mich umziehen und dann zurück und die Kinder bei Anna Maria treffen, damit wir eine Strategie für die Anhörung aushecken können. Verstehst du das nicht?«

Jaymie kam die Stufen herunter. »Ich komme mit!«

»Kommt nicht in Frage, Schätzchen!« Daphne hielt energisch eine abwehrende Hand hoch, um Jaymies jämmerliche und überdrehte Annäherung zu bremsen. »Wir reden später, klar? Aber heute geht es um Callie und Mellie. Wir werden zu dieser Anhörung gehen und aussehen wie die Heilige Coretta Scott King in drei lieferbaren Größen. Ihre kleinen Sozialarbeiterhirne glatt umhauen. Und ein reiches weißes Mädchen verdirbt das Bild irgendwie, verstehst du?«

Jaymie flüsterte: »Also gut.« Aber die Tränen kullerten schon wieder.

Entnervt sah Daphne wieder auf die Uhr. »Okay, ich sag dir was, du zahlst für mein Taxi, und ich helf dir jetzt runter. Aber nur ein paar Minuten. Dann muß ich gehen.« Jaymie nickte stumm, Daphne setzte sich wieder und zog sie ein wenig unsanft auf die Stufe neben sich. »Jetzt sieh dir Nick an«, redete sie ihr zu. »Er schaut in der *Back Stage* nach Vorsprechterminen. Das ist es, was du auch tun solltest.«

»Wirst du das tun, Daphne?« Jaymie war etwas ruhiger.

»Nein, ich gehe wieder bei Madame arbeiten, das werde ich tun«, erklärte Daphne fest. »Hätte von Anfang an dableiben sollen. Deswegen habe ich jetzt den Ärger mit den verdammten Sozialarbeitern, weißt du. Einen festen Job aufgeben. Sie haben überall herumgeschnüffelt, ob sie Gründe finden, mir die Kinder wegzunehmen. Natürlich habe ich das vorher gewußt, und wenn es nicht Ramona gewesen wäre, sondern irgendwer anders —«

»Du hast früher schon mit Ramona zusammengearbeitet?« fragte Nick.

»Oh, wir kennen uns seit ewigen Zeiten«, sagte Daphne mit humorlosem Lächeln. »Ich war im Ballett von *Auf Teufel komm raus*. Damals ein ziemlicher Glücksfall für ein schwarzes Mädchen, aber sie haben vermutlich gedacht, die Bleichgesichter erwarten, daß unsereins in der Hölle tanzt. Jedenfalls hat sich Ramona eines Abends einen Zeh ausgerenkt und dachte, sie könnte nicht weitermachen. Ich habe ihn ihr wieder eingerenkt und sie hat die Show zu Ende getanzt, bis zum letzten Tanz. Es war wohl schmeichelhaft für ihre Berufsehre, denke ich, denn danach überschüttete sie mich mit endlosen Gefälligkeiten. Obwohl sie mir vorwarf, ich wäre eine Voodoo-Königin, und behauptete, sie könnte niemals einen Auftritt verpassen, solange ich dabei wäre.« Sie zuckte mit einer schmalen dunklen Schulter und fügte bitter hinzu: »Tja, da sieht man, wieviel ich als Glücksbringer tauge!«

»Es wäre eine gute Show geworden«, sagte Nick.

»Ja! Ja, das wäre sie, nicht? Ich glaube, es war die richtige Entscheidung, mitzumachen. Ramona hätte uns mitgerissen. Aber ich fühle mich ganz gräßlich wegen des alten Mädchens. Und es ist so verflucht enttäuschend.«

»Wird die Schule dich zurücknehmen?«

»Klar«, sagte Daphne. »Sie haben schon gejammert, als ich mir für diese Sache frei genommen habe. Ich kann mit Teenagern umgehen, sagt Madame. Die alte Sklaventreiberin.«

»Na, da hat sie recht«, sagte Jaymie. »Du solltest bloß sehen, wie sie mit denen fertig wird, Nick. Oder mit mir.«

»He, Kleine, du bist kein Teenager mehr! Stimmt, ich arbeite gerne mit den Mädchen. Natürlich bleibt einem nach der Arbeit nichts als ein Saal voll verschwitzter Kinder. Wenn du Glück hast, ist eins davon vielleicht so talentiert wie du selbst oder Jaymie, die anderen sind nur Klopse.«

»Keine Baryschnikows?«

»Nicht in meinen Stunden. Noch nicht. Zugegeben, ich arbeite für die mit einem bißchen Talent. Aber ich hatte gehofft, ich könnte mehr Choreographie machen. Dieser Job hätte Türen geöffnet. Mich ein wenig von Madame befreit.«

»Ich habe auf dem College Schauspielunterricht gegeben«, sagte Nick. »Die Jugend ist so begeisterungsfähig. Und es tat gut, einen soliden Job zu haben.«

»Ach, ich weiß. Es hat seine guten Seiten. Selbst Madame – tja, sie ist eine zähe, sauertöpfische alte Hexe, aber dafür bewundere ich sie, wenn sie mich nicht gerade selber verflucht. Was ist mit dir? Schon irgendwelche Heldenrollen in Aussicht?«

»Ein oder zwei Vorsprechtermine könnten interessant werden. Hauptsächlich werde ich mich in den Besetzungsbüros sehen lassen, damit sie merken, daß es mich noch gibt.«

»Die vergessen verdammt schnell.«

»Das stimmt.« Nick stand auf. »Willst du in meine *Back Stage* schauen? Ich hab' sie durch.«

»Ja!« sagte Daphne und nahm zielstrebig an. »Also, Jaymie, das sehen wir jetzt zusammen durch und machen einen Plan für dich. Dann kannst du anfangen, die Runde zu machen, während ich bei der Anhörung bin.«

»O Gott, ich kann's einfach nicht fassen, daß ich damit wieder von vorn anfangen muß!« Jaymie betrachtete die Zeitung ohne jede Begeisterung.

»Komm schon, raff dich zusammen! Deine Mutter würde nicht wollen, daß du aufgibst!« drängte Daphne.

»Nein, wohl nicht«, murmelte sie und zog ihren Terminkalender heraus.

Nick schaute noch einmal die Treppe hinauf, ehe er hinausging. Sie kauerten zusammen auf dem Treppenabsatz im grauen Licht des schmutzigen Fensters. Daphnes mütterlicher Arm war um Jaymie gelegt, so dunkel wie die Totenhandschuhe aus *Victoria R.*

XI
Freitag vormittag, Viertel nach elf

9. März 1973

Nick sah Maggie, sowie er aus dem Speichergebäude kam: schmerzliche blaue Augen auf den Eingang geheftet, eine Hand klopfte Sarah den Rücken, die andere hielt eine frische Wegwerfwindel. Sie winkte ihm zu. »Waffenstillstand?« schlug sie vor.

Er fällte beinahe einen Passanten, so schoß er über die Straße, um die beiden in eine riesige Umarmung zu schließen. »Darauf kannst du wetten!«

»Ich habe das nicht so gemeint —« Sie versuchte, ihn auch zu umarmen.

»Nein, nein.« Er legte ihr einen Finger auf die Lippen. »Nimm nichts zurück. Wir haben etwas damit gemeint. Alle beide. Wir müssen bloß rauskriegen, was.«

»Schon. Aber ich kann nicht mal rauskriegen, was mit mir ist!«

»Geht mir genauso. Nur eins. Ich habe rausgekriegt, daß du definitiv keine Muh-Kuh bist.«

»Aber ich bin so wabbelig!« Sie wich ein wenig zurück, sah ihn nicht an und spielte mit dem Reißverschluß an der Babytrage. »Ich versuche ja, es wegzutrainieren, aber ich habe nie Zeit. Gott, ich weiß nicht, wie du interessiert bleiben könntest.«

»Oh, aber ich bin interessiert. Manchmal erschöpft, aber interessiert.« Er hätte das erraten müssen; so schlank und schön sie ihm auch erschien, konnte ihr Körper während der Stillzeit doch ihrem eigenen Turnerinnen-Standard nicht gerecht werden. Dann sagte er noch: »'Sie wird vom Alter nicht zerstört, noch ihre unbegrenzte Vielfalt durch Gewohnheit schal.'«

Maggie schnaubte. »Na, vielleicht gilt das für ägyptische Königinnen, die in goldenen Barken herumgondeln. Aber ich bin bloß ein Trampel, das U-Bahn fährt und das ganze verdammte Bettzeug vollsuppt.«

Er grinste. »Es heißt, daß auch Kleopatra schön blieb, indem sie in Milch badete.«

Ihre erschreckten Augen begegneten seinen, dann brüllte sie vor Lachen. »Nick, du bist ein entzückender Mann! Aber bitte mach keine Witze. Mir ist es ernst!«

»Mir ist es auch ernst, Liebste. Wir haben ein Problem, aber das ist nicht dein Körper, der geradezu unanständig reizend ist. In jedem Sinne.«

Ein Lächeln huschte über ihr Gesicht, aber sie beschäftigte sich wieder mit dem Reißverschluß. »Es ist nur... na ja, du bist von so wunderbaren Menschen umgeben. Ramonas und Didis und —« Sie warf ihm einen schnellen Blick zu, ehe sie schüchtern schloß: »Und Lisettes.«

Die liebe Lisette. Nicks erste Frau war allerdings eine umwerfende Frau gewesen. Mit genug Schönheit, Talent und Verletzlichkeit, um Männer grundsätzlich in Verzückung zu versetzen. Er jedenfalls war hingerissen gewesen. Was konnte er jetzt zu Maggie sagen, er, der den Tag damit verbracht hatte, ihre zartesten Annäherungsversuche niederzuwalzen? Attila O'Connor. Also, Attila, versuch's mit der Wahrheit.

»Wir haben beide ein paar gute Erinnerungen an Vergangenes, Maggie«, sagte er sanft. »Aber die unseren sind vorwiegend wohlwollende Geister. Sie hindern uns nicht sehr, ein gutes Heute aufzubauen. Ich glaube, sie sind im Augenblick nicht unser Problem.« Sie nickte andeutungsweise, und er zuckte die Achseln. »Aber Teufel auch, ich weiß, ich kann keinen Zauberstab schwingen und dafür sorgen, daß du dich nicht wie ein Versager fühlst. Ich fühle mich selbst wie ein Versager.«

»Wirklich? Du?«

»Es scheint, daß ich meinem eigenen Standard nicht mehr gerecht werden kann.«

»Ja.« Sie nickte in grimmigem Einverständnis und schaukelte geistesabwesend die wimmernde Sarah. »Nick, ich schäme mich so! Ich meine, du hast neulich recht gehabt, deshalb bin ich wütend geworden. Du hast gesagt, ich wäre eifersüchtig auf meine eigene Tochter. Verdammt, ich könnte mich selber treten, aber ich kann mir nicht helfen, ich bin eifersüchtig! Sie braucht dich, und ich möchte, daß du dich um sie kümmerst. Wirklich! Aber wenn sie deine Aufmerksamkeit von mir ablenkt, bin ich eifersüchtig. Verstehst du, was ich meine?«

»Ja. Mir geht's genauso.«

»Und noch schlimmer.« Sie sah ihn fest an, und ihre blauen Augen waren dunkel vor Scham. »Ich bin eifersüchtig, wenn du ihre Aufmerksamkeit von mir ablenkst.«

Ein Schock der Erkenntnis: Madonna sprach es aus. Doppelte Liebe; doppelter Neid. Nick nickte langsam. »Mhm. Ich beobachte euch beide, wenn du sie stillst oder mit ihr spielst und ihr ganz ineinander versunken seid. Und ich bin voller Liebe und Freude, wie sich das für einen guten und edlen Papa gehört. Genau wie bei den Waltons. Aber du hast recht, ich bin auch eifersüchtig wie der Teufel. Auf euch beide.«

»Aber du —«

Sarahs Wimmern, das ignoriert wurde, eskalierte zum Gekreisch. Maggie brach in Tränen aus. »Verdammt nochmal! Nicht jetzt!«

»Zeit fürs Mittagessen?« fragte Nick. Es war zwanzig nach elf.

»Ja«, schluchzte Maggie. »Mittagessen. Und dann Abendessen. Und dann Nachtessen. Und dann Frühstück. Immer weiter und immer weiter, während alles andere in Stücke fällt!«

»Hey. Komm mit«, sagte Nick. Er führte seine heulenden Damen über den Bürgersteig zur Speichertreppe und setzte sie in eine Ecke. Sarah machte sich gierig ans Werk, in königlicher Mißachtung der Stürme um sie herum. Maggie, deren Bedürfnisse komplexer waren, schniefte weiter.

»Bist du das wieder, Nick?« rief Daphne. Sie und Jaymie kauerten immer noch auf dem Treppenabsatz nahe beim Fenster. »Ist alles in Ordnung?«

»Ja, nur das Baby hat Hunger«, sagte Nick.

»Oh, gut.« Sie wandten sich wieder den Anzeigen in der *Back Stage* zu.

Nick saß auf der Stufe über Maggie und beugte sich vor, um ihr ins Ohr zu flüstern. »Wir können Sonntag nachmittag reden.«

»Was ist am Sonntag schon anders?« schnüffelte sie. »Genau wie jeder andere verdammte Tag. Sie wird genauso oft Hunger haben. Genau so oft kacken. Die Wäsche ist genauso dreckig. Wenn Dan das Programm in Ordnung kriegt, muß ich vielleicht sogar ins Büro.«

»Muß? Dies ist ein ernsthafter Antrag, meine Dame. Ich möchte eine Verabredung.«

»Na ja«, verbesserte sie, einen Anflug von Neugier im tränenreichen Blick, »er hat gesagt, daß es vor Dienstag wahrscheinlich nicht fertig ist. Aber ich will anfangen, sowie er es geschafft hat. Es ist so frustrierend, die paar Stunden zu verschwenden, die ich zum Arbeiten habe.«

»Aber hier handelt es sich nicht um Zeitverschwendung. Ich habe gerade die Hälfte meiner letzten Gage für zwei Zimmer im Algonquin am Sonntag verpulvert.«

»Zwei Zimmer?«

»Auf verschiedenen Stockwerken. Eins für dich und mich. Eins für Julia, die Sarah übernimmt, sowie du mit Stillen fertig bist, damit du dich für ein paar Stunden davonschleichen kannst. Ich glaube, sie hat vor, Sarah die besten Bonmots von Dorothy Parker beizubringen.«

Jetzt flammte lebhaftes Interesse in den blauen Augen. »Und wofür genau schleiche ich mich davon?«

»Für was immer wir uns unserer Meinung nach nötig haben. Ein ununterbrochenes Gespräch. Eine ununterbrochene Bumserei. Möglicherweise sogar einen ununterbrochenen Schlaf.«

»Gott, Nick!« Sie hatte ihren Kopf über Sarahs geneigt.

»Irgendwelche Probleme?« fragte er besorgt. »Was denkst du gerade?«

Sie brachte nach den Tränen ein feuchtes kleines Grinsen zustande. »Ich dachte gerade — nur für alle Fälle — sollte ich mir etwas schwarze Spitzenwäsche kaufen.«

Nick fühlte sich wie ein triumphierender Gladiator. Er fuhr mit den Lippen leicht über ihr Ohr. »Maggie eins, Muh-Kuh Null«, flüsterte er. Sie kicherte.

Die Madonna, das wußte er, würde ein bißchen schwieriger zu besiegen sein. Das war ein zähes Weibsbild, fest verankert in den Tabus der Kindheit. Aber schwarze Spitze war auch wirkungsvoll. Es gab Hoffnung.

Daphne stand auf. »Die Stunde Null, Kleines«, sagte sie zu Jaymie. »Bis später.« Entschlossen stieg sie die Treppe hinunter.

»Vielleicht«, sagte Jaymie melodramatisch.

»Hey.« Daphne fuhr auf der Stufe herum, ein Fuß höher als der andere, und hob einen mahnenden Finger. »Du wirst dich wieder einkriegen, Schätzchen. Das verkünde ich hiermit! Aber Callie kommt zuerst. Verstanden?«

»Ja.« Jaymies Hände krampften sich um den Schulterriemen ihrer Tasche. »Ich habe verstanden.«

Daphne betrachtete sie einen Augenblick, dann sagte sie barsch: »Also schön, komm mit und hilf mir jetzt, ein Taxi zu kriegen. Du hast es versprochen.« Sie ging weiter hinunter.

Jaymie sprang auf und klapperte hinter ihr her. Daphne war stehengeblieben, um Sarah zu bewundern, die wieder sonnigen Gemüts war, nachdem sie ihre Freßgier gestillt hatte. »Hey, sieh dir bloß das wunderbare Baby an!«

Sarah schenkte ihr ein zahnloses Grinsen. Jaymie kam dazu und lächelte auch. »Hallo, Baby«, sagte sie, und sang dann leise, »Blinke, blinke Sternenkind, wir zeigen Daddy, wer wir sind! Oben fern am Himmelszelt blinkt Jaymies Name in der Welt … ich meine, …« Verwirrt runzelte sie die Stirn.

»Junge, Junge, deine Mama hat aber wirklich alles getan, um es deinem Daddy heimzuzahlen, was?« Daphne lachte. »Komm schon, Kleines, gehen wir.«

»Okay.« Als sie zur Tür hinausgingen, steckte Jaymie ihren Terminkalender wieder in ihre große Tasche. Ein kleines, dunkles, wohlfeiles Heftchen, nicht das riesige Buch aus geprägtem Leder, mit dem Ramona herumstolzierte.

Ramonas Buch.

Etwas klickte.

Nick wandte sich zu Maggie um. »He, Ramonas Buch!« rief er aus. Adlerauge O'Connor. Nick der Flic. »Es war nicht da!«

»Was?«

»Ihr Terminkalender. Er hätte doch bei dem Zeug liegen müssen, das in dem Haus aus ihrer Tasche gekippt wurde.«

»Und er war bestimmt nicht unter der Tasche oder so?«

»Ich denke nicht. Die Brieftasche und die Pistole würden einen Räuber interessieren. Aber ein halbvoller Terminkalender wäre nicht sehr verlockend, oder?«

»Für mich nicht«, sagte sie und verstand auf Anhieb, worauf er hinauswollte. »Es sei denn, mein Name stünde drin, am falschen Ort, zur falschen Zeit.«

»Genau. Deshalb ist es wichtig, daß das Buch nicht da war.« Zwei Stufen auf einmal nehmend, rannte Nick die Treppe hinauf.

Aber Sergeant Perez war nicht sehr beeindruckt, als er den Hörer aufnahm. »Wir werden ihn danach fragen«, sagte er Nick.

»Wen fragen?«

»Den Verdächtigen.«

»Den Typ, der die Pistole hatte?«

»Ja.«

»Hören Sie, verstehen Sie denn nicht? Wenn der Terminkalender verschwunden ist, dann vielleicht, weil ein Name drinstand. Von jemandem, den Ramona kannte.«

»Das ist nur eine von vielen möglichen Erklärungen«, sagte Perez müde.

»Ja, aber sollten Sie das nicht überprüfen?«

»Sehen Sie mal, Mr. O'Connor, wenn wir glaubten, daß es jemand aus dem Stück wäre, dann würden wir Sie immer noch ausquetschen. Sie besonders, Sie waren direkt am Tatort. Sonst wußte niemand, wo sie sein würde. Aber wir haben Beweise gegen diesen Typ. Er hängt in der Gegend rum, meistens unter Drogen. Er ist wegen Gewalttätigkeit vorbestraft. Und er hat ihre Pistole. Das ist stichhaltig.«

»Hat er gestanden?«

»Wollen Sie Wunder? Wer gesteht schon? Er hat uns erzählt, er hätte die Pistole in einem Mülleimer gefunden. Wollen Sie mal raten, wie oft wir die Geschichte schon gehört haben? Aber wir überprüfen die Sache mit dem Terminkalender.«

»Gut. Danke.« Nick legte wieder auf.

Maggie war bis zum Treppenabsatz heraufgekommen und grinste ihn an. »Einmischer«, sagte sie.

Nick warf sich empört in die Brust. »Nein, nein, das verstehst du nicht. Wenn du das tust, dann ist es Einmischung. Wenn ich es tue, ist es Bürgerpflicht.« Er rieb sich den kahlen Schädel. »Jedenfalls komme ich dauernd auf das gleiche Problem zurück. Wir hatten alle alles zu verlieren und nichts zu gewinnen.«

»Nichts Offensichtliches.«

»Ja. Und wenn Perez den Mann mit der Pistole und dem Vorstrafenregister hat, sollte ich aufhören, mir den Kopf zu zerbrechen.«

»Ich mach dir einen Vorschlag, Mit-Einmischer. Du hörst auf, darüber nachzugrübeln, wer Ramona getötet hat, und ich höre auf, mir wegen Muffin den Kopf zu zerbrechen, nachdem wir noch eine Sache getan haben.«

»Also gut. Was?«

»Ruf den Babysitter-Dienst für mich an und finde raus, wie ich Mrs. Golden erreichen kann. Ich rufe sie an, und dann verspreche ich, mir keine Sorgen mehr zu machen und wir können anfangen, unser eigenes Leben Ordnung zu bringen.«

»Welches ausreichend sorgenträchtig ist. Gut, abgemacht. Wie war der Name?«

»Carstairs, hat er gesagt.«

Nick rief die Auskunft an und wählte. »Ich möchte gern mit Ihrer Mrs. Golden sprechen«, erklärte er. »Können Sie mir sagen, wie ich sie erreichen kann?«

»Mrs. Golden? Nein, das tut mir leid.« Es war eine jugendliche Stimme.

Möglicherweise wollten sie nur ihre Angestellten schützen. Er sagte: »Könnten Sie ihr dann eine Nachricht übermitteln? Sie kann sich mit uns in Verbindung setzen.«

»Nein, es tut mir leid, daran liegt es nicht. Bei uns arbeitet keine Mrs. Golden.«

»Nicht?«

»Nein.«

»Aber ein Freund hat mir gesagt, er hätte sie über Ihre Agentur eingestellt.«

»Es tut mir leid. Vielleicht hat er sich geirrt. Oder sie hat vielleicht falsche Referenzen genannt. Gibt es ein Problem?«

»Nein, nein. Sie, hrm, schien sehr kompetent. Danke sehr.«

Maggie schaute mit gerunzelter Stirn die Treppe hinauf, als er einhängte. »Was ist los?«

»Sie behaupten, daß Mrs. Golden nicht für sie arbeitet, das ist los.«

»Oh, verflucht.«

»Gibt es eine andere Möglichkeit, rauszukriegen, was du wissen willst?«

»Natürlich! *Montessori!* Daran hätte ich zuerst denken sollen. Muffin wird heute wieder im Kindergarten sein. Komm, Krabbelinchen, der Papa wird dich umziehen.« Sie trug Sarah und eine frische Windel vom Treppenabsatz nach oben, drückte beide Nick in die Arme, beschaffte sich die Nummer von der Auskunft und wählte.

»Hallo!« sagte sie munter, als jemand dranging. »Ich versuche die ganze Zeit, Muffin zu einer Geburtstagsparty einzuladen, aber ich kann ihre Mutter nicht erreichen. Könnten Sie mir sagen ... Oh, das tut mir leid. Ich hoffe, es ist nichts Ernstes ... Oh, nein, das würde mir nicht im Traum einfallen! Vielen herzlichen Dank für Ihre Hilfe!«

Sie legte den Hörer auf und wandte sich zu Nick und Sarah um, eine Braue hochgezogen wie ein Amselflügel. »Es heißt, sie hat eine Erkältung. Ist nicht in der Schule.«

»Vielleicht ist es wahr.« Aber Nick war auch beunruhigt. Er konzentrierte sich darauf, die saubere Windel um Sarahs zappelnden kleinen Körper zu kriegen. Keine leichte Aufgabe mit ihr auf dem Schoß.

»Sie kamen mir aufgeregt vor. Sagten, man sollte die Bradfords nicht belästigen, während ihr kleines Mädchen krank sei.«

»Wen nicht belästigen? Hattest du nicht Hartford gesagt?«

»Mrs. Golden hat Hartford gesagt.«

»Mrs. Golden hat Hartford gesagt. Und sie hat Buzz erzählt, sie käme von der Carstairs Agentur, was nicht stimmt. Warum lügt sie?«

»Vielleicht hat sie seinen Namen falsch verstanden?«

»Und er hat den Namen der Agentur falsch verstanden? Bist du sicher, daß er Carstairs gesagt hat?«

Sie kniff die Augen zu und versuchte, sich zu erinnern. »Er hat sie nur so nebenbei erwähnt, als er die Adressen von seinem Notizblock abriß — he! Auf dem Block war ein Logo!«

»Ein Logo? Wozu nützt das?«

»Laß uns die Gelben Seiten nehmen, Nick. Er arbeitet hier irgendwo in der Innenstadt. Finanzen oder Jura, so, wie er angezogen ist. Wenn ich das Logo entdecke, können wir ihn vielleicht bei der Arbeit anrufen. Fragen, ob es ihr gut geht.«

Das hörte sich allmählich nach einem längeren Projekt an. Nick runzelte die Stirn. »Wahrscheinlich sagt er uns bloß, daß sie erkältet ist.«

»Ich weiß, aber — sieh mal, Nick, wir Statistiker werden fürs Raten bezahlt. Wir nehmen fragmentarische Informationen und benutzen sie wissenschaftlich, um Mutmaßungen über die unbekannte Wahrheit anzustellen. Es ist klar, daß wir uns manchmal irren, und deshalb denken wir viel über die Kosten unserer Fehler nach. Wenn ich annehme, daß etwas wahr ist, und es ist nicht wahr, was kostet das? Oder wenn ich annehme, es ist nicht wahr, und es ist in Wirklichkeit doch wahr, was kostet das? Ein Teil meines Jobs besteht darin, die Kosten der Fehler zu minimieren.«

»Danke, Professor, für die Vorlesung über die philosophische Seite der Statistik«, sagte Nick milde. »Aber sag mir bitte, was dir im Magen liegt.«

Sie hockte sich auf die Stufe neben ihnen und hielt Sarah einen Finger hin. Sie packte ihn so fasziniert, als ob sie ihn nie zuvor gesehen hätte. »Nick, ich habe ein kleines Mädchen vom Kindergarten abgeholt, weil ein Mann, der sagte, er wäre ihr Vater, in Schwierigkeiten zu sein schien. Ich gab sie einer Frau, die möglicherweise ein Babysitter gewesen sein könnte und möglicherweise Mrs. Golden hieß und sich möglicherweise bezüglich Mr. Bradfords Namen geirrt hat und möglicherweise von einer Agentur kam.«

»Oder auch nicht«, sagte Nick.

»Buzz könnte ihr Vater sein, er könnte aber auch der Partner von Mrs. Golden sein. Und wenn er ihr Vater ist, und wenn es ein Problem gibt, dann kann er mich nicht finden. Und es ist möglicherweise blöd, sich Sorgen zu machen, aber verdammt nochmal, man sollte auf kleine Mädchen aufpassen! Selbst auf die kleinen Mädchen anderer Leute!«

In diesem Punkt war sie leidenschaftlich und verwundbar, das wußte er. Und er konnte jetzt mit ihr fühlen. Bei den wenigen Gelegenheiten, wenn sie Sarah für ein paar Stunden bei einer Freundin gelassen hatten, lag sie bei ihrer Rückkehr immer sauber und verhätschelt im Bettchen. Aber wenn jemand sie jemals ängstigte oder ihr wehtäte ... Er schob den Gedanken an seine eigene hypothetische Wut beiseite und legte den Arm, der nicht von Sarah belegt war, um Maggie.

»Du hast recht, Liebste. Diese Sache ist verdammt faul. Und ich kapiere jetzt auch den Sinn deiner statistischen Logik. Wenn sie wirklich nicht in Schwierigkeiten ist und wir nachforschen, dann sind die Kosten ein bißchen unserer Zeit. Kostbarer Zeit, zugegeben, aber nur Zeit. Andererseits, wenn sie in Schwierigkeiten ist, und wir helfen könnten, aber uns nicht die Mühe machen, sind die Kosten für sie vielleicht furchtbar.«

Ihre Augen leuchteten wieder. »Also, Fans. Das ganze Team auf Spurensuche.«

Anna Maria nebenan lieh ihnen die Gelben Seiten dafür, daß sie Sarah halten durfte. Maggie sah die Anwaltsfirmen, dann die Börsenmakler und Versicherungsvermittler durch, ehe sie auf Investmentberatungen stieß und sagte: »Das ist es!« Ein großes B in Blockschrift, die zwei inneren Halbkreise zu einem fetten i mit Punkt umgeformt. »Busby Investments. Sieh mal, im World Trade Center. Er könnte in einer halben Stunde zu Fuß hierherkommen, selbst mit einer Krücke. Oder ein Taxi nehmen.«

»Busby Investments«, sagte Nick. »Buzz.«

»Mensch, richtig! Ich ruf an.« Sie schrieb sich die Nummer auf und sie gingen an Anna Marias Münzfernsprecher.

»Hallo. Kann ich mit Mr. Bradford sprechen? ... Ja, hallo, kann ich bitte Mr. Bradford sprechen?« Es gab eine lange Pause. »Oh, nein, nein, keine Nachricht, aber könnten Sie mir seine Privatnummer geben? Es ist ziemlich dringend ... Ach so. Na, dann versuche ich es später noch einmal.« Sie hängte ein und wandte sich wieder zu Nick.

»Nicht da?« fragte er.

»Sie hat gesagt, er sei nach Hause gegangen. Sie geben keine privaten Informationen, aber als sie jemanden im Hintergrund fragte, wo er sei, hörte ich ihn schreien 'Er ist in Gardenport'.«

Sie sahen einander an. Nick rettete Sarah vor Anna Marias Gesäusel und brummte: »Die Kosten dieses möglichen Fehlers steigen jede Minute.«

»Tut mir leid, Nick. Sind sie zu hoch?«

Er seufzte. »Bis jetzt noch nicht, denke ich. Wenn sie uns nicht daran hindern, uns um unser eigenes kleines Mädchen zu kümmern und um unsere eigenen Leben. Wozu auch das Abholen meines Gehaltsschecks hier um Viertel nach Vier gehört.«

»Dann mache ich mich also auf.« Sie streckte die Arme nach Sarah aus. Ihr begieriger Blick war wieder so voller Leben wie in den ersten Tagen, als er sie kennenlernte. Nick lächelte und schüttelte den Kopf.

»Nein. Wir machen uns auf. Die drei Musketiere.«

Die Pennsylvania Station war von der Canal Street nur drei Haltestellen entfernt, und sie rannten so, daß sie noch einen Zug erwischten, der gerade nach Gardenport und weiter östlich gelegenen Orten abfahren wollte. Keuchend warfen sie sich in ihre Sitze. Sarah war begeistert von dem Gallopp und krähte vor Vergnügen.

»Glaubst du, wir erziehen sie auch zu einer Einmischerin?« fragte Maggie und lachte sie an.

»Was kann sie schon dagegen tun?« Angesteckt von Sarahs Seligkeit, grinste er auch wie ein Idiot.

»Wahrscheinlich nichts.« Maggie wurde wieder nüchtern. »Und da wir von einmischen reden, ich möchte gern wissen, warum du bei dem Gedanken, daß Ramonas Terminkalender fehlt, so aufgeregt warst.«

»Aus keinem zwingenden Grund. Ich meine, Perez hat recht. Keiner von uns wünscht Ramonas Tod.«

»Außerdem haben sie einen Schwarzen mit der Mordwaffe. Und Carlotta hat gesagt, der Mörder ist schwarz.«

»Schon, aber das kümmert mich nicht.«

Nachdenklich fuhr sie sich mit den Fingern durch die Locken. »Daphne? Sie ist die einzige Schwarze, die mit der Show zu tun hat, nicht? Sie ist schlank, das stimmt. Carlotta meinte ja, es sei ein Jugendlicher.«

»Vielleicht Daphne. Vielleicht Daphnes Nichte — sie war

auch da. Oder vielleicht jemand anders. Ich habe dir doch von der Todesszene im Stück erzählt, nicht? Wie wir die schwarzen Handschuhe anziehen, um den Tod symbolisch darzustellen?«

»Gott, das stimmt ja!« Maggie setzte sich ruckartig auf und spann den Gedanken weiter. »Ein Mörder würde ja sowieso Fingerabdrücke vermeiden wollen. Und Carlotta sah nur die Arme. Und jemand vom Theater — das ist perfekt!«

»Außerdem ist da noch unsere Attentatsszene«, fuhr Nick fort. »Sie basiert auf einem wirklichen Ereignis. Jemand versuchte ein Attentat auf Victoria und feuerte zwei Schüsse ab. Keiner funktionierte.«

»Zwei Schüsse. Du meinst, vielleicht verschwendete Ramonas Mörder den zweiten absichtlich, damit es zur Show paßt?«

»Ach, ich weiß, das ist zu weit hergeholt.«

»Aber Theaterleute sind eine weithergeholte Truppe. Gott, Nick! Ich verstehe, warum das fehlende Buch so bedrohlich ist!« Sie lehnte sich zurück und ließ sich seine Worte durch den Kopf gehen.

Nick sah aus dem Fenster. Sie hatten den langen Tunnel hinter sich, und das spätwinterliche Sonnenlicht gab sich Mühe, die schmutzigen Fabriken und Gleisstrecken aufzuheitern. Er schüttelte den Kopf. »Aber ich renne immer wieder mit dem Kopf gegen die Tatsache, daß keiner von uns Ramonas Tod wünschte, so sehr sie uns auch an jenem einen Tag gepiesackt haben mag.«

Maggie nickte und schaute Sarah an, die vom Klicken der Räder in Schlaf gewiegt wurde. »Trotzdem — erzähl mir, wen sie gepiesackt hat. Derek wahrscheinlich. Vielleicht hat sie ihm gedroht, seiner Frau von ihrer Affäre zu erzählen?«

»Ja, das ist eine Möglichkeit. Aber er ist offensichtlich auf diese Show versessen, mehr noch als wir anderen, wenn das möglich ist. Und —«

»Ich weiß. Aber laß die Gegenargumente mal einen Augenblick beiseite. Du hast ganz recht, daß dich all diese Parallelen beunruhigen. Erzähl mir einfach, wer noch verletzt wurde.«

Nick schielte zu den Fenstern auf der anderen Seite des Ganges hinüber, an denen das glitzernde Skelett der Weltausstellung vorüberglitt, und kehrte in Gedanken zu Ramonas letzter Probe zurück. »Gott, wer nicht? Du hast Derek schon erwähnt. Sie hat Larrys Solo gestrichen und ihn vor Didi beleidigt. Sie hat Jaymie gesagt, es sei ein Segen, daß sie nie eine Chance bekäme, als Zweitbesetzung auf der Bühne zu stehen. Sie drohte Daphne mit schlechten Referenzen, beleidigte ihre Choreographie. Beleidigte auch Callie. Die Nichte. Was das angeht, sie beleidigte mich. Gab sich auch alle Mühe, mich bei dir in Schwierigkeiten zu bringen. Zum Teufel, Larry hat recht, ich habe ein genauso gutes Motiv wie jeder andere.«

Sie grinste und wedelte heiter mit der Hand. »Glücklicherweise hast du ein phantastisches Alibi. Mich. Außerdem hattest du erheblich mehr Gründe, zu wünschen, daß sie lebendig blieb. Du warst vernarrt in die Show. Liebtest deine Rolle. Und hattest auch nichts gegen die Gage.«

»Ja. Aber das gilt auch für alle anderen. Man könnte wohl sagen, daß Jaymie das Geld nicht ganz so nötig braucht wie wir anderen, aber das wahre Bedürfnis ist psychologisch, und sie wünscht sich genauso verzweifelt zu spielen wie wir alle.«

»Also stimmst du Perez zu, kein Motiv?«

»Notgedrungen.«

Sie überlegte einen Augenblick. »Der Ehemann? Jenkins?«

»Ja, richtig. Aber alles andere paßt nicht so gut auf ihn.«

»Trotzdem — tja, ich hatte wirklich gedacht, Perez hätte recht. Sie hätten den Typ. Aber jetzt bin ich mir nicht mehr so sicher. Bleib dran an dem Fall, Einmischer!«

»Gut. Obwohl ich nicht weiß, was ich als nächstes tun soll.«

»Tja.« Sie schaute aus dem Fenster auf eine funkelnde Bucht, die gerade in Sicht kam. »Gott, Nick, ich hoffe, daß es Muffin gut geht. Wünschte, der Zug würde sich beeilen.«

Tatsächlich wuchs die Long Island Bahn über ihren Ruf hinaus und lieferte sie in den versprochenen einunddreißig Minuten in Gardenport ab.

Das Gebiet um den Bahnhof herum bestand hauptsächlich aus Parkplätzen an einer Geschäftsstraße, besseren Cafés und chemischen Reinigungen. Ein einzelnes Taxi parkte am Bahnhof.

»Bücherei?« fragte der Taxifahrer mit einem Blick auf die drei älteren Damen in buntkarierten Blazern, die ihm vom Bahnhof her zuwinkten. »Klar, ich könnte Sie hinfahren, aber Sie würden mich hassen. Sie ist ganz nah, auf dieser Seite vom Northern Boulevard. Zwei Blocks.«

»Danke«, sagte Nick. Sie folgten seinem ausgestreckten Finger und überließen ihm den zweifellos lukrativeren Transport der drei Frauen, die mit Paketen von Saks aus der Fifth Avenue beladen waren.

Das Telefonbuch und die Stadtpläne gaben deutlich Auskunft: Steven M. Bradford wohnte in Garden Lane, vier Blocks von der anderen Seite des Bahnhofs entfernt, auf dem Hügel, der zur Bucht abfiel. Sie wanderten eichengesäumte Straßen entlang, vorbei an hohen immergrünen Privathecken, exotischen Solitärbäumen, die im März noch trist wirkten, schlafenden Rasenflächen, weitauseinanderliegenden Häusern im imitierten Tudor- oder Kolonial- oder Rancherstil, deren unterschiedliche Versuche, andere Orte und Zeitalter zu evozieren, in wildem Widerstreit miteinander lagen. Das Bradford-Haus war eins im Tudorstil. Eine todschicke silberne Limousine stand in der Auffahrt.

»Also. Sollen wir klingeln?« fragte Nick. Sie waren auf der anderen Straßenseite an einer ungepflegten Hecke stehengeblieben.

»Nein. Laß mich mal nachdenken. Die Frau bei *Montessori* hat so dermaßen darauf bestanden, daß man sie nicht stören soll. Und ich weiß nicht sicher, ob Steve Bradford der Mann ist, mit dem ich gesprochen habe. Darum möchte ich erst ein bißchen rumschnüffeln. Ich meine, wenn Muffin wirklich mit einer Erkältung zu Hause ist, hat es keinen Sinn — warte!«

Gleichzeitig duckten sie sich hinter die Hecke. Fünf Personen kamen aus dem Eingang des Bradford-Hauses: ein gutaussehender Mann, jünger als Nick, obwohl er schon ein paar graue Haare an den Schläfen hatte; ein älterer Mann im Rollstuhl, der von einem muskulösen Schwarzen im Straßenanzug geschoben wurde; und zwei Frauen — eine sehr schlank, karamel-blond, schön, abgesehen von der nackten Angst, die ihr Gesicht zeichnete; die andere hochschwanger, mit dunklem Haar, das sie im Nacken mit einer Spange zusammenhielt.

»Der jüngere Mann ist Buzz«, flüsterte Maggie.

»Also den können wir abhaken. Aber ich sehe Muffin nicht.«

»Nein. Wenn sie natürlich krank im Bett liegt — sieh mal, er geht weg.«

Steve/Buzz schüttelte dem alten Mann die Hand, nahm seine Aktentasche wieder in die Hand und ging eilig Richtung Bahnhof davon. Die schwangere Frau umarmte die Blonde und ging dann über den Rasen zu dem mit grauen Schindeln verkleideten Haus im Kolonialstil nebenan. Der ältere Mann schaute zu der Blonden auf, und sein gebräuntes, wettergegerbtes Gesicht wurde weich, als er ihr die Hand drückte. Ihr gespenstisch verängstigtes Gesicht entspannte sich nicht, aber sie küßte ihn automatisch auf die Stirn. Er gab dem Schwarzen ein gebieterisches Zeichen, und der schob ihn über den Rasen und half ihm in den Rücksitz des Wagens, verstaute dann den Rollstuhl, setzte sich hinters Steuer und fuhr den großen Wagen vorsichtig auf die Straße.

An ihrer Hecke verlangsamte er die Fahrt. »Wer ist da?« wollte der Fahrer wissen.

Nick flüsterte: »Das übernehme ich.« Er schlug sein Notizbuch auf, trat auf die Straße und machte einen erschreckten Eindruck. »Hä?«

»Was zum Teufel lungern Sie hier herum?« fragte der sonnenverbrannte alte Mann auf dem Rücksitz barsch.

»Ich zähle bloß die Unterschriften.« Nick war ganz aufrichtige Unschuld. »Wir sammeln hier für wohltätige Zwecke, und ich brauche nur noch etwa tausend Dollar, bis ich mein Soll für heute erreicht habe. Würden Sie vielleicht —«

Die harten Augen des alten Mannes musterten Nick von oben bis unten. »Emph, er ist in Ordnung, Bill. Bloß ein Weltverbesserer. Wofür sammeln Sie, mein Junge?«

Nick suchte fieberhaft nach einem harmlosen Zweck. »Den CVJF«, sagte er stolz. »Wir versuchen, Geld für — «

Aber der alte Mann explodierte. »Der CVJF! Lauter Anti-Amerikaner!«

»Oh. Das tut mir leid, Sir.« Nick machte einen Rückzieher. »Genaugenommen ist es für den Schwimmunterricht, hier am Ort, Sir.«

»Ach ja, ich weiß schon. Sie wollen behaupten, daß Sie nicht verantwortlich sind. Der zweite Zusatz zur Verfassung in Fetzen, die Russen an der Grenze, und der gottverfluchte CVJF lädt sie zum Tee ein! Dafür sind Sie auch nicht verantwortlich, nehme ich an?«

»Das will ich nicht hoffen, Sir!«

»Also, Sie verschwinden jetzt schleunigst aus der Straße meiner Tochter. Und sagen Sie Ihrem gefühlsduseligen CVJF, sie sollen ihre Finger von Sachen lassen, von denen sie nichts verstehen. Und sagen Sie ihnen, mein Geld geht an den Sportbund. Jeder Pfennig.« Ein schmerzliches Zucken verzog sein runzliges Gesicht, und er schloß die Augen und lehnte sich im Sitz zurück. »Fahr zu, Bill. Ich muß den Flieger erwischen.«

Die Limousine fuhr los. Nick, ganz erschüttert von der unerwarteten Attacke, blieb dennoch seiner Rolle treu. Er schaute auffallend zögerlich sein Notizbuch, dann das Bradford-Haus, dann die entschwindende Limousine an. Aus dem Mundwinkel raunte er Maggie zu: »Tut mir leid. Ich hatte nicht vor, eine so subversive Vereinigung auszusuchen. Was zum Teufel hat denn der CVJF dem zweite Zusatz zur Verfassung angetan?«

»Ich glaube, ich habe irgendwo gelesen, sie unterstützen den Plan, Handfeuerwaffen registrieren zu lassen.«

»Ach, natürlich. Die Einladung an die Russen, Amerika zu übernehmen.«

»Na«, sagte Maggie pragmatisch, »jedenfalls hast du ihn überzeugt, daß du dich nicht speziell für seine Familie interessierst.«

»Nur für den Ausverkauf meines Landes. Er wird mich wahrscheinlich dem CIA übergeben.«

»Richtig. Was jetzt?«

»Wir wollen die Blonde nicht stören, wenn es sich vermeiden läßt«, sagte Nick. Das erstarrte Gesicht verfolgte ihn.

»Ja«, stimmte Maggie ernüchtert zu. »Wenn Muffin krank ist, dann ist sie wohl sehr krank, hab' ich das Gefühl. Aber ich möchte trotzdem etwas herumschnüffeln. Buzz können wir jederzeit in Manhattan erwischen, da wir jetzt wissen, wo er arbeitet.«

»Also gut. Spielzeit. Ich spiele Privatdetektiv und interviewe die schwangere Freundin. Du und Sarah, ihr spielt Voyeur und schaut, ob ihr Muffin durch ein Fenster erspähen könnt. Abgemacht?«

»Prima. Es gibt genug Unterholz. Reichlich Deckung.«

»Sieht nach reichlich Geld aus«, sagte Nick, der Maggie half, die Seitenteile des Tragegestells um Sarahs Kopf zu befestigen, zum Schutz gegen die Zweige.

Maggie überlegte: »Meinst du, wir würden auch nach reichlich Geld aussehen, wenn wir Büsche kauften und sie vor unser Haus pflanzten?«

»Brauchen wir gar nicht. Wir können einfach die Schimmelpilze aus dem Kühlschrank umpflanzen.«

»Luxuriös.« Sie grinste und zeigte dann auf das Haus, in dem die schwangere Frau verschwunden war. »Gib mir zwei Minuten, um zur anderen Seite von Buzz' Haus hinüberzuschleichen. Sein Rasen im Vorgarten ist sehr wenig geschützt, deshalb würde ich mich lieber hier an der Hecke entlangarbeiten und dann hintenrum. Ich treffe dich dahinten, wenn wir beide fertig sind.«

»Sarah, das wird dir gefallen«, sagte Nick.

Er sah zu, wie sie in der Hecke verschwanden, Maggie behende und besorgt um das Babybündel, und er erinnerte sich an Maggie, wie er sie zuerst gesehen hatte, hoch über der Bühne des Studententheaters auf den Laufstegen dahineilend. Betriebsamkeit, Spiele, Gerechtigkeit und Witze hatte sie immer geliebt. Hatte sich immer für Freunde, und für Kinder, verantwortlich gefühlt. War nie vor einem Abenteuer zurückgeschreckt. Sarah hatte vielleicht die Möglichkeiten eingeschränkt, aber die allumfassende lebhafte Neugier hatte sie nicht gedämpft.

Und gib es doch zu, zum Teufel, Nick, du alter Einmischer. Auch du genießt ein kleines Abenteuer. Warum solltest du sonst bei einem so idiotisch riskanten Beruf bleiben? Auf alle Fälle war dies besser, als verlorenen Jobs nachzutrauern.

Er sah in seiner Brieftasche nach und wählte einen Büchereiausweis mit amtlich aussehendem Aufdruck, nahm seine beste Philip Marlowe Haltung ein und schritt auf die Tür des Kolonialhauses zu. Indianerrote Tür gegen graue Schindeln und weiße Umrandungen. Er klingelte.

XII
Freitag nachmittag, ein Uhr dreißig

9. März 1973

Aus der Nähe betrachtet war die junge Brünette, die an die Tür kam, schwergewichtig und anziehend. Sie hatte ausgeprägte Gesichtszüge mit einem Anflug lässigen Humors und dickes, glänzendes Haar.

»Mein Name ist O'Connor. Privatdetektiv«, sagte er und ließ den Büchereiausweis aufblitzen.

Ihr Blick zuckte zum Bradfordhaus hinüber, als sie sagte: »Mein Gott, wer zum Teufel schickt Sie?«

»Busby Investments«, improvisierte Nick.

»Gott, der alte Stinker! Also deswegen hat er da draußen mit Ihnen geredet!«

Nicht gerade die Antwort, die er erwartet hatte, aber interessant. Er sagte: »Ich habe nur ein paar Fragen. Über die Bradfords.«

»Also kommen Sie rein, verdammt nochmal, ehe die ganze Nachbarschaft Sie sieht.« Mit einer empörten Geste winkte sie ihn herein. »Haben Sie mit Steve und Elaine gesprochen?«

Elaine. Das mußte die verängstigte Blonde sein. Steves Frau. Die Tochter des alten Mannes, von deren Straße Nick sich scheren sollte. Nick sagte: »Nur ein paar Minuten mit Steve. Das ist alles.«

»Werden Sie mit Elaine sprechen müssen?«

Sie war ein bißchen stachlig. Wollte ihre Nachbarin schützen. Tja, das hatte die *Montessori*-Frau auch gewollt. Und ihre Haltung war verständlich, nachdem Nick jetzt selbst einen Blick auf das wunderschöne, erstarrte Gesicht geworfen hatte. Muffin hatte nicht nur eine Erkältung, soviel wußte er schon. Er sagte: »Elaine ist sehr verstört, wie ich höre. Ich werde sie also nicht belästigen, wenn ich die Informationen anderswo bekomme. Das ist einer der Gründe, warum ich mit Ihnen rede.«

Sie entspannte sich und legte eine Hand auf ihren geschwollenen Bauch. »Was für ein Zirkus. Aber wenn der alte Busby Sie geschickt hat, was kann ich schon dran ändern? Sie wissen, daß Steve und Elaine finden, er hätte nicht mal die Polizei benachrichtigen dürfen. Und jetzt Sie! Steve muß ja an die Decke gegangen sein.«

»Ja, ist er.« War dies also eine Sache für die Polizei?

»Aber Sie nehmen Befehle von dem alten Mann entgegen, egal, was Steve sagt?«

»Wer bezahlt mich? Aber ich werde versuchen, diskret zu sein.«

Bitter verzog sie das Gesicht. »Na, das fängt ja gut an. Die Polizei hatte wenigstens Grips genug, nicht an die Haustür zu ballern!«

Er sah betreten aus. »O je, soll ich's nochmal versuchen? Dann komme ich durch den Schornstein.«

Dafür erntete er ein schnelles Lachen. »Ach, was soll's. Kommen Sie mit nach hinten und trinken Sie einen Schluck Kaffee.« Sie ging ihm voraus durch ein Wohnzimmer im frühen amerikanischen Stil mit ein paar authentischen Stücken aus Kiefernholz in eine moderne Küche. Ein unordentlicher Stapel teures Frühstücksgeschirr stand noch neben dem Spülbecken. Die Wohnung roch sauber, nach Sprühwachs und frischem Kaffee. Einst, vor Sarah, hatte Nicks Haus auch manchmal so gerochen. Sie fragte: »Zucker und Sahne?«

»Am liebsten schwarz.«

Sie goß zwei Becher ein, arrangierte ihren ausgedehnten Körper in einem Rohrstuhl von Breuer am runden Eichentisch, und bedeutete Nick, auch Platz zu nehmen. »So. Was will der alte Busby wissen?«

Nick zog sein Notizbuch hervor, voll mit Namen von Besetzungschefs. »Normalerweise ist am besten, wenn Sie mir alles in ihren eigenen Worten erzählen. Damit ich Ihnen nicht meine Gedanken aufdränge.« Als ob er irgendwelche Gedanken hätte, die er ihr aufdrängen könnte.

»Sie suchen nach Ungereimtheiten, was? Und dann zeigen Sie plötzlich mit dem Finger auf mich und verkünden, 'Ha, Rachel war's!'«

Nick grinste diese nette, spöttische werdende Mutter an. »Das hört sich ja gut an. Vielleicht sollte ich mein Vorgehen ändern.«

»So ist es nicht, was?«

»Üblicherweise sitzt man stundenlang im Auto und kriegt eingeschlafene Füße, während ein anderer Typ zur Arbeit und zu geschäftlichen Verabredungen geht, statt die Affäre zu haben, die seine Frau ihm unterstellt. Oder man sitzt stundenlang an der Schreibmaschine und versucht, einen Bericht zusammenzuschustern, bei dem der Klient nicht auch einschläft. Verflixt, Sie sind der Höhepunkt meiner Woche!«

Sie lachte wieder. »Armer kleiner Mann! Das hat noch nie jemand zu mir gesagt, selbst damals nicht, als ich meine Figur noch hatte!«

»Was soll's, zu mir auch nicht. Und meine Figur ist so gut wie immer.«

Mit unverhohlener Heiterkeit betrachtete sie seinen stämmigen Körper. »Ja, wir sind schon zwei Schlachtschiffe, nicht? Also, Sie wollen, daß ich es mit meinen eigenen Worten erzähle, sagen Sie.«

»Richtig.« Nick fand im Notizbuch eine leere Seite.

»Meinen Sie bloß den Teil, an dem ich beteiligt war? Denn Steve oder der alte Busby müssen Ihnen von der Nachricht der Kidnapper erzählt haben.«

Ein Eisklumpen legte sich auf Nicks Brust. Allerdings schlimmer als eine Erkältung. Aber er blieb in der Rolle. Kühl und professionell erwiderte Nick, der Privatschnüffler: »Ja. Aber erzählen Sie davon an der Stelle, wo es hingehört. Und warum Steve und Elaine sich wegen der Polizei und Detektiven Sorgen machen, denn bisher kenne ich nur Busbys Seite.«

»Steve war kurz angebunden bei Ihnen? Das habe ich mir gedacht.«

»Sehr kurz.«

»Also gut.« Die Kaffeebecher waren teuer und dänisch. Sie hielt ihren beim Trinken in beiden Händen. »Wie war das gleich. Am Anfang anfangen. Elaine mußte nach Palm Beach, weil Ihr Auftraggeber eine Prostataoperation hatte. Ha, das Detail hat er Ihnen bestimmt nicht erzählt!«

»Nein, hat er nicht«, sagte Nick wahrheitsgemäß.

»Tjä, würde auch nicht zu seinem Image passen«, sagte sie mit Genugtuung. »Der alte Trottel kam höchstpersönlich mit dem Geld her, mit dieser männlichen Krankenschwester im Schlepptau. Verzeihen Sie, wenn ich Ihre Einkommensquelle beleidige, aber er ist wirklich vorsintflutlich. Großgeld, Großwild. Elaine sagt, er hat Löwen und Nashörner und so weiter. Eine ganze Herde von Köpfen sieht in seinem Billiardzimmer auf einen herab. Wie konnte er diese schönen Kreaturen nur schießen, bloß für sein Billiardzimmer?« Sie sah ihn kriegerisch an.

»Gibt ihm vielleicht das Gefühl, etwas geleistet zu haben?«

»Leistung! Bestimmt fühlt er sich ungeheuer männlich und urtümlich. Bloß daß er ungefähr eine Million Dollar an Mordmaschinerie braucht, um es mit den Fähigkeiten auch nur eines der Tiere, die er schießt, aufnehmen zu können. Wie urtümlich ist schon ein Gewehr oder ein Jeep Ich langweile Sie bestimmt, aber ich habe was gegen die Jagd.«

Nick klopfte auf sein Notizbuch. »Ja, ich habe Sie schon auf der Seite von Blumen und kleinen Hunden eingeordnet.«

Sie grinste ihr langsames Grinsen. »Auch auf der von Mutterschaft und Apfelkuchen, wie Sie sehen können. Weiter. Also Elaine brachte Muffin zum Kindergarten und flog dann ab, um ihren Vater der Menschheit wiederzugeben. Ich hatte angeboten, wegen Muffin auszuhelfen, aber Steve sagte, nicht nötig, er würde Muffin selbst abholen. Dann, Donnerstag nachmittag — Gott, das war erst gestern, nicht? — rief er an. Irgendeine große Sache hatte sich im Büro ergeben, und es war ihm sehr unangenehm, mich zu belästigen, aber könnte ich Muffin doch abholen? Klar, nichts weiter dabei, eine halbe Stunde Zugfahrt. Also watschele ich los in die Großstadt. Hallo, sage ich fröhlich, ich bin da, um Muffin abzuholen. Oh, tut mir leid, sagt sie, Muffin ist mit jemand anderem gegangen.«

»Aha.« Nick kritzelte in sein Büchlein und versuchte sich vorzustellen, wie Rachel in Steves kleiner Wohnung in Soho mit der geschwätzigen Mrs. Golden verhandelte. »Mit wem ist sie gegangen?«

»Groß, lockiges schwarzes Haar, ein eigenes Baby. Schien intelligent und kompetent und Muffin fand sie nett, sagte sie. Deshalb ist sie nicht auf die Idee gekommen, daß Steve mich gemeint hatte und nicht sie.«

»Aha.« Nick verbarg seine Beklemmung, indem er am Bleistift kaute. Führte die Geschichte in die Richtung, die er fürchtete?

Rachel beugte sich ernsthaft vor. »Es muß doch jemand aus Steves Firma sein, denken Sie nicht? Wie sonst könnte diese lockige Frau genug gewußt haben, sich vor mich zu drängen? Aber wenn jemand seinen Anruf bei mir mitgehört hat, dann wußten sie, daß das ihre Chance war, das Baby zu bekommen. Hatten es vielleicht schon lange geplant und auf eine solche Chance gewartet.«

»Klingt einleuchtend«, sagte Nick langsam. Er hatte recht, verdammt; Mrs. Golden hatte Rachel erzählt, daß Maggie Muffin genommen hatte. Und sie hatten schon vergeblich versucht, Mrs. Golden zu finden, die keine Spuren hinterlassen hatte. Der arme Bradford war bestimmt in der gleichen Situation und hatte nur ihre falschen Referenzen. Hatte er sie selbst gesehen? Möglich; aber Nick erinnerte sich, daß Maggie den Umschlag mit dem Geld abgeliefert hatte. Vielleicht war Rachel die einzige, die die Frau identifizieren konnte, falls sie gefunden wurde.

Rachel — und Maggie.

Welche die Hauptverdächtige war, bis die Wahrheit ans Licht kam.

Es gab aber noch eine Möglichkeit, fiel ihm ein. Könnte Rachel lügen? Muß jemand aus Steves Firma sein, hatte sie gemeint, jemand, der Steves Verabredungen mit ihr mitgehört hatte und den Kidnapper vorschicken konnte. Aber sie, Rachel, kannte die Vereinbarungen auch, konnte auch jemanden vorher hinschicken. Und sie kannte intime Details aus dem Leben der Bradfords, die Herkunft ihres Geldes, wo und wann sie ihre Zeit verbrachten. Alles, was ein Kidnapper brauchte. In der Hinsicht wohl eine wahrscheinlichere Verbrecherin als Mrs. Golden.

Rachel sagte: »Sie sind groß im Grübeln, was?«

Nick rief seine Gedanken von der Theorie ab und zuckte die Achseln. »Tja, als ich anfing, habe ich statt dessen sechsschüssige Revolver benutzt. Aber dies ist ein Job mit wenig Spesen, und Kugeln kosten mehr als Gedanken.«

Sie lächelte. »In jeder Hinsicht.«

»Jedenfalls haben Sie wahrscheinlich recht in bezug auf den Mitarbeiter«, sagte er. »Wahrscheinlich hatten sie einen fertigen Plan und warteten, daß sich die passende Situation ergeben würde. Und natürlich werde ich die Firma überprüfen, aber nicht offen. Darauf hat Busby bestanden.«

»Das will ich meinen.«

»Okay. Was haben Sie getan, als Sie hörten, daß jemand Muffin schon mitgenommen hatte?«

»Tja, ich wußte nicht recht, was ich denken sollte. Sie war sich so sicher deswegen. Sagte, Steve hätte ein Baby erwähnt. Ich sagte, er hätte wahrscheinlich bloß gemeint, daß ich schwanger sei. Nicht? Aber sie sah mich so komisch an, und ich merkte, daß sie der lockigen Frau mehr glaubte. Und außerdem hielt sie mich für eine Spinnerin! Das bin ich zwar, aber nicht auf die Art. Ich versuchte Steve anzurufen, aber er war schon nicht mehr im Büro. Dann dachte ich, daß er vielleicht jemanden gefunden hätte, der näher wohnt, und ich schon aus dem Hause war, als er mich deswegen anrief. Also ging ich nach Hause und wartete, daß Steve und Elaine vom Flughafen kämen. Halb krank vor Sorge.«

Nick hatte seinen Kaffee ausgetrunken. Er schob den Becher beiseite. »Und das mit Recht.«

Sie nickte. Ihr träges Grinsen war jetzt verschwunden. Mit einem Finger zeichnete sie das Muster auf ihrem dänischen Becher nach. »Sie fanden die Nachricht, als sie nach Hause kamen. Es war schrecklich. Scheußliches Zeug über abgeschnittene Finger — Gott, ich habe Alpträume deswegen! Wegen meines Babys ... Jedenfalls stand explizit drin, keine Polizei.«

»Ja«, sagte Nick. »Steve Bradford war auch besorgt deswegen. Ich werde mein Bestes tun.« Steve hätte ihm auch von der Nachricht erzählt. Also fragte er indirekt: »Und sie haben die Anweisungen auf dem Zettel befolgt, wie er sagte.«

»Stimmt. Steve ist vor ein paar Minuten gegangen, das Geld abzuliefern. Die Typen haben einen abartigen Sinn für Humor. Wollten, daß das Geld in einem Teddybären geliefert wird! Der wäre mal was für's Billiardzimmer vom alten Busby!«

Nick grinste. »Es steht mir nicht zu, über ihn zu lachen. Er ist mein Arbeitgeber.«

»Ach, ich weiß.« Sie wurde ernst. »Er glaubt wohl, er tut das Richtige, nehme ich an. Und es ist seine halbe Million, auf die die Entführer aus sind, das wissen wir alle. Steve und Elaine können es ihm schlecht verbieten. Ich meine, sie sind wie wir und alle in dieser Straße bis über die Ohren verschuldet. Diese Stadt gehört der Chase Manhattan Bank.«

»Himmel, für mich sieht es hier aber sehr gemütlich aus.«

»Oh ja, wir können uns nicht beschweren. Wenn Bob seine Stelle nicht verliert, oder einer von uns krank wird, oder das Baby. Dann gehen wir spurlos unter, und die Chase Manhattan findet passendere Leute für diesen Laden.«

»Aber die Gefahr ist nicht groß, oder?«

Sie hob die Schulter ein wenig und schaute stirnrunzelnd in ihren leeren Becher. »Ich habe Glück gehabt. Ich mache mir

Sorgen, was wäre, wenn wir Bobs Einkommen aus irgendeinem Grunde verlören. Ich meine, hier sitze ich, im siebten Monat schwanger mit diesem Kind, und ohne eigenen Job, ohne Möglichkeit, dies riesige Haus abzuzahlen. Nicht wie Elaine. Steve ist ziemlich gut abgesichert, weil die Firma ihrem Papa gehört. Und wenn Papa stirbt, ist es ihre Firma.«

»Warum haben sie dann Hypotheken?«

»Ach, ich habe doch schon gesagt, daß Busby vorsintflutlich ist. Er glaubt, es stärkt den Charakter oder was, der Bank Geld zu schulden.« Sie lehnte sich zurück, strich die Bluse über ihrem aufgequollenen Bauch glatt und sagte sinnend: »Meiner Ansicht nach hätten sie ihren Charakter mit den ganzen Schwierigkeiten, ein Baby zu kriegen, genug gestärkt. Sowas ist wirklich hart.«

»Fruchtbarkeitsprobleme?« Er wagte einen Vorstoß und hoffte, weitere Informationen kämen. Rachel, die finanziell weniger gesichert war als ihre Freundin, hatte offensichtlich darüber nachgedacht, in welcher Hinsicht sie besser dran war.

»Ja, ich glaube. Und Fehlgeburten. Elaine sagt, seit Muffin geboren wurde, behandelt Steve sie wie eine Göttin oder sowas. Eine Tages saßen wir am Dock, und sie sagte, 'Es würde bestimmt Spaß machen, es im Segelboot zu tun.' Und ich sagte, 'Lieber Himmel, willst du damit sagen, das habt ihr noch nicht?' Und da erzählte sie mir, daß sie irgendwie auf einem Sockel stünde.« Ihre Wangen röteten sich. »Mein Gott, das dürfte ich Ihnen nicht sagen!«

»Nein, es war richtig. Es gehört zu der ganzen Entführungssituation. Besser, es von Ihnen zu erfahren als Elaine fragen müssen.«

»Ja, danach fragen Sie sie besser nicht.« Das träge Grinsen kam wieder. »Gottseidank respektiert mein Bob mich nicht in dem Ausmaß!«

Ah, scharfsinnige und lustvolle Dame, auch du wirst merken, daß es unvergleichlich schwieriger ist, zu dritt zu sein als zu zweit. In Nick stieg Mitgefühl für Steve auf. Wenn schon

Sarah, schnell empfangen und ohne Komplikationen geboren, ein solches Chaos der Gefühle anrichten konnte, wieviel komplizierter wäre das alles noch, wenn sie gleichzeitig ein langersehntes Gut symbolisierte! Aber Rachel würde das noch nicht verstehen. Also lächelte er nur und sagte: »Solange Bob die Hypothekenzahlungen respektiert, nicht?«

»Stimmt. Schlußzeile. Und hören Sie, Mr. Privatdetektiv O'Connor, wenn ein einziges Wort von diesem letzten Kram Busby zu Ohren kommt, werde ich Sie persönlich erschlagen.«

»Ich weiß. Ich bin kein Idiot. Bloß ein bezahlter Grobian.«

»Also, Grobian, ich habe Ihnen das nur gesagt, damit Sie Elaine nicht auf den Wecker gehen.« Sie fühlte sich immer noch schuldig.

Eilig beruhigte er sie. »Das wird jetzt nicht mehr nötig sein. Wissen Sie was, wenn ich gehe, werde ich dabei Ihre Hecken inspizieren. Dann können Sie den Leuten sagen, ich bin ein Landschaftsgärtner auf Jobsuche.«

»Gute Idee. Aber hören Sie, versuchen Sie, den alten Busby zur Einsicht zu bringen.« Ihre dunklen Augen nagelten ihn fest mit ihrem Ernst. »Dies ist keine Großwildjagd. Diesmal ist die Beute ein kleines Mädchen, kein Nashorn. Und wir wollen sie lebend zurückhaben. Also sagen Sie ihm, er soll aufhören, die Kidnapper nervös zu machen. Aufhören, Typen wie Sie herzuschicken.«

»Ja.« Sie könnte recht haben. Oder, mahnte er sich, sie könnte ihn auch wegschicken, weil sie selbst in die Entführung verwickelt war. Er hoffte das fast; seine Anwesenheit könnte die Kidnapper so erschrecken, daß sie etwas Unbedachtes täten, aber wenn Rachel damit zu tun hatte, sie schien kühl, witzig, kein bißchen unbedacht. Trotzdem, besser sie blieb überzeugt, daß ihre Theorie ihm gefiel. Er sagte: »Ich unternehme nicht viel, bis das kleine Mädchen heil zu Hause ist. Danach überprüfe ich Steves Mitarbeiter.«

»Gut.«

Nick beschloß, eine weitere Frage zu riskieren. »Er hat mich auch so schnell abgefertigt, daß ich die Adresse der Frau nicht bekommen habe, die Muffin dem Kidnapper übergeben hat.«

»Mitzis Adresse? Tut mir leid, die weiß ich nicht. Aber Sie können sich jederzeit über *Montessori* mit ihr in Verbindung setzen. Aber —«

»Ich weiß, ich habe es versprochen! Erst nachdem das kleine Mädchen wieder zu Hause ist. Danke«, sagte der Privatdetektiv automatisch und schloß sein Notizbuch. Aber Nicks Gedanken waren in Aufruhr, als er durch das Haus zurückging.

Rachel hatte gesagt, sie wäre zu *Montessori* gegangen, um Muffin abzuholen.

Nicht zu Mrs. Golden.

Und das gab der Sache ein anderes und noch häßlicheres Gesicht.

Der einäugige Bär starrte Steve mürrisch an.

Steve starrte die Geldscheine an. Kaum zu glauben, wie viel das war.

Busby, der wegen des engen Spielraums schäumte, hatte gegrummelt, daß er nur Zeit gehabt hatte, die Fünfhunderter zu markieren. Fünfzigtausend. Steve zog einen aus dem Bündel, schaute ihn genau an, entdeckte endlich den kleinen Extraschnörkel auf McKinleys Protrait. Idiotischer alter Busby. Ein professioneller Kidnapper würde das auf den ersten Blick sehen. Na, das würde er zurechtbiegen — oder eher, Busby Investments würden das tun. Die Banken zogen diese größeren Scheine aus dem Verkehr, und Busby Investments, eine gutbürgerliche Firma, würden anstandslos kooperieren und sie in Hunderter umwechseln. Sie würden die Anweisungen auf dem Zettel befolgen, verdammt nochmal, ganz gleich, was der alte Mann sich dachte! Muffin war Busby egal, ihm lag nur daran, sich an den Leuten zu rächen, die ihn in die Nase zwickten.

Aber Steve mußte kühl bleiben, sich ohne Hast bewegen, damit die Sekretärinnen keine voreiligen Fragen stellten. Der Rest des Bündels wäre hier so sicher wie anderswo. Er schloß seine oberste linke Schublade auf und schob die Tasche und den Bären hinein, neben seine Pistole. Wunderschöne, winzige Pistole. Er betrachtete sie einen Augenblick stirnrunzelnd und lud sie dann. Zu gegebener Zeit würde er sich besser fühlen, wenn er sie bei sich hatte.

Der Bär sah ihn aus der Schublade an.

Steve ließ die Pistole in seine Tasche gleiten, zusammen mit seinem neuen Paß. Der hatte auch Geld gekostet. Aber er war vollkommen echt, hatte sein teurer Kontaktmann versprochen; und den Mann gab es wirklich, oder hatte es gegeben, mit einer Geburtsurkunde, die irgendwo in Chile in den Akten lag, und wahrscheinlich auch alten Schulzeugnissen, falls jemand das überprüfte. José Santos hieß er. Blauäugig, wie Steve. Ein paar Jahre jünger. Aber das Foto im Paß war Steves.

Sein Plan war komplett. Er würde die Scheine umtauschen und bis zum späten Nachmittag hier im Büro warten, gelassen und wohlanständig. Dann würde er gehen, Elaine aus einer Telefonzelle anrufen und mit verstellter Stimme sprechen, ganz hoch, um ihr zu sagen, daß das Lösegeld angekommen sei. Und ihr die Adresse des Douglaston-Tagesheims geben, wo Mrs. Golden Muffin heute hatte hinbringen sollen.

Dann würde er den JFK Express nehmen, anonym in der Menge, und den Abendflug rechtzeitig erwischen. Steve Bradford würde nie wieder gesehen werden.

Aber José Santos, der Glückliche, würde morgen in Caracas auftauchen, mit einer halben Million in der Tasche und Susan im Arm.

Vierter Akt

Das kurze, glückliche Leben des José Santos

(Freitag nachmittag, 9. März 1973)

XIII
Freitag nachmittag, zwei Uhr

9. März 1973

Es dämpfte Maggies Appetit nicht im geringsten, Hauptverdächtige bei einer Kindesentführung zu sein.

»Es ist schon fast zwei Uhr«, beschwerte sie sich. »Da sie nicht mal wollen, daß die Polizei Bescheid weiß, haben sie wohl auch sonst niemandem davon erzählt.«

»Vorausgesetzt, Rachel sagt die Wahrheit. Verstecke wenigstens das lockige schwarze Haar, ja?« schlug Nick vor. »Ich nehme das Baby. Wegen deiner Größe können wir nicht viel machen.«

»Du könntest das Essen immer weiter hinausschieben. Ich schrumpfe jetzt schon«, grummelte Maggie. Sie streifte ihr Haar zurück und wickelte ihren Schal fest darum. Aber trotz ihrer Beschwerden waren ihre Augen wieder lebendig, Sorge und Müdigkeit von der Aufregung vertrieben. Das Jagdfieber, die Freude, ein konkretes Problem zu haben, anstelle unbestimmter Ängste? Nick fand es jetzt, wo der Schalk in ihre Augen zurückgekehrt war, schwer, sie sich als unberührbare Madonna vorzustellen.

Aber im Augenblick ging es vordringlich darum, sie aus der Bradford-Umgebung zu entfernen, obwohl sie sich weigerte, weiter als bis in ein Café beim Park in der Nähe des Long Island Bahnhofs zu gehen. Maggie versenkte ihre Zähne in einen Cheeseburger und mümmelte: »Jemand lügt also. Wer? Und wo haben sie Muffin versteckt? Weil beim Bradfordhaus weit und breit nichts von ihr zu sehen war. Elaine Bradford saß in der Küche. Saß einfach da und starrte das Telefon an. Gott, Nick, ich könnte jemanden erwürgen! Aber wen?«

Nick zog Sarahs Decke zurecht. Sie war auf dem Sitz neben ihm fest eingeschlafen. »Drei Möglichkeiten«, sagte er. »Erstmal Mrs. Golden. Wenn sie Muffin gekidnappt hat, dann ist es ihr hervorragend gelungen, ihre Spuren zu verwischen. Sagte Bradford den Namen der falschen Agentur. Sagte dir, er hieße Hartford.«

»Ja, aber woher wußte sie, daß ich seinen Namen nicht kannte?«

»Das ist wahr. Trotzdem war es den Versuch wert. Wenn du sie verbessert hättest, dann hätte sie so tun können, als ob sie sich verhört hätte. Überhaupt, vielleicht ist ihr eigener Name auch gelogen.«

»Ja.« Maggie sah niedergeschlagen aus, kaute aber trotzdem weiter. »Gott, ich wußte, daß da was nicht stimmt. Ich hoffe bloß, wir kriegen am Schluß eine genauere Identifikation von ihr zusammen, als das klägliche Portrait für den Polizeizeichner, das ich liefern kann.«

»Du glaubst, die lassen es dich versuchen, wenn sie dich verhaften?«

Sie schüttelte den Kopf. »Ich wünschte bloß, ich könnte mich an ein paar von den anderen Sachen erinnern, die sie gesagt hat. Eins davon könnte uns vielleicht irgendwie auf ihre Spur bringen.« Der Cheeseburger verschwand schnell. »Gut. Zweitens, Rachel lügt vielleicht.«

»Sie ist bestimmt in der idealen Position für einen Kidnapper«, sagte Nick. »Sie wohnt nebenan, und sie ist schwanger und hat daher eine gute Ausrede, nach Einzelheiten über Muffins Leben zu fragen.«

»Das stimmt.« Maggie kaute einen Augenblick nachdenklich. »Und die Eltern scheinen ihr zu trauen. Man hat ihr sogar vom weiteren Verlauf der Sache erzählt. Sie weiß über die Lösegeldsumme und den ausgestopften Teddybären Bescheid. Aber warum sollte sie es dir erzählen? Und wenn sie Muffin von Mrs. Golden abgeholt hat, warum behauptet sie, bei *Montessori* gewesen zu sein? Das ist so leicht nachzuprüfen.«

»Tja, vielleicht ist sie zu *Montessori* gegangen, um die Polizei auf die falsche Spur zu locken, und dann später zu Mrs. Golden.«

»Das zieht nicht. Weil Steve ihr gesagt hätte, wo sie das Kind abholen soll, und er würde sich erinnern.«

»Was uns nunmehr zur dritten Möglichkeit bringt«, sagte Nick.

»Steve meine-Freunde-nennen-mich-Buzz Bradford.« Maggie winkte die Kellnerin herbei und bestellte ein Stück Kuchen und ein zweites Glas Milch. Dann fuhr sie fort: »Aber das zieht auch nicht. Es ist seine eigene Tochter.«

»Trotzdem«, überlegte Nick, »ist es einfacher, wenn er derjenige ist, der lügt.«

»Wie meinst du das?«

»Wenn Steve dir die Wahrheit gesagt hat, dann müssen beide Frauen gelogen haben — Mrs. Golden wegen der Agentur, Rachel wegen der Stelle, an der sie Muffin abholen wollte.«

»Ja.«

»Aber er war es, der dir den Namen der Agentur gesagt hat. Er war es, der Rachel gesagt hat, wo sie Muffin abholen soll. Er war es, der dir nicht seinen vollen Namen gesagt hat, oder wo du ihn im Notfall erreichen kannst.«

»Oder gefragt hat, wo er mich im Notfall erreichen kann. Richtig. Und vielleicht ist er auch derjenige, der Mrs. Golden gesagt hat, sein Name sei Hartford.«

»Ja.«

Der Kuchen erschien, sowohl maschinengefertigt als auch angejahrt. Gleichgültig gegen seine Herkunft machte Maggie sich darüber her. »Ich glaube es im Kopf. Aber es kann nicht wahr sein!«

Nick, der sich mit Kaffee begnügte, fragte. »Liegt es daran, daß du nicht glauben kannst, ein so erfolgreicher Typ würde dich in die Falle locken?«

»Teufel auch, nein! Für eine halbe Million würde auch ich eventuell jemanden in die Falle locken! Aber Nick, es ist seine eigene Tochter!«

»Aber du weißt doch genau, daß nicht alle Eltern wundervoll sind. Kinder werden geschlagen, verlassen — alle Arten von schrecklichem Verrat passieren. Schau dir Jaymie an. Oder Ramona.«

»Ja«, sagte sie stur. »Ich weiß, daß es alle möglichen Streß-Situationen im Leben gibt. Aber wir haben alle unseren Streß. Im Augenblick ist es so, wenn Dan sein Programm nicht adaptieren kann, verlieren wir Geld bei dem Kostenvoranschlag für die Resozialisierungsstelle. Und du mußt wieder die Runde machen. Das ist Streß, oder? Und doch ist Sarah der einzige Teil meines Lebens, von dem ich bestimmt weiß, daß er deswegen nicht geopfert wird. Was auch geschieht.«

Nick nickte.

Sie gestikulierte in die allgemeine Richtung von Gardenport. »Diese Schwester aus Süd Brooklyn hat uns von Familien mit echten Problemen erzählt. Wie könnte Steve Bradford derartige Probleme haben? Mit dem ganzen Geld sieht diese Gegend für mich aus wie Oz.«

Nick nahm ihre Hand. Eine knochige, starke, schwerarbeitende Hand. Er sagte: »Gladstone ist wegen des Geldes in die Politik gegangen. Viele Mäuler zu stopfen, den Familienbesitz zu unterhalten. Er ist an die Spitze aufgestiegen, regierte das größte Kaiserreich seiner Zeit. Es ist schwer, sich einen perfekteren Weltbürger vorzustellen — loyaler Ehemann, hingebungsvoller Vater, großer Staatsmann. Aber er war immer innerlich zerrissen, in die eine Richtung gedrängt durch seinen Eifer, die Welt durch Religion zu verbessern, in die andere durch seine rhetorische Begabung, und in noch eine andere durch sein Faible für Prostituierte.«

»Du meinst, daß Steve vielleicht zu weit in eine bestimmte Richtung gezogen wurde? Und nicht stark genug war, zu widerstehen? Aber seine Tochter — «

»Ich weiß. Ich kann mir nichts in der Welt vorstellen, das mich dahin brächte, Sarah zu verletzen oder zu ängstigen. Aber es ist immer ein Balanceakt. Teufel, Maggie, du kennst das doch aus deinem eigenen Leben! Vielleicht hat er Spielschulden, oder er wird erpreßt.« Ihm fiel wieder ein, was

Rachel über Elaine gesagt hatte, daß sie auf einem Sockel stünde. »Oder vielleicht hat er nur bemerkt, daß er nicht mehr ganz jung ist und das Leben an ihm vorbeigeht.«

Ihr nachdenklicher Blick begegnete seinem und wurde aufmerksamer, suchte nach einer persönlichen Bedeutung. »Was zum Teufel glauben Männer denn, ist das Leben?«

»Na, wir haben doch alle unsere kleinen Idealbilder – selbst Gladstone sah sich gern als religiösen Erneuerer. Aber es ist verdammt schwer, ideale und interessante Vaterbilder zum Nachahmen zu finden. Ich meine, wer sind die berühmten Väter? Lear? Rigoletto? Montague und Capulet?«

»Wage es ja nicht, die nachzuahmen!«

»Tja, es gibt ein paar gute Männer, die dafür berühmt sind, daß sie Väter waren, aber das sind solche Nieten. Der Heilige Joseph, oder die Waltons.«

»Stimmt. Die sind auch nichts zum Nachahmen.« Sie lächelte ihn jetzt an, fasziniert von seiner Beobachtung.

»Oder sieh dir die Geschichte an«, fuhr Nick fort. »George Washington, Vater der Nation, aber nicht von Babys. Jesus war kein Vater. Er wird als Sohn definiert. Und Sein Vater ist ziemlich schwer nachzuahmen.«

»Sehr richtig.«

»Oder geh zurück zum Alten Testament. Der gute alte Vater Abraham. Denkwürdig wegen seiner Bereitwilligkeit, seinen Sohn für ein Ideal zu opfern. Sollen wir den nachahmen?«

»Willst du damit sagen, daß Steve ihn nachahmt?« sagte Maggie, dann plötzlich riß sie ihre Augen vor Aufregung weit auf. »Oh, Gott! Abraham!« Sie sprang auf die Füße.

»Was ist los?«

»Abraham! Er wohnt in Bay Ridge!« Sie rannte zu den Telefonen im Hintergrund des Restaurants.

»Das ist weit entfernt vom heiligen Land«, murmelte Nick Sarah zu, die weiterschlief.

Maggie brauchte lange am Telefon. Als sie zurückkam, sah sie grimmig aus und setzte sich nicht. »Espèce de salaud«, sagte sie, schnappte sich die Babytrage und schnallte sie um. »Gehen wir!«

Hastig nahm Nick Sarah auf den Arm. »Hm — macht es dir was aus, mich auf den neuesten Stand zu bringen? Auf Englisch, bitte.«

»Wir gehen wieder zum Bahnhof. Dieser Hundesohn! Wo zum Teufel bleibt unsere Rechnung?«

»Im Anmarsch, glaube ich«, sagte Nick, während er Sarah vorsichtig in die Trage packte. Die Kellnerin, von den deutlichen Anzeichen eines überstürzten Aufbruchs alarmiert, kritzelte auf einen Block und hatte ihn einen Augenblick später schon zu ihnen gebracht.

Maggie stand bereits an der Tür. »Mach schon. Eil dich. Mal sehen, ob wir den Viertel-vor-drei noch erwischen.«

Draußen mußte er sich ein wenig eilen, um mit ihren langen, wütenden Schritten mitzukommen. »Ich merke, daß es ernst ist«, sagte er, »denn du fluchst auf Französisch und hast deinen halben Kuchen liegengelassen. Ist es Steve?«

»Ja. Es sei denn, Mrs. Golden ist die beste Lügnerin aller Zeiten. Was ja immer noch möglich ist, nehme ich an.«

»Du hast mit ihr gesprochen? Vater Abraham erschien in einer Vision und hat dir ihre Telefonnummer gegeben?«

Sie waren unwillig an einer Ampel stehengeblieben, aber sobald der Verkehr etwas nachließ, startete Maggie über die Straße. »Gott, Nick, hab Geduld mit mir! Ich will versuchen, zusammenhängend zu reden. Erstens ist es nicht Vater Abraham. Es ist Neffe Abraham. Jerry Abraham aus Bay Ridge, der Sohn ihrer Schwester. Jerry war nicht zu Hause, aber seine Frau war da, und sie hat mir Mrs. Goldens Telefonnummer gegeben.«

»Golden ist also ihr richtiger Name?«

»Wenn es nicht eine noch raffiniertere Kulisse ist, als möglich scheint. Ich habe die Nummer angerufen, die Mrs. Abraham mir gegeben hat, und da war sie. Schwatzhaft wie immer.«

»Was hast du gesagt?« fragte er nervös.

»Na ja, falls sie mit der Entführung zu tun hat, wollte ich sie nicht merken lassen, daß ich davon weiß.«

»Richtig.«

»Also habe ich gesagt, ich sei diejenige, die Muffin gestern zu ihr gebracht hat. Sie hätte meine Stimme vielleicht sowieso erkannt. Ich sagte, ich hätte gerade Muffins Pullover bei Sarahs Sachen entdeckt, und ich wollte ihn zurückgeben und brauchte die Telefonnummer der Eltern. Ob sie die hätte? Nein, sagte sie, Mr. Hartford hätte gesagt, er sei in seinem Beruf ständig unter anderen Nummern zu erreichen, also würde er sie anrufen.«

»Wieder Hartford?«

»Sie war sich ganz sicher. Er hat es ihr am Telefon buchstabiert.«

»Hartford für sie, Buzz für dich — sieht übel aus. Jetzt zum Knalleffekt, ja? Wo ist Muffin?«

»Douglaston. Zwei Haltestellen von hier. In der Nähe der Hauptstraße ist ein kirchlicher Kinderladen, wo man einfach hinkommen kann. Mr. Hartford hat sie gestern abend angerufen und gesagt, er sei aufgehalten worden, sie möchte bitte Muffin über Nacht bei sich behalten. Er sagte, er würde noch hundert Dollar drauflegen. Also sagte sie, gut. Dann hat er sie heute früh wieder angerufen und gesagt, sie sollte Muffin in den Kinderladen in Douglaston bringen. Er oder seine Frau würden sie abholen. Sie hatte ein paar Einwände, aber er sagte, er hätte das Päckchen mit ihrem Geld schon durch Boten hingeschickt. Sie ging hin, das Päckchen mit dem Geld war da, also hat sie die Kleine dagelassen und ist mit dem Geld wieder heimgegangen.«

»Also rufen wir Elaine Bradford an.«

Maggie schüttelte den schalumwickelten Kopf. »Nur wenn Muffin wirklich da ist. Wenn nicht, wenn Mrs. Golden lügt, oder wenn Steve sie wieder weggebracht hat, wäre es das Grausamste, was wir dieser Frau antun könnten, ihr falsche Hoffnungen zu machen. Ach, da kommt der Zug. Sarah und ich werden in Douglaston aussteigen und sehen, ob wir Muffin finden können, und du —«

»Maggie, du stehst schon unter Verdacht! Du solltest dich von ihr fernhalten!«

Maggie fand ein paar gegenüberliegende Sitzplätze, ließ sich in einen fallen und stützte ihre Füße auf den anderen. »Ich würde dich schicken, aber du weißt nicht, wie Muffin aussieht. Außerdem mußt du zurück auf den Speicher und deine Gage abholen, stimmt's? So war unsere Abmachung.«

»Wir könnten die Polizei anrufen. Anonym.«

»Dies geht schneller. Du hast das Gesicht von Elaine Bradford gesehen, Nick. Muffin fühlt sich wahrscheinlich genauso.«

»Sollte ich nicht wenigstens Sarah nehmen?« Der Zug fuhr langsam aus dem Bahnhof.

Sie lächelte, fast entschuldigend. »Ich fürchte, es ist fast wieder Muh-Kuh Zeit. Wirklich, Nick, ich nehme mich in acht. Ich lasse meine Haare im Versteck und gebe mir Mühe, nicht wie eine verschlagene Kidnapperin auszusehen. Aber wenn Mrs. Golden die Wahrheit gesagt hat und Steve Bradford das getan hat — jedenfalls können wir nicht warten! Wir können dem Hundesohn nicht die Chance geben, damit durchzukommen.«

Nick kannte den entschlossenen Blick: Maggie als Walküre, als rasende Furie. Sie war jetzt nicht aufzuhalten. Und er mußte zugeben, daß er auch der Meinung war — wie edel Bradfords Motive auch sein mochten, selbst wenn er die halbe Million für seine Familie wollte, die von der Frau und dem kleinen Mädchens durchlittenen Qualen waren zu grausam, ein zu hoher Preis. Nick hoffte fast, Mrs. Golden möge gelogen haben. Aber er war immer noch beunruhigt. »Hör zu, in weniger als einer Stunde bin ich wieder im Probenspeicher. Ruf mich dort an, ja? Ehe du dich mit Elaine Bradford in Verbindung setzt, ehe du die Polizei rufst, ehe du hinter Mrs. Golden herjagst, wenn Muffin nicht dort ist. Wenn du bis vier Uhr nicht angerufen hast, rufe ich die berittene Polizei.«

»Abgemacht«, sagte Maggie.

Aber Nick hatte immer noch dunkle Vorahnungen, als sie in Douglaston aus dem Zug stiegen.

Schon auf der Straße vor dem Gebäude konnte er spüren, daß etwas nicht stimmte. Ein junger Polizist, blaß und in der ungewohnten Sonne blinzelnd, stand vor Anna Marias Fenster. Er beobachtete scharf, wie Nick ins Treppenhaus ging. Ein zweiter Polizist, älter, schwarz, mit unendlich traurigen dunklen Augen, wartete auf dem Treppenabsatz und schaute nach oben zur Tür des Probenspeichers.

»Entschuldigung. Kann ich raufgehen?« rief Nick.

Die dunklen Augen ordneten ihn schnell und routiniert ein. »Sie gehören zum Theater?«

»Ja. Schauspieler.«

»Dann gehen Sie rauf. Wir sind hier fertig.«

Nick stieg an ihm vorbei und öffnete die ramponierte Tür zum Speicher. Das bedrückende Tableau, das ihm in die Augen fiel, verstärkte seine Befürchtungen noch. Daphne, ordentlich in ein marineblaues Kostüm und eine weiße Bluse gekleidet, zweifellos die Rüstung für die bevorstehende Anhörung, stand stolz aufgerichtet im Zentrum des Raums, den Kopf hoch erhoben, und die Tränen rannen ihr über die schmalen Wangen. Derek, dessen völlige Verwirrung in der hilflosen Geste seines Armes deutlich wurde, fragte: »Aber was hat sie gesagt?«

Ein schwarzes Mädchen im rosa Kleid, die kleine Mellie, packte den Saum von Daphnes Jacke. Mit piepsiger Stimme sagte sie: »'Was für ein Arschloch sind Sie denn? Wir sind nur Kinder.' Aber dann bin ich gerannt, weil sie gesagt hat, renn. Deswegen hab' ich nicht mehr gehört. Nur — nur —« Sie versteckte ihr Gesicht in Daphnes Jacke.

Daphne legt eine beschützende Hand auf den kleinen Kopf. »Genug davon«, sagte sie mit rauher Stimme. »Derek, wirst du das für uns tun?«

»Natürlich. Ruf mich an, wenn du kannst. Daphne, es tut mir so schrecklich leid.«

»Ja.« Zärtlich nahm Daphne die Mädchenhand und eilte hinaus. Nick hielt ihnen die Tür auf, aber in ihrer Verzweiflung sagte sie nicht mal Hallo. Am Treppenabsatz warf sie dem traurigen Polizisten einen Blick zu und sagte: »Gehen wir.« Die drei verschwanden um die Biegung.

»Was ist los?« fragte Nick Derek.

»Gott, ich begreife es nicht! Sie hat gesagt — aber ich bin nicht klar im Kopf, Nick. Seit sie mir von Ramona erzählt haben, scheint nichts mehr vernünftig. Es ist, als ob alles unter Wasser entlangtuckert.« Er spreizte die Finger, sah stirnrunzelnd seine Hände an. »Ich tue Sachen physisch, und mir ist, als ob jemand anders sie täte.«

»Ja. Alles verliert seine wahre Bedeutung.«

»Es ist so schwer, sich zu konzentrieren...« Mit leeren Augen starrte er das große Fenster an. »Ken Martin kommt um vier, weißt du das?«

»Ja, deswegen bin ich hier. Ich bin früher gekommen, weil ich einen Anruf erwarte. Erhm — was ist mit Daphne?«

»Ach, richtig, du hast nichts davon gehört. Sie war bei Anna Maria, und die Kinder sollten sie da treffen. Aber —«

Die Tür ging auf und Jaymie wollte wissen: »Was ist passiert? Ich sah Daphne da draußen, und sie will nicht mit mir reden!« Verzweifelt fingerte sie an den Riemen ihrer Schultertasche herum. »Es waren Polizisten da!«

»Ja«, sagte Derek. Er fuhr sich mit der Hand über sein stumpfes Haar und konzentrierte sich auf seine Zuhörer. »Folgendes ist passiert. Die zwei Kinder kamen, um Daphne zu treffen. Sie wollten sich bei Anna Maria treffen und nach der Schule einen Bissen essen, ehe sie zu der Anhörung gingen. Aber als sie an der Canal Street aus der U-Bahnlinie A stiegen, hat sie offenbar jemand in der Unterführung angesprochen.«

Nick wurde kalt. Es war ein Bahnhof voller Tunnels und Ecken. Er war gerade selbst daher gekommen. Maggie und Sarah würden auch bald da sein. Mit plötzlich heiser gewordener Stimme wieder holte er: »Angesprochen?«

»Auf sie los gegangen, sagte die kleine Schwester. Der Kerl trug eine Skimütze und eine Pistole. Callie sagte ihr, sie sollte weglaufen, also rannte sie. Aber offenbar hatte er Callies Arm gepackt und sie schrie ihn an. Verfluchte ihn und sagte — sie wären doch nur Kinder.« Derek schaute plötzlich weg und fuhr sich mit dem Pulloverärmel über die Augen.

Auch Jaymie sank zitternd auf einen Klappstuhl.

Nick räusperte sich und fragte: »Was ist geschehen?«

»Er hat sie umgebracht.«

Zähe, unverblümte kleine Callie. Nickte zwinkerte den schmierigen Fußboden an. Meine Augen brennen; sie starb jung.

XIV
Freitag nachmittag, halb vier

9. März 1973

Als Steve von der Bank zurückkehrte, wo er Busbys markierte Geldscheine gegen unmarkierte eingetauscht hatte, blieb er stehen und schwatzte mit zwei Untergebenen über das Wetter, damit jeder sehen konnte, daß alles normal war. Dann ging er wieder in seine eigenen Büroräume. »Ich bin wieder da, Myra«, rief er.

»Oh, Mr. Bradford! Mr. Lugano ist hier. Sie hatten keine Termine, also ließ ich ihn in Ihr Büro gehen und warten.«

Verdammt. Na, er mußte ihn eben loswerden. Steve brachte ein Lächeln zustande und sagte: »Danke, Myra.«

Lugano saß an seinem Schreibtisch. Er stand mit höflichem Lächeln auf, aber Steve hatte schon gesehen, daß die Schublade offen stand. Verdammt, warum hatte er sie nicht abgeschlossen?

»Hallo Bradford, schön, Sie zu sehen!« sagte Lugano jovial. »Haben Sie jetzt Zeit, unser Angebot durchzusprechen?«

»Ja, sicher, warum nicht?« stammelte Steve. Dann sah er, daß Lugano ihm einen ordentlich beschriebenen Zettel zuschob.

»Verzögern Sie die Übergabe des Lösegeldes nicht! Ich werde es erklären«, stand darauf. Verdammt! Wie hatte er das mit dem Lösegeld rausgekriegt? Busby, sicherlich. Laut sagte Lugano: »Würde es Ihnen etwas ausmachen, mit mir zu unseren Anwälten hinüberzugehen?«

Verspätet fiel Steve wieder ein, daß Lugano glaubte, das Büro sei angezapft. »Ja, hrm, natürlich.«

»Hier ist eine Übersicht,« Unter diesem Vorwand erhielt er einen zweiten Zettel: »Am Lösegeld fehlen 50000 Dollar.«

»Oh. Danke.« Steve zögerte, dann zog er die unmarkierten Scheine aus der Jackentasche. Er mußte kooperativ wirken, bis Lugano gegangen war. »Ich habe nur — äh — ein paar Details bereinigt.«

Lugano verstand. Ein mißbilligender Schatten flog über sein Gesicht, aber er akzeptierte das Päckchen und legte es zu den anderen. »Vergessen Sie Ihre Aktentasche nicht.« Die Bernsteinaugen blickten mitfühlend, als er den Plastikbeutel mit dem Geld in den schlappen Plüschbären schob und ihn Steve hinhielt. Der Freund und Helfer des unverständigen, genervten Vaters.

»Natürlich nicht. Hier ist sie«, sagte Steve. Er war wirklich genervt. Er stopfte den leblosen Bären in seine Aktentasche und quetschte sie wieder zu. Gottseidank hatte er die kleine Pistole und den Paß schon bei sich, dachte er mit innerem Schauder. Was, wenn Lugano die auch gefunden hätte?

Auf halbem Weg durch die Halle blieb Steve stehen. »Verflixt! Füller vergessen«, sagte er. »Ich komme sofort nach.« Er ging eilig ins Büro zurück und kam sofort wieder heraus, wobei er den Füller in die Tasche steckte.

Luganos Gesicht war immer noch voller Verständnis. »Ihre Aktentasche«, erinnerte er Steve geduldig.

»Ach! Richtig.« Er flitzte zurück und holte sie wieder. Das funktionierte also nicht. Blöd, es zu versuchen, wurde ihm jetzt klar. Er sollte sein Glück lieber nicht erzwingen; diese verständnisvollen Augen konnten raubtierhaft werden, das wußte er. Also gut, Steve, warte deine Chance ab. In Venezuela würde José Santos die ganze Zeit improvisieren müssen. Besser schon jetzt dafür trainieren.

Aber draußen mußte er doch fragen: »Hat mein Schwiegervater Sie angerufen?«

»Ja. Auf dem Weg aus der Stadt.« Lugano war kurz angebunden. »Ich weiß, daß Sie sich Sorgen machen. Aber es wäre unschätzbar wertvoll, wenn wir die Geldübergabe beobachten könnten. Wir würden die Kerle wirklich gern erwischen.«

»Aber ich will mein kleines Mädchen heil zu Hause haben!«

»Selbstverständlich. Keine Sorge, bei einer Übergabe im Freien in der Canal Street können wir völlig verborgen bleiben. Aber wir wollen Fotos.«

»Ach so. Sie werden sie nicht verfolgen?«

»Das verspreche ich. Wenn wir hören, daß Ihre Tochter sicher zu Hause ist, dann fangen wir an zu arbeiten. Im Ernst, Bradford, wir verfolgen genau die gleichen Ziele wie Sie.«

Nicht ganz, dachte Steve verzweifelt. Er sagte: »Ich weiß. Aber ich bin verdammt nervös. Könnten Sie nicht zurückbleiben? Sich raushalten, wie es in der Nachricht verlangt wird?«

»Sie müssen mir ein wenig vertrauen. Wir beobachten, aber von einem Gebäude auf der gegenüberliegenden Seite vom Ming Basar aus. Nur Kameras. Keine Scharfschützen. Was ich Ihnen jetzt dringend raten möchte, ist, daß Sie nicht warten sollten. Ich habe erlebt, daß Kidnapper nervös wurden, daß sie ... ähm ... Dummheiten machten, als der Zeitpunkt näherkam und das Lösegeld noch nicht da war.«

»Oh. Das war mir nicht klar. Ich dachte ... tja, es ist erst Viertel vor vier. Wissen Sie, wenn das Geld einfach so daliegt, was ist, wenn jemand anders es aus Versehen mitnimmt?«

»Das ist ein Risiko. Aber diese Leute haben auch drüber nachgedacht. Ich denke, sie werden es abholen, sowie Sie einigermaßen außer Sicht sind. Höchst unwahrscheinlich, daß sich eifrige Omis auf der Suche nach Geburtstagsgeschenken darauf stürzen.«

»Ja, gut, danke, daß Sie es mir gesagt haben.«

»In Ordnung.« Lugano ging immer weiter neben ihm her.

Steve blieb stehen. Sie befanden sich jetzt nur zwei Blocks südlich der Canal Street. »Hrm — wir sollten nicht zusammen sein, finden Sie nicht?«

»Werden wir nicht. Ich dachte nur, ich gebe Ihnen ein bißchen moralische Unterstützung.«

»Oh, danke. Aber ich würde mich wirklich viel besser fühlen, wenn Sie nicht da wären.«

»Selbstverständlich. Gehen Sie also los. Nur nicht nervös werden. Wir haben ein Auge auf Sie.« Er überquerte die Straße.

Nur nicht nervös werden. Steve ging weiter, sein Herz hämmerte. Dies hatte nicht passieren sollen! Er hatte die Details der Geldübergabe ziemlich nachlässig bedacht und den Ming Basar auf der Canal Street nur gewählt, weil er letzte Woche den Teddybär-Beutel da gekauft hatte. Jetzt hing plötzlich alles von seiner Fähigkeit ab, diese zufällige Entscheidung in einen Plan zu verwandeln.

Venezuela wird genauso sein, sagte er sich. José Santos wird einen kühlen Kopf bewahren müssen. Analysieren.

Okay, Gegebenheit Nummer eins: Lugano beobachtete ihn.

Was zu Gegebenheit Nummer zwei führte: Er mußte den Bären zu den anderen auf das Regal stellen. Könnte er das Geld erst irgendwie herausnehmen? Aber als er in die Canal Street einbog, fühlte er sich, selbst in der Menge, exponiert. Hochkarätige Ferngläser waren in diesem Augenblick auf ihn gerichtet. Steif ging er weiter, verlegen, ungeschickt wie ein Kind, das eine Rede halten soll. Nein, das Geld herausnehmen war keine Option. Wenn er nur schon im Büro daran gedacht hätte! Wenn er nur –

Jetzt war es zu spät. Analysiere, Santos.

Gegebenheit Nummer drei: Das Geld, weil es im Bären war und unter den Augen der Polizei nicht herausgenommen werden konnte, mußte in einer offenen Bude an der Canal Street abgelegt werden. Wenn er nur einen anderen Bären hätte! Aber das war keine Option.

Und doch – plötzlich sah er einen Hoffnungsschimmer. Da stand noch ein weiterer lila Teddybär, dick ausgestopft mit verkrumpelten Zeitungen, auf einem der unteren Regale. Könnte er ihn nach oben bugsieren? Nein, nicht solange Luganos Augen auf ihn fixiert waren. Aber vielleicht könnte er den zweiten Bären nehmen. Schließlich könnte ein echter Kidnapper zwei Bären verwirrend finden, nicht? Das würde er Lugano sagen, wenn er fragte: er wollte Konfusion verhindern. Beim Hineingehen zeigte er dem chinesischen Besitzer den Bären. »Kann ich den umtauschen? Ich hatte nicht gemerkt, daß ein Auge fehlt.«

Der Besitzer, mit einem Verkauf an drei junge schwarze Frauen voll beschäftigt, nickte kurz. Steve, der immer noch die Blicke der Polizei auf sich ruhen fühlte, stellte den Bären mit übertriebenen Bewegungen an seinen Platz. Schnell und verstohlen nahm er dann den zweiäugigen Zwilling vom unteren Regal und quetschte ihn in seine Aktentasche. Es war ja höchst unwahrscheinlich — aber vielleicht konnte er ihn irgendwie später wieder austauschen. Der Besitzer faßte ihn ins Auge, als er ging, beklagte sich aber nicht.

Einen halben Block weiter, auf der anderen Straßenseite, war eine Bar. Er schlüpfte hinein, setzte sich dicht ans Fenster zur Straße und bestellte Bourbon.

Sein Herz klopfte wie ein Schmiedehammer. Könnte er dies Abenteuerleben wirklich durchhalten? Hatte sein Arzt recht mit dem besten Jahren? Gehörte er wirklich nach Venezuela?

Los, Steve, sagte er sich streng. Es kommt alles darauf an, wer man ist. Und er hatte erkannt, daß er ganz sicher kein gesetzter mittelalterlicher Investmentberater war. Oder nicht?

Er nippte seinen Bourbon und starrte finster über die Straße. Eine halbe Million starrte zurück, mit einem Auge.

Im Probenspeicher hingen immer noch die dunklen Schatten von Daphnes Schmerz. In der primitiven Hoffnung, den Sonnenschein hereinzulassen, schob Nick das Fenster hoch, aber es nützte natürlich nichts. Dereks Methode war besser. Systematisch sortierte der kleine Engländer die Probenrequisiten — Pappkronen, Rohrstöcke, Wasserpistolen. Nick gesellte sich zu ihm. »Kann ich helfen?«

»Bloß Beschäftigungstherapie«, sagte Derek. »Ich weiß nicht, was ihr Amerikaner mit den Probenrequisiten macht, wenn ihr fertig seid. Es gibt so viele Bestimmungen. Aber ich dachte, es würde nicht schaden, die Sachen ein bißchen zu sortieren.«

»Stimmt.« Nick konnte sich erinnern, wie er auch Sachen sortiert hatte, nachdem Lisette gestorben war; eine gute Art, hilfloser Wut ein Ventil zu schaffen, nicht laut zu schreien oder Wände niederzureißen — sich am Grübeln zu hindern.

Derek sagte: »Ken Martin müßte in etwa einer halben Stunde hier sein.«

»Gut.« Nick beschäftigte sich mit dem Haufen Probenkostüme: lange, schäbige Röcke, Perücken, Zylinder, Handschuhe. Er legte sie ordentlicher in ihren Karton. Da waren die großen Männerhandschuhe, die erst von König William IV. und später von Albert benutzt worden waren, um ihren Tod zu symbolisieren. In der Ecke lag Victorias langes schmales Paar. Während er sie glattstrich, schossen ihm Bilder durch den Kopf: Daphnes dunkle Arme um Jaymie; dunkle Arme, die Ramona in die Schatten zerrten.

Und hier waren die Wasserpistolen, die Doppelschüsse, die Victoria nicht getötet hatten. Peng, Peng.

Das Telefon schrillte im Treppenhaus und riß ihn aus seinen Grübeleien. »Ich erwarte einen Anruf«, sagte er Derek und schoß hinaus ans Telefon.

»Sie ist da«, verkündete Maggie, sobald sie seine Stimme hörte. »Ich rufe jetzt Elaine Bradford an und komme dann sofort hin und erzähle dir alles.«

»Nein!« Nick protestierte energisch. »Man hat dich schon in die Falle gelockt, Maggie. Du darfst nicht noch tiefer hineingeraten. Haben sie dich gesehen in dem Kinderladen?«

»Nein. Ich habe mir auf einem Schlußverkauf in einem Geschäft namens Alines Lädchen eine Sonnenbrille und einen riesigen blauen Plastiksonnenhut gekauft und Sarah in die Einkaufstasche gesteckt. Dann bin ich am Fenster vorbeigeschlendert. Glücklicherweise hat niemand gefragt, warum meine Tasche zappelt.«

»Nicht schlecht. Aber der Anruf bei Elaine Bradford kommt von einem Mann.«

»Na, dann beeil dich, Mann. Muffin sitzt in einer Ecke und kann schon nicht mehr weinen. Mit riesigen Augen starrt sie einfach in diese feindliche Welt. Die Leute im Kinderladen sehen nett aus, aber sie ist für sie nicht erreichbar. Ich wünschte, ich hätte nach ihr fragen können, aber ich habe es natürlich nicht getan.«

»Ich beeil' mich. Ortsangaben?«

»Der Kinderladen ist direkt neben der Kirche. Roter Backstein, Gründerjahre.« Sie gab ihm die Adresse und Elaines Telefonnummer.

»In Ordnung«, sagte Nick. »Und sei in der U-Bahn besonders vorsichtig, weil —«

»Klar. Jetzt ruf an!« drängte sie und legte auf.

Unruhig, weil er ihr nichts von Callies Tod hatte sagen können, aber begierig, dem traurigen kleinen Mädchen in Douglaston zu helfen, wählte er schnell.

»Hallo?« Angst und Erregung knisterten durch den Draht.

»Mrs. Bradford?« Nick merkte, wie er zum letzten Mal in seine Rolle schlüpfte: höflich, britisch, gladstonemäßig.

»Ja, hier spricht Mrs. Bradford.«

»Hier spricht Mr. Merrypebble.« Das war Lord Clarendons Spitzname für Gladstone. »Ich schätze mich glücklich, Ihnen berichten zu dürfen, daß sich alles gelöst hat. Ihre Tochter befindet sich in dem Kinderladen in Douglaston. Er ist neben der Kirche an der Hauptstraße, roter Backstein, Gründerjahre.«

»Sie meinen, ich kann — kann ich sie jetzt holen?«

»Sobald Sie wünschen, Mrs. Bradford. Die Leute dort haben nichts mit unserer Angelegenheit zu tun. Sie stellen besser nicht zu viele Fragen.«

Das erlöste Aufschluchzen der Frau drang durch die Schale seiner Rolle in eine tiefere Realität von Liebe, Schmerz und Dankbarkeit vor. »Oh — oh, ich danke Ihnen, ich danke Ihnen!«

Er schluckte und wickelte sich wieder in die zerschlissenen Reste seines Rollenspiels. »Ich habe Ihnen nach bestem Vermögen gedient«, sagte Merrypebble ernst, als die Verbindung erstarb.

Und gestellt oder nicht, es war doch keine schlechte Schlußszene für Gladstone, fand Nick. Der Große Alte Mann hätte sie gebilligt.

Steve war bei seinem fünften Bourbon.

Es war schon über eine Stunde her, seit er das Lösegeld abgeliefert hatte. Jedesmal, wenn ein Kunde sich dem Laden auf der anderen Straßenseite näherte, erstarrte er. José Santos, dschungelzäh und aalglatt, machte sich bereit, einen coolen Deal um eine halbe Million zu arrangieren. Kühn wie ein Jaguar auf Beutezug.

Er hatte einen Plan gefaßt. Nicht ideal, aber José Santos — und Jaguare — wußten, daß es auf dieser Welt nur wenig gab, das man ideal nennen konnte. Das Geheimnis lag darin, wachsam zu bleiben, nicht nachzulassen, improvisieren zu können.

Er würde folgendes tun: Erstens, diese Bar verlassen und sich weiter die Straße hinunter begeben, näher an die U-Bahnstation, indem er sich dicht an die Gebäude hielt, um der überwachenden Polizei nicht unter die Augen zu kommen. Ein Café, sagen wir mal. Dann würde er jemanden auftreiben, der ihm helfen könnte. Einen ganz gewöhnlichen, gutbürgerlichen Typ, einen guten Samariter. Er würde nicht viel verlangen. Er würde einfach erklären, daß er den Bären in dieser ganz besonderen Farbe für seine kleine Tochter gekauft und eben erst bemerkt hätte, daß sein Ohr eingerissen war. Tatsächlich hatte er es selber vor ein paar Minuten heimlich eingerissen. Nur ein bißchen. Und er würde dem Guten Samariter erklären, daß er seinen Knöchel verstaucht hatte und es ihm schwer fiele, schnell über die Straße zu gehen, eben habe er den Riß bemerkt, und ob der Gute Samariter wohl so nett sein würde, eben rüberzugehen und den Bären für ihn umzutauschen?

Und das eigentlich Schlaue daran war dies: Der Gute Samariter würde bemerken, daß der einzige identische Bär nur ein Auge hatte, würde beschließen, den Bären nicht umzutauschen, würde wieder ins Café kommen mit dem Originalbären und vielen guten Ratschlägen, wie er diesen Riß im Ohr ganz leicht reparieren konnte. Die Polizei würde ihm natürlich folgen — unauffällig — und denken, daß der Bär, den der gute Samariter trug, das Lösegeld enthielt. Inzwischen würde Steve, alias José Santos, hinter ihrem Rücken über die Straße schlüpfen, den Lösegeldbären kaufen und in der U-Bahn verschwinden.

Klar, es war nicht perfekt. Viel hing von den Reaktionen des Unbekannten ab. Aber Steve konnte Menschen ganz gut einschätzen. Man denke nur daran, wie gut seine Arrangements mit Maggie und Mrs. Golden geklappt hatten. Es war nur der giftige Avery Busby, der ein Problem verursacht hatte, indem er die Polizei zuzog; aber selbst das war nicht irreparabel. Die markierten Scheine hatte er schon erfolgreich gewaschen. Steve würde doch noch bekommen, was er wollte.

Und der hilfreiche Fremde käme nicht in allzu große Schwierigkeiten. Die Polizei würde ihm natürlich folgen, erst zu dem Café, wo er sich nach dem längst verschwundenen Steve umsah, und schließlich nach Hause. Muffin würde sicher bald wieder bei Elaine zu Hause sein, und dann würden sie den guten Samariter einkesseln. An dem Punkt würden sie den Irrtum wahrscheinlich erkennen, oder wenigstens, wenn sie sein Alibi überprüften. Dann würde ihnen klarwerden, daß Steve dahinter steckte. Aber das war Steve egal. Er hatte immer gewußt, daß sie es irgendwann herauskriegen würden; er brauchte nur die Zeit, sicher ins Flugzeug zu kommen. Bis die raushatten, was er getan hatte, wäre er verschwunden, ohne eine Spur zu hinterlassen. Alles, was er jetzt brauchte, waren ein paar Stunden.

Der gute Samariter könnte ihm diese paar Stunden verschaffen.

Er zahlte seine Zeche und ging, nicht zu schnell, wieder auf die Straße hinaus, wobei er sich dicht an die Fassaden der Häuser hielt. Er mußte eine Straße überqueren; Polizeiaugen könnten ihn sehen, wenn er nicht — Er konnte seine Chancen ein wenig aufbessern: im Schutz eines Hauses wartete er, bis er vor dem Laden gegenüber eine kleine Gruppe Kunden stehenbleiben sah, dann überquerte er die Straße so schnell er konnte, ohne Aufmerksamkeit zu erregen, und hielt sich dabei auf der Seite des Fußgängerüberwegs, die von den Fenstern des fünften Stockes aus unsichtbar sein müßte. Wenn Luganos Leute nicht ihr Versprechen gebrochen hatten und aus den Fenstern hingen, würden sie ihn nicht sehen. Gut. Noch ein halber Block jetzt, nicht einmal ganz so weit, bis zum Café. Er würde sich eine sympathische Person aussuchen, die nicht zu sehr in Eile schien, und —

Maggie. Wie ein Phönix entstieg sie dem U-Bahnschacht weiter vorn.

José Santos überlegte gar nicht erst. Das Hinken kehrte augenblicklich zurück, instinktiv, schneller als ein Gedanke. Er verbarg seine stählernen Augen hinter einem freimütigen, offenen Nachbarsjungenblick, bemerkte ohne Überraschung, daß sie auf ihn zusteuerte und sagte: »Oh, verdammt!«

»Na sowas! Buzz!« rief sie zur Begrüßung. Das Baby war an ihre Brust geschnallt und halb im Schlaf.

In unschuldiger Überraschung sah er von dem Bären hoch. »Maggie! Wie geht es Ihnen? He, ich hatte noch keine Gelegenheit, Ihnen für Ihre Hilfe zu danken!«

Sie tätschelte dem Baby nachdenklich den Rücken und schaute ihn forschend an. »Danken Sie mir nicht. Muffin ist ein Schatz. Wie geht es ihr?«

»Prima. Tip-top. Hören Sie, könnten Sie mir vielleicht zufällig noch einen Gefallen tun? Und Muffin auch?«

»Für Muffin täte ich liebend gern etwas. Aber ich habe es

gerade sehr eilig.« Trotzdem, er konnte die Neugier in den tiefblauen Augen erkennen.

»Na, es ist immer noch der blöde Knöchel. Ich habe Muffin diesen Bären-Rucksack gekauft. Sehen Sie den Laden da drüben?« Er zeigte auf den chinesischen Händler. »Sie liebt diese irre Farbe, deshalb müßte er ihr gefallen. Und es ist ein anständiger Preis. Aber ich habe nicht bemerkt, daß das Ohr einen kleinen Riß hat. Ich möchte ihn umtauschen, nur der Knöchel streikt noch immer. Der Arzt hatte recht, ich hätte bei der Krücke bleiben sollen. Aber ich fand sie gräßlich.« Er zog eine Grimasse und wartete auf ihre mitfühlende Reaktion.

»Ach so. Sie wollen, daß ich diesen Bären über die Straße bringe und gegen einen in besserem Zustand eintausche?« Sie nahm ihm das haarige Ungetüm ab und inspizierte es. »Scheußlicher kleiner Kerl.« Trotz dieses mütterlichen Kommentars grapschte Sarah verschlafen danach.

»Tja, wenn Muffin diese Farbe nicht so liebte, hätte ich auch nicht zweimal hingeschaut. Sagen Sie, würde es Ihnen was ausmachen, wenn ich mich setze?« Er deutete auf das Café.

»Ich will Ihnen was sagen«, meinte Maggie. »Ihr Knöchel kann eine Pause brauchen, und ich muß Sarah schleunigst zu ihrem Vater bringen. Warten Sie doch hier, während ich sie wegbringe, und auf meinem Rückweg zur U-Bahn tausche ich dann den Bären um und bringe ihn zu Ihnen ins Café, was meinen Sie? Dürfte nicht länger als ein paar Minuten dauern.«

»Maggie, ich hoffe bloß, daß ich das alles irgendwie wieder gutmachen kann! Sie sind ein wahrer guter Samariter!«

Ihr strahlendes Lächeln leuchtete ihm voll ins Gesicht. »Ich helfe Ihnen doch gern, Buzz!« Sie stopfte den Bären in ihre Aktentasche und flog die Straße hinunter.

Steve schwankte wirklich, als er ins Café humpelte. Vielleicht sollte er etwas Coffein zu sich nehmen. Er war schwach vor Aufregung, wie elektrisiert von der Leichtigkeit, mit der seine José Santos Seite das Kommando übernahm und Hindernisse beseitigte. Steve Bradford wäre nie so skrupellos gewesen. Steve Bradfords Plan bezog sich auf einen Unbeteiligten, der innerhalb von Stunden seine Unschuld beweisen konnte. Maggie konnte das nicht. In einer aalglatten, instinktiven Reaktion hatte Santos dem groben Plan eine geniale Wendung gegeben: die gleiche unbekannte Person, die von der *Montessori*-Belegschaft als Kidnapperin identifiziert würde, holte jetzt das Lösegeld ab! Das würde nicht nur stunden-, sondern tagelang für völliges Durcheinander sorgen! Steve gratulierte sich herzlich.

Oder eher, er gratulierte José Santos.

Natürlich war es frustrierend, warten zu müssen, bis Maggie ihr Baby da hingebracht hatte, wo immer sie hinging; aber selbst unter den Umständen war der Einfall brillant.

Im Café bestellte er eine Tasse Kaffee, schwarz.

Ramonas Anwalt, Ken Martin, stellte sich als speckiger, rotgesichtiger Riese heraus, der in Jeans am Steuer eines Lasters auf einer Landstraße in den Appalachen heimischer gewirkt hätte, als in den Nadelstreifen eines Anwalts aus Manhattan. An seinem finsteren Gesichtsausdruck war deutlich zu merken, daß ihm die Begleitung von Simon Jenkins, der zornbebend neben ihm stand, nicht erwünscht war. »Also, Simon, jetzt warte einfach hier«, beruhigte er den giftigblickenden Jenkins. »Es dauert nicht lange.«

»Gib ihnen keinen Pfennig!« Jenkins lallte etwas, Kummer oder Suff. Wahrscheinlich beides, dachte Nick.

»Nur soviel wir müssen«, stimmte Martin zu. »Jetzt setz dich, Simon. Wir sind bald fertig.«

Nick schaute sich im Speicher um. Außer Daphne und Jaymie waren alle da. Zuviel Kummer heute. Plötzlich hatte er es eilig, dies hinter sich zu bringen, etwas Neues anzufangen, wegzukommen, damit er in Ruhe trauern konnte.

Martin hielt ihnen eine knappe Ansprache, wobei seine präzisen Formulierungen im Widerstreit zu seiner gemütlichen Bauernstimme lagen. »Ich weiß, daß wir alle zutiefst erschüttert sind, daher werde ich versuchen, die Situation in Kürze klarzustellen. Ich habe Ihre Gehaltsschecks bei mir. Sie sind die letzte Verpflichtung der Produzenten Ihnen gegenüber. Sie haben Ihre letzte Verpflichtung den Produzenten gegenüber bereits erfüllt. Wir wünschen Ihnen alles Gute. Noch Fragen?«

Edith sprach die geheime wilde Hoffnung aus, die sie alle hatten. »Mr. Martin, es ist ein so gutes Stück. Ramona hat daran geglaubt. Glauben Sie nicht, daß sie, bei der richtigen Neubesetzung, wünschen würde, daß wir weitermachen?«

Jenkins wollte schon explodieren, wurde aber von Martins herrischer Hand gehindert. »Die richtige Neubesetzung?« donnerte er. »Für Ramona Ricci? Mein Gott, es gibt niemanden auf dieser Welt, der sie ersetzen könnte!«

Völlig überrascht von dieser plötzlichen Attacke, konnte Edith ihn nur offenen Mundes anstarren. Martin tat einen tiefen Atemzug, der seine ganze rundliche Hemdbrust hinunter zu verfolgen war. Ruhig und wieder beherrscht fuhr er fort: »Die Produktionsgesellschaft existiert nur, um ein Musical zu produzieren, Victoria R, mit Ramona Ricci in der Titelrolle. Sie sehen also, daß eine neue gesetzliche Körperschaft gegründet werden müßte, um Ihren Vorschlag zu verwirklichen. Das können wir jetzt nicht tun.«

»Sie glauben nicht, daß sie wünschen würde, daß es weitergeht?«

»Was ich glaube und was Sie glauben, ist irrelevant«, polterte Martin. »Genau genommen ist irrelevant, was Ramona wollte. In keinem rechtskräftigen Dokument wird irgendwie angedeutet, daß die Show weitergehen soll. Sonst noch Fragen?«

Derek schob sich eine blasse Haarsträhne aus den Augen und fragte ungläubig: »Auch nicht im Testament?«

Diesmal gelang es dem wuchtigen Martin nicht, Jenkins auf dem Sitz zu halten. »Ihr gierigen kleinen Mißgeburten! Reicht es nicht, daß Ihr sie umgebracht habt? Ihr wollt auch noch ihr ganzes Geld?«

Derek war klein, blaß, normalerweise äußerst bescheiden und zurückhaltend, aber heute sprang er so wütend auf die Füße, daß Nick und Larry beide nach ihm griffen, um den kleinen Engländer zurückzuhalten, der wie ein aufgebrachter Bullterrier, ohne zu zögern, auf die zähnefletschende große Dogge losging. »Wenn irgendwer in diesem Scheißloft sie umgebracht hat, dann Sie, Simon Jenkins! Denken Sie, ich habe von Ihren Machenschaften, sie von der Bühne fernzuhalten, nichts gehört? Von Ihren Affären, die ihr das Herz gebrochen haben? Und als sie Ihren miesen Spielchen auf die Schliche kam, da hatten Sie die verfluchten Kanonen schon parat für Ihre Rache, war es nicht so?«

Ken Martin hatte Jenkins Arm mit beiden Händen gepackt und zerrte ihn von dem rasenden Engländer weg, aber Jenkins tobte weiter. »Das stimmt verdammt genau, daß ich sie von euresgleichen fernhalten wollte!« brüllte er. »Glauben Sie, es ist leicht für einen Mann, zuzusehen, wie seine Frau wegläuft, um sich mit solchem Abschaum wie euch abzugeben? Ramona ist ein Star! Eine Göttin! Sie hat es nicht nötig, sich im Dreck zu wälzen und eine miese, billige Show zu machen wie diese! Ich habe versucht, ihr klarzumachen, daß Ihr nur ihr Geld wollt. Habe versucht, sie zur Vernunft zu bringen. Aber da war etwas —« Plötzlich schien ihn die Energie zu verlassen. Martin zerrte ihn zu seinem Stuhl zurück, und Jenkins ließ sich hineinsetzen, kopfschüttelnd, auf den abgetretenen Fußboden starrend wie auf ein unlösbares Rätsel, während Martin mütterliche und beruhigende Gluckser ausstieß. »Es war wie ein Feuer in ihr«, murmelte Jenkins wehmütig Martin zu. »Ich dachte immer, es wäre erloschen, ich hätte sie glücklich gemacht, und dann flammte es wieder auf.«

»Ich weiß, Simon.« Mit der Hand auf Jenkins' Schulter wandte sich Martin wieder an Derek, der immer noch vor Zorn rauchte und von Nick und Larry gehalten wurde. Der

Anwalt sagte: »Um Ihre Frage zu beantworten, in ihrem Testament gibt es keine Bestimmung bezüglich der Show, außer der Klausel, daß ihre Schulden bezahlt werden. Ist das geschehen, so ist die verbleibende Summe, die zu gleichen Teilen an Familie und Wohlfahrt geht, nur geringfügig. Wahrscheinlich im Hunderterbereich.« Derek, wieder hoffnungslos, tastete sich zu seinem Stuhl zurück, aber Martin fuhr erbarmungslos fort. »Es bestehen Verpflichtungen gegenüber Kostümdesignern, Publizisten und vielen anderen, die bezahlt werden müssen. Ihre eigene Gewerkschaft verlangt Zahlungen an den Wohlfahrtsfond und den Rentenfond. Wir müssen Ihnen Ihre Probengage bezahlen und zusätzlich zwei Wochen Aufführungsgage, obwohl Sie das Stück nie aufgeführt haben. Da kommt eine Menge zusammen. Ramona hat ihr gesamtes persönliches Vermögen in diese Show investiert, aber da es keine Gelegenheit gab, durch Kartenverkäufe etwas davon wieder hereinzubekommen, ist es effektiv verschwunden.«

Nick lehnte sich erschöpft gegen eine der abblätternden Säulen. War das alles, was Ramonas Tod bedeutete, dies klägliche Hickhack um Geld? Aber es ging nicht nur ums Geld, erkannte er; es ging um die Hoffnungen und Träume, die sie mit ihr geteilt hatten, und die verschwunden waren. Das war die eigentliche Tragödie. Jetzt konnte sie nie erleben, wie ihre geliebte Show Erfolg hatte, ihrem Mann nie die Vergebung gewähren, nach der er sich so sehnte, nie der raffzähnigen Nonne in Brooklyn helfen, andere junge Ramonas zu retten. Es hinterließ ihm einen sauren Geschmack im Mund.

»Dann geben Sie uns unser Geld«, sagte Larry, warf seine Jacke über die Schulter und richtete sich auf. Nick konnte fast sehen, wie er die Schublade wechselte: die Trauer für Ramona wegschließen, sich auf das Finanzielle konzentrieren. Aber es kostete Energie, das Leben so säuberlich zu unterteilen. Larrys Kiefermuskeln waren trotz seiner lockeren Haltung fest angespannt.

»Sehr schön«, sagte Martin.

Derek sagte: »Daphne konnte nicht hier sein, und Jaymie ist auch nicht da. Ich werde ihre Schecks mitnehmen.«

»Den Teufel werden Sie tun!« brach Simon Jenkins wieder los, aber diesmal stand er nicht auf.

»Daphne hat mich gebeten, ihn für sie mitzubringen!« Auch Derek war wieder kurz vor dem Losschlagen und hatte die Fäuste geballt.

»Ich bedaure«, sagte Martin glatt, mit einem wachsamen Augen auf dem explosiven Jenkins. »Ich kann die Schecks nur den namentlich erwähnten Personen aushändigen.«

»Ja, aber Daphne wird deswegen zu mir kommen!«

»Dann werden Sie ihr sagen müssen, daß der Scheck in meinem Büro ist, Mr. Morris.«

»Wunderbar«, murmelte Derek, lehnte sich aber im Stuhl zurück.

Martin rief ihre Namen auf und verteilte die Schecks und arrangierte dann mit Derek die Rückgabe der Tonbänder und Partituren, die in Ramonas Besitz gewesen waren. Endlich begleitete er den finsteren Jenkins aus dem Speicher. Nick warf einen Blick auf die Uhr, während die anderen trübselig ihre Sachen einsammelten und sich allmählich davonschlichen. Vier Uhr vierzig. Ende des Kapitels. Zeit für ein neues.

XV

Freitag nachmittag, Viertel vor fünf

9. März 1973

Maggies funkelnde Augen und ihr leichter Schritt kontrastierten so mit der ablaufenden Flut der entmutigten Besetzung, daß sie aus einer anderen, weniger erdenschweren Welt zu kommen schien. Er mußte lächeln. »O Geist der Liebe! Wie frisch und lebhaft bist du!«

»Lebhaft stimmt! Nick, eil dich, nimm Sarah! Das Spiel geht los!«

»Welches Spiel?«

»Elaine Bradford hast du doch erreicht?«

»Ja. Sie müßte Muffin inzwischen wiederhaben.«

»Die Sache ist die«, sagte Maggie, »Mr. Bradford-Hartford braucht mich für einen weiteren Botengang. Ich soll diesen Bären nehmen und ihn gegen einen anderen umtauschen und ihm den Bären dann bringen.«

»Verdammt, Maggie, du hast doch nicht vor, das auch zu tun!«

»Aber sicher doch! Hier, nimm das Baby.«

»Maggie, du Idiot!« Er packte sie am Arm und führte sie außer Hörweite der wenigen noch anwesenden Leute. »Du holst das Lösegeld ab!«

»Ich weiß! Nick, hör zu, es ist doch klar — na ja, fast ganz klar — was er vorhat. Er bringt mich dazu, Muffin abzuholen und bringt mich dazu, das Lösegeld abzuholen. Ich gebe es ihm, und er verschwindet, während die Polizei mich verfolgt.«

»Also warum zu Teufel mit ihm zusammenarbeiten?« Ganz automatisch schnallte er sich die Babytrage um.

»Na, mal angenommen, ich folge statt dessen ihm? Die Polizei verfolgt mich, ich verfolge ihn, und wir finden alle heraus, was er vorhat. Was es auch ist, er muß es bald tun, denn wenn

Muffin erst wieder da ist und die Polizei mich aufgreift zum Verhör, weiß er, daß es nicht mehr lange dauert, bis sie ihn auch verhören wollen.«

»Maggie, das gefällt mir nicht. Du bist reingelegt worden —«

»Nick, ich muß! Sieh mal, der Mistkerl hat mich dazu gebracht, bei der Entführung eines hilflosen kleinen Mädchens mitzuhelfen.« Ihre Augen schossen blaue Flammen vor Zorn. »Und dafür wird er bezahlen!«

»Dann laß mich gehen!«

»Nein, er würde sofort merken, daß etwas schief läuft, wenn ich nicht wieder auftauche. Paß auf. Wenn ich Schwierigkeiten kriege, komme ich wieder hierher.«

»Ich würde lieber zusehen.«

»Aber Sarah darf nicht dabeisein. Der Ming Basar ist nur eineinhalb Block weit von hier. Wenn es so aussieht, als ob Steve merkt, daß ich ihm folge, oder wenn irgendwas mich beunruhigt, komme ich direkt hierher gerannt, okay? Du kannst in der Nähe bleiben, bereit, deine berühmte Imitation der U.S. Kavallerie vorzuführen, wenn ich angerannt komme. Andernfalls werde ich ihn unauffällig verfolgen und die Polizei zu seiner Höhle führen. Ob es wohl dies Apartment ist?«

»Durch dich verliere ich noch den Glauben an den gesunden Menschenverstand der amerikanischen Mutter«, beklagte sich Nick.

»Ja, daran habe ich auch gedacht«, sagte Maggie heiter. »Wenn ich keine Mutter wäre, vielleicht könnte ich dann einfach sagen, 'Ooh, wie schrecklich' und die Sache vergessen. Aber kleine Mädchen sind wichtig.«

»Allerdings.« Nick hatte Sarah übernommen, die sich verschlafen umsah und gleich weiterschlief. Man mußte ihn nicht erst überzeugen; dieses blinzelnde, sabbernde Wesen war wohl das Wichtigste auf der Welt. Und dann war da Maggie. Nicht einfach eine beliebige amerikanische Mutter oder Ehefrau oder Statistikerin. Sie war einzigartig, paßte in keine

Schublade. Eine Frau, die Liebe, Pflichten und Abenteuer genoß, alles miteinander. Eine Frau, die sogar die Ehe mit einem Schauspieler genießen konnte. Die das innere Feuer, das Jenkins so zu schaffen machte, verstehen konnte, weil sie ihr eigenes Feuer hatte. »Also dann«, sagte Nick, »ich schaue zu. Darauf bestehe ich. Aber aus der Entfernung. Und wir treffen uns hier, wenn es heikel wird.«

»Abgemacht.«

»Aber ehe du gehst, da sind noch ein paar Sachen, die ich fragen wollte.«

Plötzlich ganz auf ihn konzentriert, forschte sie in seinem Gesicht. Die Vorfreude auf ihren Plan wich der Besorgnis um ihn. »Nick, es tut mir leid. Es ist noch etwas passiert, nicht wahr?«

»Callie ist getötet worden. Daphnes Nichte.«

»O Gott! Die ältere, nicht?«

»Ja. Sie brachte ihre kleine Schwester zu Daphne, damit sie zu der Anhörung gehen konnten. Jemand in einer Skimaske hat sie im Durchgangstunnel der U-Bahn erschossen.«

»Merde!« Maggie sank in einen der Klappstühle, die langen Beine vor sich ausgestreckt, die Stirn in Schmerz und Entsetzen gerunzelt. »Warum? Warum in aller Welt würde jemand ein Kind erschießen? Es sah wie ein Raubüberfall aus, nehme ich an?«

»Ja. Aber ...« Nick zuckte die Achseln.

»Genau: Aber.« Maggie beugte sich vor, zog die Füße unter sich, stützte die Ellbogen auf die Knie und ihr Kinn in die Fäuste. Rodin. »Nick, das ist zu unwahrscheinlich. Vielleicht wußte sie etwas — sie war an dem Abend da, an dem Ramona erschossen wurde.«

»Richtig.« Nick entfernte Sarahs Faust von seiner Nase und stellte sie vorsichtig auf das Podest, von wo sie die Decke angurrte. »Und ich frage mich, ob es noch zu etwas anderem paßt, woran ich gedacht habe. Wegen Ramona. Ich habe die Spielzeugpistolen in der Requisitenkiste gesehen und mich daran erinnert, daß Victoria nicht getötet wurde. Ich habe mich gefragt, ob wir das Pferd vielleicht am Schwanz aufzäumen. Ich meine, vielleicht waren die Schüsse absichtlich, aber das Töten nicht. Vielleicht sollte sie nur verwundet werden.«

Ein Luftzug vom offenen Fenster, kühl im späten Sonnenschein und beladen mit einem Hauch von Speck aus Anna Marias Kneipe unten bewegte Maggies dunkle Locken. »Dann war also die Taille wirklich das Ziel!« rief sie aus. »Um sie aus dem Weg zu schaffen, aber nur vorübergehend. Damit sie das Solo nicht streichen konnte, vielleicht. Oder sich die Scheidung noch einmal überlegte.«

»Ja.«

»Das ist gut, Nick. Das erklärt eine Menge. Und Callie — tja, angenommen, sie hat etwas bemerkt. Sie war an dem Abend hier. Sie wurde für den Schützen zu einer ernsten Gefahr, als Ramona starb und das Verbrechen Mord wurde.«

»Genau das habe ich mir auch gedacht. Gestern hat sie damit angegeben, daß sie etwas über Ramona wüßte, aber Daphne hat ihr den Mund verboten.« Er schüttelte den Kopf. »Aber diese Idee erklärt nicht, wie der Mann, den Perez festgenommen hat, an die Pistole gekommen ist.«

»Hat sie in einer Mülltonne gefunden, denke ich, genau wie er behauptet. Wahrscheinlich sagen selbst Junkies manchmal die Wahrheit. Jedenfalls kann er Callie nicht getötet haben, wenn er in Haft war.« Sie warf einen Blick auf ihre Uhr. »Nick, zusammen mit dem, was du über die schwarzen Handschuhe gesagt hast — also darüber müssen wir bald reden!«

»Richtig. Nachdem du deine unbedachte Spritztour zur Rettung junger Mädchenblüte hinter dir hast. Wenn uns das nicht alle in den Knast bringt. Aber die Requisitenkiste bringt mich auf eine Idee. Hier.« Er ließ Sarah auf ihrem Kissen auf dem Podest, ging zu Requisitenkiste hinüber und zog die blonde Perücke heraus, die Edith bei den Proben für Baronesse Lehzen, der jungen Victoria deutsche Gouvernante, benutzt hatte. »Nimm die mit. Bloß für den Fall, daß es kritisch wird und du nicht willst, daß die Polizei Verbindungen zwischen der Lösegeldholerin und der Kleinmädchenholerin bei *Montessori* herstellt.«

Maggie stülpte sie sich grinsend auf den Kopf. »Toll! Sehe ich aus wie Jean Harlow?«

Prüfend neigte er den Kopf zur Seite. »Nein. Eher wie eine Walküre. Oder Alice im Wunderland. Ich kann mich nicht entscheiden.«

»Teils Alice, teils Walküre — Nick, was für einen merkwürdigen Geschmack in Ehefrauen du hast! Na, bis bald. Auf geht's!«

Sie warf ihre blonden Locken zurück und tänzelte zur Tür.

Die sprang auf und Jaymie stürzte herein, mit wild schwingender brauner Tasche. »Wo ist — wo sind die Schecks?« keuchte sie.

»Tut mir leid, Jaymie«, sagte Nick. »Du hast ihn verpaßt. Er hat gesagt —«

»Verpaßt!« In ihrem Aufschrei lag ein solcher Abgrund von Schmerz und Erschöpfung, daß es auch Nick schmerzte. Er war froh, daß Maggie sie spontan umarmte.

Er sagte: »Der Anwalt hat uns mitgeteilt, daß er die Schecks für dich und Daphne in seinem Büro bereithalten würde.«

»Oh. Ich — bin den ganzen Weg gerannt.« Sie japste immer noch, sprach in kleinen, abgerissenen Fetzen zwischen den Atemzügen.

»Du kannst deinen Scheck bald bekommen, Jaymie«, tröstete Maggie. In der flachsblonden Perücke sah sie frivol aus, aber Jaymie schien zu verstört, um es zu merken.

»Aber — es geht um Daphne, versteht ihr! Es ist meine einzige Chance! Ich muß Daphne ihren Scheck bringen.«

»Aber er wollte uns das nicht erlauben«, erklärte Nick besänftigend. »Derek erbot sich, euch die Schecks zu bringen, aber der Anwalt sagte, er händigt nur den Personen einen Scheck aus, deren Name draufsteht.«

»Dann ist alles aus! Wen immer man liebt, alle lassen einen allein!« Hoffnungslos hob Jaymie ihre Hände vors Gesicht. »O Gott, ich möchte sterben.«

»Aber du bekommst den Scheck doch bald!« Maggie redete ihr gut zu, doch Nick fing einen verwirrten Blick auf. »Und Daphne auch.«

»Aber sie spricht nicht mit mir!« Jaymie machte sich von Maggie los, ging zum Fenster, stützte ihre Hände auf das Fensterbrett und starrte auf das schmierige Küchendach unten. »Sie hat gesagt: 'Alles, was ich von euch Arschlöchern noch will, ist mein Scheck!'«

Allmählich dämmerte Begreifen. Nick sagte: »Jaymie, Daphne ist im Augenblick traurig und wütend, aber sie wird dich bestimmt bald sehen wollen. Es wird eine Weile dauern, bis sie wieder ganz die alte ist, weil sie Callie sehr geliebt hat.«

Eine von Jaymies Händen ballte sich zur Faust, hämmerte rhythmisch aufs Fensterbrett, als wollte sie ihre Gedanken durch Schläge vertreiben. »Mehr als mich, mehr als mich«, flüsterte sie.

»Callie war ihre Nichte«, versuchte Nick zu erklären. »Natürlich hing sie an ihr.«

»Aber ich brauche sie! Mama, Papa, Loreen. Alle haben mich verlassen. Und jetzt Daphne. Ich bin allein. Für immer allein.« Sie schluchzte auf, dirigierte mit einem Schulterzucken ihre Schultertasche nach vorn und preßte sie mit beiden Armen an die Brust. »Und ich hab' alles für sie getan.«

»Ich weiß, es ist schwer —«

»Und sie hat mich trotzdem verlassen! O Gott!« Sie drehte sich vom Fenster weg, den Kopf nach links gewendet, den Hals anmutig gebogen, die Hand an der Schläfe. In der Hand war die kleine Pistole.

»Jaymie, nein!« Der Unterton von Entsetzen in Maggies erster Silbe wandelte sich augenblicklich zu Trostlauten. »Es sieht im Augenblick alles schlimm aus, das ist ganz natürlich. Aber warte nur, bald wird alles wieder besser.«

»Ich habe alles getan! Und doch —«

Vielleicht war es Jaymies theatralische Pose im Gegenlicht des Fensters, die ihn inspirierte, vielleicht Sarahs Jammerlaut von ihrem Kissen, vielleicht auch nur der Anblick von Maggies krauser blonder Perücke, als sie auf Jaymie zuging. Nick klappte das Klavier auf, machte sich unsichtbar, spielte leise und fing sanft an zu singen: »Vickelchen in deinem Häubchen zart, schlaf glücklich und ohne zu weinen...«

Die Pistole an Jaymies Schläfe schwankte leicht, sank dann herab. Maggie sah Nick an. Er nickte, und sie legte vorsichtig wieder den Arm um Jaymie, während Nick leise weitersang: »Ich weiß einen Zauber besonderer Art, der vertreibt die Dämonen der Kleinen.« Wahrhaft mächtige Dämonen, mit denen die arme Jaymie in ihrer Verzweiflung rang. Aber jetzt sank sie in die Knie wie in der Show und hielt Maggies Rock mit der linken Hand gepackt. Maggie, die halb auf der Fensterbank saß und Jaymies glänzendes Haar streichelte, bekam ihre rechte Hand zu fassen, löste die Pistole vorsichtig daraus und ließ sie in die Tasche zurückgleiten. Trotz der eiskalten Angst, die plötzlich sein Herz umkrallte, sang Nick weiter: »In Leben und Mären gibt's Jubel und Zähren. Es ist sanft und doch hart wie ein Stein. Doch ich will dich begleiten, beschützen und leiten. Wenn es schlimm wird, bist du nicht allein.«

Jaymie schluchzte, als die letzten Akkorde verklangen. Sie spannte sich wieder, tastete nach ihrer Tasche. Nick fing mit dem Schlaflied wieder von vorn an, und sie lockerte sich von neuem, wie hypnotisiert von der kindlichen Melodie, der sanften Hand auf ihrem Haar, ließ sich in die Rolle gleiten wie bei den Proben. Maggies Fuß kam zum Vorschein und schubste die Tasche von Jaymie weg nach hinten an die Wand.

»Es wird auch wieder besser, Vickelchen«, murmelte sie, als das Lied zu Ende ging. Instinktiv improvisierte sie, um Jaymie in der Rolle der gefügigen Prinzessin zu halten. »Ich sorge für dich. Du wirst nicht allein sein. Jetzt komm, ich möchte, daß du etwas für mich suchst.« Sie stand sehr langsam auf und zog Jaymie sanft zur Requisitenkiste hinüber. »Wo ist dein kleines Elfenmützchen?«

Automatisch, mit einem staunenden Kleinmädchenausdruck im Gesicht, zog Jaymie die Haube hervor.

»Gut.« Maggie, ganz betuliche Erdenmutter, band sie Jaymie unterm Kinn zu. »Heute gibt es was ganz Besonderes, Vickelchen.«

Sarah fiepte wieder, ein Schatten von Zweifel huschte über Jaymies Gesicht. Aber Maggies Worte beruhigten sie. »Wir gehen jetzt aus, und wir kaufen dir ein Kuschelbärchen!«

»Nein!« rief Nick unwillkürlich. Maggie konnte es nicht wissen, hatte es vielleicht nicht erraten. Die Pistole in Jaymies Hand hatte Ramona gehört.

Und in Jaymies auseinanderbrechender halbwirklicher Welt, wer konnte schon ahnen, was sie noch tun würde? Klein Hedwig, die sich selbst erschoß aus Angst, den Vater zu verlieren? Annie Oakley, die auf alles schießen würde? Aber die Pistole war keine Requisite. Sie mußten sie davon fernhalten, irgendwie die Polizei rufen, dafür sorgen, daß Jaymie in sachkundige Hände kam.

Maggie lächelte ihn seelenruhig an: »Doch!«

»Aber —« Aber wie konnte sie sich immer noch über das Kidnapping den Kopf zerbrechen? Wie konnte sie vorschlagen, eine Mörderin mit sich zu nehmen?

»Das ist schon richtig so, weißt du. Man sollte auf kleine Mädchen gut aufpassen.« Sie tätschelte Jaymies Schulter. Da schaltete Nicks Hirn endlich. Maggie schützte Sarah, indem sie die gefährlich unberechenbare Jaymie wegbrachte! Schützte Jaymie, indem sie sie von der Pistole in der Tasche trennte. Und ganz ruhig, immer noch als fürsorgliche Gouvernante, die arglose Jaymie zu den Polizisten führte, die zweifellos die Übergabe des Lösegeldes überwachten.

Sein Kopfnicken zeigte Maggie, daß er verstand. Sie nahm ihre Aktentasche und führte Jaymie hinaus.

Das Schließen der Tür schien Sarahs Unruhe erneut zu wecken. Nick schaute nach, stellte fest, daß sie sich von oben bis unten eingeferkelt hatte, und überlegte einen Augenblick. Jetzt sofort konnte er ohnehin nichts tun, weil Maggie Zeit brauchte, Jaymie die Treppe hinunter und zur Tür hinaus zu schaffen. Er durfte jetzt noch nicht hinterhergehen, durfte nicht einmal die Polizei von dem Telefon auf dem obersten Treppenansatz aus anrufen, ehe sie weg waren. Er konnte sowieso auf keinen Fall zu nahe an den Brennpunkt des Geschehens mit seinem geliebten, jaulenden, verletztlichen Kleinkind. Potentielle Geisel, potentielles Opfer. Er würde sich auf Maggie und die Polizei verlassen müssen. Inzwischen konnte er ebensogut ausprobieren, ob sich der Jaulfaktor nicht reduzieren ließ.

In Rekordzeit erledigte er die Routine des Windelwechselns und hatte Sarah bald wieder mobil in ihrer Trage. Dann stapfte er mit ihr nach draußen zum Telefon und rief Perez an.

»Tut mir leid, Sir, Inspektor Perez ist nicht erreichbar«, informierte ihn eine muntere junge Stimme.

»Dann sagen Sie ihm, daß ich Ramona Riccis zweite Pistole gefunden habe.«

»Gebongt. Wer sind Sie, und von wo rufen Sie an?«

»Nick O'Connor. Sagen Sie ihm, sie ist auf dem Probenspeicher.«

»Aber immer!«

»Es ist ein Mordfall«, sagte Nick, dem plötzlich Zweifel an der Sachkundigkeit eines Polizeibeamten kamen, der über eine derartig ungetrübte Lebensfreude verfügte.

»Hey, klaro, ist ja Perez, nicht? Vielen Dank, Sir«, flötete die Stimme.

»Aber immer«, sagte Nick und hängte mit einem besorgten Blick auf den Hörer ein.

Er trug Sarah zurück auf den Speicher und schaute Jaymies Umhängetasche an. Wäre wohl eine ganz gute Idee, sicherzugehen, daß die Pistole entladen war, ehe jemand anfing, in der

Tasche herumzuschnüffeln. Er brachte Sarah wieder zum Klavier und setzte sie an der von der Tasche entfernten Seite sorgfältig zurecht. Dann ging er zur Tasche zurück und machte sie vorsichtig auf.

Das vom Fenster reflektierte Sonnenlicht war stark. Das brauchte er auch; die Tasche war gerammelt voll mit den Utensilien, die eine Schauspielerin so brauchte. Obendrauf ein Schal. Haarbürste. Regenschirm, der aus den unteren Regionen aufragte — den lieber noch nicht berühren, falls er seinerseits die Pistole berührte. Die ersten von zahlreichen Lippenstiften und Make-up-Dosen. Das Skript von *Victoria R.* Der Terminkalender, den sie benutzt hatte, um sich Notizen über Vorsprechtermine zu machen. Neugierig öffnete er den dunklen Ledereinband und blätterte die Seiten durch, benutzte aber den Schal, um keine Fingerabdrücke zu verwischen. Hier war Februar, hier war März. Der 6. März.

17.30, RR — L'Étoile.

Irgendwie hatte er es bis zu diesem Augenblick noch nicht ganz glauben können. Jaymie, immer so lieb zu allen, so bemüht und fleißig. Wie konnte sie nur? Und doch — was war es noch, das sie über Daphne gesagt hatte? *Ich hab' alles für sie getan.*

Also war Ramonas Tod ein Versehen gewesen, wie sie halb angenommen hatten. Der Zweck des Schusses war nicht gewesen, sie zu töten; er sollte Ramona daran hindern, ihre Empfehlungsschreiben zurückzuziehen und Daphne beim Vormundschaftsgericht zu schaden, sollte sie vorübergehend außer Gefecht setzen. Welch ein Schlag mußte es für Jaymie gewesen sein, als sie von Ramonas Tod hörte — aber ja, er erinnerte sich an ihren gequälten Aufschrei: *Das ist unmöglich!* Den ganzen Tag hatte sie darum gekämpft, mit dem plötzlichen Entsetzen fertig zu werden, mit dem Schock, daß eine Tat, die nur aufhalten sollte, statt dessen zum Tod geführt hatte. Sie hatte recht, sie brauchte Daphne, brauchte jemanden, der sie bemutterte, ihr die Hilfe verschaffte, die sie nötig hatte.

Aber Daphne, die sich mit ihren eigenen qualvollen Problemen herumschlug, konnte sich dem nicht widmen: Zu dem Verlust Ramonas und des Jobs kam auch noch die Angst und Nervosität vor der Anhörung beim Vormundschaftsgericht, und jetzt — und das war das Schlimmste — auch noch Callies Tod.

Callies Tod.

Gottverdammtnochmal. Eine müde Gewißheit überkam Nick, noch ehe er die Skimaske aus der Tasche zog. Er konnte sich noch an Daphnes schroffe Klarstellung erinnern: »Callie kommt zuerst. Hast du verstanden?« Und die verzweifelten Tränen in Jaymies verlorenen Augen: »Ich habe verstanden.«

Gottseidank hatten sie ihr die Pistole abgenommen!

Aber wo war sie?

Behutsam zog er den Rest ihrer Sachen heraus. Suchte nach anderen Fächern. Nichts.

Eins nach dem anderen legte er die Sachen von dem Stapel neben sich wieder zurück. Immer noch nichts.

Er sprang auf die Füße, suchte in aufwallender Panik an der Wand, dann auf dem ganzen Speicher. Nichts.

Ihm fiel ein, wie Jaymie nach der Tasche getastet hatte, als sie das Wiegenlied sangen.

Da schnappte er sich Sarah von der anderen Seite des Klaviers und schnallte sie fieberhaft in ihrer Trage fest.

Maggie war da rausgegangen, gemütlich Hand in Hand mit einer unzurechnungsfähigen Mörderin.

Und die Mörderin war bewaffnet.

XVI
Freitag nachmittag, zehn nach fünf
9. März 1973

Steve sah auf die Uhr. Zehn nach fünf. Wo blieb Maggie? Er hatte die Imbißstube, wo sie ihn treffen sollte, verlassen und saß wieder in der Bar. Von hier aus wäre es leicht, über die Straße zu gehen und den Bären zu holen, sobald sie die Polizei weggelockt hatte. Aber wo blieb sie?

War es denkbar, daß sie ihn verdächtigte? Nein, es gab keine Möglichkeit für sie, etwas über die Entführung herauszukriegen. Sie kannte seinen Namen nicht. Sie wußte nicht, daß Muffin vermißt wurde. Selbst wenn sie aus irgendeinem Grund Elaine oder Mitzi aufgespürt hatte, die wußten, was zu sagen war, Muffin war erkältet. Nein, Maggie war der ideale gute Samariter. José Santos hatte recht gehabt.

Aber wo war sie? Vier Frauen waren im Ming Basar: eine mit Kinderwagen, eine inspizierte Hausschuhe, und eine große Blonde, die mit einer dunkelhaarigen Freundin sprach und sie dann stehenließ, um dem chinesischen Verkäufer zuzunicken. Steve musterte die Freundin. Trenchcoat, ja; war es Maggie? Aber Maggie ließ sich nicht so hängen; sie bewegte sich anmutig, leicht, wie die Sportlerin, die sie ja war. Sie trug auch keine Rüschenhaube. Steve suchte wieder die Straße ab. Niemand. Dann schaute er wieder in den Laden und erstarrte.

Die große Blonde war zu dem Regal mit den Teddybär-Beuteln gegangen und schaute sich den in Lila genau an.

Sie wandte sich um und rief den Verkäufer, und Steve erkannte, daß es Maggie war. Verdammt! Warum zum Teufel trug sie diese Perücke? Jetzt würde Lugano denken, das Lösegeld wäre von einer Blondine geholt worden! Aber seine, José Santos' Seite, flüsterte ihm zu, das sei belanglos; wichtig war nur, daß sie die Polizei ablenkte. Blond oder schwarzhaarig, sie würde die Polizei zu der Imbißstube führen, wo er sie angeblich treffen wollte, dann zu ihrer Arbeitsstelle, oder wo immer sie als nächstes hinging. Das war alles, was Steve brauchte. Und sie tat das Richtige, verglich die beiden Teddy-Beutel sorgfältig, bemerkte, daß der mit dem eingerissenen Ohr in besserer Verfassung war und machte Anstalten, den zu behalten, den er ihr gegeben hatte.

Zeit, Elaine anzurufen, sagte der Plan. Steve wählte mit Händen, die vor ängstlicher Vorfreude zitterten. Während es klingelte, trat er aus der Zelle, den Hörer dicht am Ohr, so daß er Maggie im Auge behalten konnte. Elaine sagte: »Hallo?«

Wozu diese blonde Perücke? Und wer war die andere Frau? Er war so durcheinander, daß er vergaß, seine Stimme zu verstellen. »Hallo«, sagte er.

»Oh, Steve! Gott sei Dank! Ich wußte nicht, wie ich dich erreichen sollte!«

»Ich habe das Lösegeld hinterlegt«, sagte er, verzweifelt bemüht, seinen Fehler zu vertuschen. Verdammt, jetzt würde er sie gleich noch einmal anrufen müssen, mit seiner hohen Stimme, um ihr zu sagen, wo Muffin war.

Aber Elaine floß über vor unbegreiflicher Erleichterung. »Ja, das weiß ich! Steve, sie ist wieder da! Wir sind eben zur Tür hereingekommen!«

»Was?«

»Es geht ihr gut! Sie ist unverletzt. Umarmt dauernd meinen Rock, aber ich umarme sie auch dauernd.«

»Muffin ist wieder da?«

»Ja! Hör zu, das ist vielleicht ein Hinweis. Ich hatte noch keine Zeit, die Polizei anzurufen. Der Mann, der anrief, hatte einen englischen Akzent. Nannte sich Merrypebble oder so. Sagte, er hätte das Geld und teilte mir mit, wo ich sie finden konnte.«

»Wo du sie finden konntest?«

»Ach, Schatz, du kannst es noch gar nicht glauben, nicht? Komm her, Muffin, sag Pappi hallo.«

Und die unverwechselbare Stimme piepste: »Pap-pie!«

»Hallo, Muffin.« Steve hatte sich noch nie so betäubt gefühlt.

Muffin zu Hause.

Das bedeutete, die Polizei würde nicht warten, sie würden Maggie sofort folgen, sie gar verhaften, sobald sie die Neuigkeit gehört hatten. Er mußte das Geld holen. Jetzt. Augenblicklich. Ehe Lugano davon hörte. Er legte den Hörer auf und rannte an die Tür der Bar, bereit, den Bären zu holen, sowie Maggie zur Imbißstube ging.

Aber Maggie war verrückt geworden. Nicht nur, daß sie die Perücke trug, sie nahm auch den falschen Teddy-Beutel! Entsetzt mußte Steve zusehen, wie sie dem Verkäufer mit dem einäugigen Bären zuwinkte und auf sein zustimmendes Nicken hin strahlend lächelte.

Und dann schlug sie nicht die Richtung zur Imbißstube ein! Statt dessen schaute sie zurück zu der Frau, die mit ihr gekommen war, und ihr Lächeln verschwand plötzlich. Steve sah auch hin. Die Frau mit der schlappen Haltung hatte sich etwas vom Kopf gezogen, die kleine Spitzenhaube, und sah sich jetzt ganz wirr um und schlug sich auf die Hüften, als ob sie nach einer Tasche suchte. Sie hatte keine Tasche, wie er sah. Plötzlich drehte sie sich weg und raste den Weg zurück, den sie gekommen war, mit erstaunlicher Geschwindigkeit für jemanden, der vor kurzem noch wie im Halbschlaf gewirkt hatte.

Und Maggie, verdammt sollte sie sein, rannte hinter ihr her, um die Ecke, auf die gußeisernen Gebäude zu!

Steve sprang in wilder Wut aus seinem Unterschlupf. Er wußte nicht, was sie tat, oder warum. Aber einer Sache war er sich sicher: sie flog davon mit seinem neuen Leben unterm Arm. Dem Leben, für das er Frau, Kind und guten Ruf geopfert hatte. Was täten Jaguare für eine so große Beute? flüsterte Santos.

Steve ging zum Angriff über.

In seinem Eifer, rauszurennen und die Polizei zu finden, Maggie zu warnen, zur Rettung herbeizugaloppieren, machte Nick gerade einen Satz auf die Tür zu, als er die im Erdgeschoß knallen hörte und ein Geklapper von Schritten auf der Treppe. Er bremste und spähte hinaus. Jaymie umrundete die Kurve zum Treppenabsatz. Sarah an die Brust drückend, schoß er zurück und suchte Schutz hinter dem Klavier.

Ramonas kleine Derringer war in Jaymies Hand.

Hinter das stabile Klavier gekauert, Jaymies Tasche in der einen Hand, Sarahs Sachen und seinen Gymnastikbeutel über die andere Schulter gehängt, beugte Nick sich schützend über seine Tochter. Vielleicht suchte Jaymie nur wieder nach Daphne. Vielleicht würde sie gehen, wenn sie den Speicher leer fand. Er hörte sie an der Tür stehenbleiben, dann direkt zum Fenster gehen. Wie ein Messer durchfuhr ihn eine schreckliche Frage: Wo war Maggie? Aber er schob sie von sich. Er mußte Jaymie beobachten. Von ganz unten in den Schatten hinter dem Klavier konnte er sehen, daß sie forschend an der Wand entlangschaute. »Verdammt«, murmelte sie, und dann drehte sie sich um, den Speicher zu überblicken. Stirnrunzelnd näherte sie sich der Requisitenkiste.

Sucht nach ihrer Tasche, erkannte Nick.

Der Tasche mit der Skimaske drin.

Der Tasche, die er in der Hand hielt.

Besser umarrangieren, etwas mehr Distanz gewinnen. Er ließ die Tasche am einen Ende des Klaviers ganz leise auf den Boden gleiten und kroch dann still ganz ans andere Ende. Jaymie suchte ein Weilchen in der Kostümkiste herum, und ihr dunkles Haar umspielte ihr gesenktes Gesicht.

Nick schaute sehnsüchtig zur Tür. Zu weit. Das Fenster war näher, aber doch nicht nah genug, um zu entkommen, ohne —

Sarah nieste.

Blitzschnell nahm Jaymie die Haltung von Annie Oakley an, die kleine Pistole im Anschlag, die Augen wild durch den großen Raum schweifend. »Wer ist da?« kreischte sie.

Ein kalter Schweiß durchnäßte Nicks Hemd. Los, Alter, auf die Bühne mit dir. Er schluckte, summte ein paar Takte von Lehzens Schlaflied, unterbrach sich und sagte: »Hmmm?«

»Wer ist da? Nick?« Ihre Stimme klang gepreßt. Sie wurde von ihren inneren Qualen zerrissen, die Nerven zum Zerreißen gespannt.

»Ja. Bloß ich, beim Windelwechseln«, sagte Nick in beruhigendem Tonfall. Er schob seinen Gymnastikbeutel oben aufs Klavier, und als sie nicht schoß, erhob er sich gerade so weit, daß er Jaymie darüber hinweg ansehen konnte. »Wie war euer Spaziergang?«

»Nick.« Enttäuschung in der Stimme, und Mißtrauen. Die Pistole zitterte immer noch in ihrer geballten Hand. Die Knöchel waren weiß. »Warum bist du hinterm Klavier?«

»Da lag die Tasche mit den Windeln.« Ohne Hast zog er seinen Kopf wieder hinunter und hoffte verzweifelt, seine Improvisation möge wirken.

»Tasche«, wiederholte Jaymie. Er wünschte, er könnte sie sehen. »Wo ist meine Tasche?«

»Ich weiß nicht. Wo hast du sie gelassen?«

»Du hast sie!« Wieder der hysterische Unterton in ihrer Stimme.

Nick sagte hastig: »Vielleicht ist sie unterm Klavier. Paß auf, ich schiebe es ein Stück, damit du besser nachsehen kannst.« Er packte die aufrechten Pfosten des hinteren Rahmens, versuchte, Sarah in ihrer Trage auf seiner Brust nicht zu stoßen, und wuchtete das schwere Instrument näher ans Fenster. Er stellte es im Winkel zum Fenster, damit er besseren Schutz hatte. Er hörte Jaymie eilig zu ihrer Tasche laufen und warf einen verstohlenen Blick zurück, um zu sehen, ob sie so beschäftigt war, daß er aus dem Fenster schlüpfen konnte. Er mußte herausfinden, was aus Maggie geworden war.

Aber sie schaute die Tasche nicht an; sie hatte sie unter den linken Arm geklemmt und sagte jetzt vorwurfsvoll: »Du hast sie angesehen!«

»Nein, nein«, tröstete Nick lügenhaft. »Vielleicht habe ich sie aus Versehen angestoßen, als ich Sarahs Windel holte, das ist alles.«

Allein hätte er vielleicht einen Sprung übers Fensterbrett und auf das Flachdach ein paar Meter unter dem Fenster riskiert. Aber mit Sarah ging das nicht. Er würde mit aufgerichtetem Oberkörper durchmüssen. Auf der Fensterbank sitzen, dann die Füße herüberheben und rausspringen, ehe er sich unter die Fensterbank ducken und aus der Gefahrenzone kriechen konnte. Sie konnten es sich nicht leisten, so lange Zielscheiben zu sein.

Also versuche, sie zu beruhigen. Er summte das Schlaflied.

»Nein«, sagte Jaymie und schlug sich mit dem Handballen gegen die Schläfe, »nicht die Musik. Ich muß denken —«

»Und du mußt für deinen Kuschelbären sorgen!« ertönte eine neue, melodische Stimme. Maggie! Eine Welle von Erleichterung und Sorge überschwemmte Nick, als er um die Ecke des Klaviers schaute und sie durch die Tür kommen sah. Stolz streckte sie Jaymie den häßlichen lila Teddybär-Beutel entgegen.

Jaymie drehte sich halb um und starrte ihn verwirrt an.

Nick rollte sich wie ein Faß über die Fensterbank und ließ sich in die relative Sicherheit des geteerten Daches fallen. Sarah krähte vor Entzücken.

Durch die Fensterecke spähte er zurück. Jaymie schüttelte den Kopf, als Maggie sich ihr näherte. »Nein, nein, ich bin nicht Vickelchen!«

»Natürlich nicht. Du bist Schauspielerin. Du bist sehr gut. Hier, nimm deinen kleinen Bären!«

Aber Jaymie schüttelte den Kopf.

Maggie warf ihr den Bären in die Hände und tauchte hinter das Klavier. »Vickelchen«, sagte sie, und irgendwie gelang es ihr, die Stimme ruhig und besänftigend klingen zu lassen, »laß uns dem Bären vorsingen. Ja? ... Vickelchen, in deinem Häubchen zart.«

Jaymie schüttelte immer noch den Kopf, hielt aber verwirrt den Bären fest an sich gedrückt. Dann riß sie die Augen auf und starrte auf die Tür.

Maggie summte leise weiter, aber in der nächsten Sekunde hörte auch Nick, was Jaymie bemerkt hatte.

Das Trommeln von rennenden Füßen auf der Treppe.

XVII
Freitag nachmittag, fünf vor halb sechs

9. März 1973

Keuchend und wutentbrannt donnerte Steve die Treppe hinauf. Ein wahrer Feuerfresser. Alle hatten ihn betrogen. Maggie rannte mit seinem Geld weg; Lugano hatte Polizei zur Überwachung eingesetzt; selbst der kleinen Muffin war es gelungen, irgendwie vorzeitig nach Hause zu kommen.

Und doch war in dieser Wut etwas Reinigendes, eine Art Hochstimmung, das Gefühl, er sei endlich frei zu handeln, zuzupacken, sich zu testen. Er war frei, wie Avery Busby. Wütend natürlich; am meisten auf Maggie. Sie hatte den falschen Bären genommen und war in die falsche Richtung gerannt. Feine Samariterin! Na ja, Steve würde ihn zurückbekommen. Ihr den Bären aus der Hand reißen, in der U-Bahn untertauchen und Lugano die Scherben aufsammeln lassen. Genug war genug. Diese Hindernisse schärften nur seinen Appetit. Er war kühner als je, ritt auf den Flügeln seines Zorns, jählings in reines, glückliches Handeln katapultiert.

Oben an der Treppe befand sich eine Tür, einen Spalt weit offen. Er konnte die blonde Perücke auf dem Boden liegen sehen. Was hatte sie vor? Er legte seine Hand um die Pistole in der Tasche und schlich sich an die Tür, kühl und furchtlos. Der dies Jahr stirbt, ist für das nächste frei. Sehr schön.

Aber als er hineinsah, kochte seine Wut über. Er konnte Maggies Silhouette vor dem Fenster sehen. Sie hielt den Bären im Arm und sang ihm vor. Ihre Stimme rief: »Steve! Vorsicht! Eine Pistole!« Sie drohte ihm! Und in ihrer Hand, richtig, ein kurzer Revolver.

José Santos brauchte nicht nachzudenken. In einer einzigen glatten Bewegung zielte er, schoß einmal, zweimal, und stürmte hinein, um Maggies zusammensinkendem Körper den Bären zu entreißen und –

Es war nicht Maggie.

Eine eiskalte Flutwelle strömte betäubend durch Steve. Seine gefühllosen Finger ließen den Bären los und die Pistole, und bewegten sich dann wie in Zeitlupe zu seinem Mund, versuchten, das erstickende Stöhnen zu bremsen. Seine Augen weigerten sich, die junge Frau auf dem Boden loszulassen. Trenchcoat, ja, aber glattes Haar. Und eine zerschmetterte Augenhöhle. Blut quoll hervor, floß durch das dunkle Haar auf den staubigen Boden.

Echtes Blut.

Steve taumelte auf das offene Fenster zu, schaffte es aber nicht. Die Welt zog sich zu einem Punkt zusammen, bestand nur noch aus pochendem, qualvollem Brechreiz. Sein Magen hob sich, wieder und wieder.

Nach einer Weile — kurz oder lang, das wußte er nicht — drang eine Stimme zu ihm durch, fluchend. Lebte die Frau noch? Mühsam drehte er seine Augen wieder hin, um nachzusehen. Nein, sie lag immer noch zusammengefallen auf dem Boden, das Blut bildete immer noch kleine Teiche um ihren Kopf. Aber jemand kniete über ihr, hielt ihr Handgelenk und fluchte mit leiser, hoffnungsloser Stimme. Durch die Wellen von Schock und Übelkeit hindurch erkannte er Maggie.

Einen Augenblick später legte sie das Handgelenk zart hin und stand auf, den Kopf immer noch über die stille Gestalt auf dem Boden geneigt. Dann schien sie seinen Blick zu spüren und sah auf. »Sie hirnloser Idiot«, sagte sie stumpf. Er sah Tränenspuren auf ihrem Gesicht.

»Ich wollte nicht — es ist einfach passiert«, sagte Steve unglücklich. Er fühlte sich nackt, der Rüstung beraubt, die José Santos ihm gegeben hatte.

»Allerdings, das ist es.« Verachtung machte ihre Stimme durchdringend. »Es reicht Ihnen wohl noch nicht, Ihr eigenes Kind zu entführen, Ihre Frau zu quälen, Ihre eigene Familie zu bestehlen! Sie müssen sich auch noch eine Kanone besorgen. In der Welt herumtrampeln wie Ihr verdammter

Schwiegervater! War es das, Steve? Wollten Sie beweisen, daß Sie Eier haben, wie der alte Knacker?«

»Nein!« Ihre Worte brannten wie Salzsäure. Er schüttelte seinen schwindeligen Kopf. »Es war Susan —«

»Ah. Eine andere Frau. Ein glatter Bruch, völliger Neuanfang, Abschied für immer, stimmt's? Muffin würde Sie nie wiedersehen? Tja, Buzz, alter Knabe, ich habe Neuigkeiten für Sie. Auch ohne diesen Mord hätte Ihr berühmter Schwiegervater Sie aufgespürt wie ein waidwundes Trophäentier. Überall im ganzen Land.«

»Nicht in Südamerika!«

»Südamerika. Verstehe.« Sie starrte wieder auf die zusammengesunkene junge Frau hinunter. »Was für ein nettes kleines Drehbuch. Steve Bradford, der unerschrockene Supermann, schießt sich den Weg frei zu Abenteuer, Reichtum und Romantik und murkst so nebenbei ein paar Drachen ab. Oder haben Sie sie vielleicht als Nashornherde betrachtet?«

»Ich wollte das nicht! Ich wußte es nicht!«

Sie seufzte. »Tja, dieses Kind hatte auch eine Pistole. Und sie hat aus Versehen jemanden ermordet, genau wie Sie. Das zweite Mal — oh, Gott, ich weiß es nicht. Früher dachte ich, ich wüßte, was Gerechtigkeit ist. Sie hier brauchte Hilfe, keine Gerechtigkeit.« Die flammenblauen Augen sahen Steve wieder unverwandt an. »Sie hatte verteufelt viele Probleme. Eins davon — vielleicht wichtig, vielleicht nicht — war, daß ihr Vater sie ohne einen Blick zurück im Stich gelassen hat. Ich werde nicht zulassen, daß Sie Muffin dasselbe antun, Steve.«

»Aber —« Bilder wirbelten durch seinen Kopf: Susan, Busby, Elaine, Jaguare, Muffin, Lugano. Die tote Frau. Er bedeckte sein Gesicht mit einer Hand. Sein Verstand funktionierte nicht.

»Sie hören mir jetzt zu, Steve!« Maggie war neben ihm und schüttelte ihn grob an der Schulter. »Passen Sie auf! Es ist mir scheißegal, wie sie Ihrer Frau das erklären. Sie ist erwachsen. Aber verletzen Sie Muffin nicht!«

»Aber —«

»Keine Zeit für Einwände. Die Polizei kann jeden Augenblick hier sein. Das ist Ihre Version: Sie sind hinter ihr hergerannt, weil Sie dachten, sie hätte Muffin entführt. Sie stand da mit dem Bären und der Pistole. Sie haben sie in Notwehr erschossen. Kapiert?«

Steves Hirn fing langsam wieder an zu arbeiten, ein bißchen. Er durchdachte ihren Plan, suchte nach Alternativen. Er wollte nur raus. Angenommen, er bereinigte alles, wischte die Fingerabdrücke von seiner Pistole — wo war seine Pistole? Ach ja, auf der anderen Seite des Raumes an der Tür, wo er sie fallengelassen hatte. Er könnte wieder hinausrennen, in die U-Bahntunnel —

Aber er hörte die Tür aufgehen, weit unten.

Polizei.

Wild sah er Maggie an. »Es war wirklich Notwehr!«

»Schon. In gewisser Weise. Das könnte ich denen sagen, wenn sie mich fragen.« Sie hatte die Stimme gesenkt. »Niemand wird es einem Vater sehr verübeln, wenn er versucht, den Entführer seiner Tochter zu erschießen.«

»Ja. Ja, das stimmt!« flüsterte er dankbar.

»Womöglich werden Sie noch zum Helden gemacht.« Die blauen Augen auf ihm waren eiskalt, magnetisch. »Muffin wird Sie bewundern. Elaine wird Sie bewundern. Der alte schießwütige Busby wird Sie bewundern. Außer natürlich, sie kriegen raus, daß Sie der Entführer waren.«

Panische Angst. »Maggie! Sie werden es doch nicht sagen!«

»Nicht, wenn Sie mitspielen«, bestätigte sie scharf und warf einen Blick zur Tür. »Es ist vielleicht besser für Elaine und Muffin, wenn sie es nie erfahren. Haben Sie Ihr Ticket nach Südamerika dabei?«

»Gott! Und den Paß!« Er riß sie aus seiner Tasche.

Maggie nahm sie. »Gut.«

»Aber ich kann Sie nicht raushalten«, winselte er. »Die Polizei hatte Teleobjektive.«

»Ich werde ihnen sagen, daß es Jaymies Plan war, den Bären zu holen. Sie ist die Kidnapperin, wissen Sie noch? Sonst noch was?«

»Mr. Bradford?« Luganos Stimme. Wachsam, noch weit unten.

»Ich — nein, sonst nichts, aber — ich verstehe das nicht«, flüsterte er eilig. »Wie kann ich Ihnen trauen? Woher weiß ich, daß Sie der Polizei nichts sagen?«

Sie hob die Aktentasche auf und bewegte sich langsam aufs Fenster zu. »Sie trauen mir, weil Sie keine Wahl haben. Dieser Paß plus Erklärungen wird in meinem Banksafe liegen. Aber aus zwei Gründen können Sie darauf bauen, daß ich nichts sage. Der erste ist Muffin. Sie braucht einen Vater und kein Arschloch, das sie benutzt, um sich mit seiner Tussi ins Ausland zu verdrücken.« Sie schaute auf die Leiche hinunter und wischte sich heftig über ihre eigene verschmierte Wange. »Ein kleines Mädchen sollte sich nicht mit sowas herumschlagen müssen.«

Steve starrte aus dem Fenster. Irgendwo da draußen flog Susan über blaue Wasser in ein neues Leben.

Aber für ihn — tja, Maggie hatte recht, er hatte keine Wahl. Seine Fingerabdrücke waren auf der Waffe, Lugano näherte sich der Tür. Und sie hatte jetzt die Tickets und den Paß. »Und Muffin zuliebe schweigen Sie?« fragte er ungläubig.

»Ja. Muffin und einer halben Million Dollar zuliebe.«

Unmöglich! Steve kniff die Augen zu. Aber sein schwindelndes Hirn stieß sich wieder und wieder an denselben verschlossenen Türen. Er flüsterte: »Einverstanden.«

Als er die Augen öffnete, war Maggie verschwunden.

Nur die Leiche war noch da.

»Mr. Bradford?«

»Hier drin, Lugano«, rief Steve zittrig.

Es kommt ganz darauf an, wer man ist.

XVIII
Freitag abend, fünf nach halb sechs

9. März 1973

Mr. Merrypebble, sein übermüpfig Weib und sein dösendes Baby hatten sich leise durch Anna Marias Küche und nach draußen geschlichen. Sie schlenderten lässig die Canal Street entlang und an den Polizisten vorbei, die auf den Speicher eilten, den sie gerade verlassen hatten. Aber trotz ihres überzeugenden Schlenderns war Maggie erschüttert. »Gott, Nick! Was für ein furchtbares Schlamassel!«

Er fühlte sich auch nicht allzu stabil. »Ja. Zufällige Urteile, beiläufige Morde, Absichten mißgeleitet und zurückgefallen auf der Erfinder Haupt —«

»Ja. Und ich bin der idiotische Erfinder!« Voll Abscheu schlug sie sich an die Brust.

»He, nicht doch!«

»Sieh mal, vor ein paar Minuten habe ich Steve noch Predigten gehalten, weil er versucht hat, seine bescheuerten halbstarken Männerphantasien auszuleben. Mich zu einer Rolle in seinem Spiel zwingen wollte. Und Jaymie war ganz in ihr eigenes sinnloses, destruktives inneres Szenario verstrickt. Beiläufige Morde —« Sie schauderte. »Aber, Himmel, ich bin ja selbst nicht besser! Versuche, Jaymie statt dessen ein kleines Mädchen spielen zu lassen. Und jetzt zwinge ich Steve, bei seinem Kind zu bleiben. Nach meinem Skript zu spielen statt nach seinem.«

»Beziehungsweise dem der Polizei«, stellte Nick klar. »Wenn er bekommt, was das Gesetz vorschreibt, wäre er ruiniert.«

»Was wichtiger ist, seine Familie würde darunter leiden. Aber trotzdem ... ich weiß auch nicht, mir ist einfach übel davon.« Wütend und ohne etwas zu sehen starrte sie eine rosa Plastiktüte an, die über den Bürgersteig flatterte. »Ich habe auch Jaymies Phantasien genährt —«

»Es war unsere einzige Möglichkeit, zu ihr durchzudringen, Maggie. Wir mußten sie unter Kontrolle bringen.«

»Richtig, aber Kontrolle ist genau der Punkt! Welches Recht habe ich dazu? Und sieh doch, was passiert ist!« Schnelles Einatmen, um neue Tränen herunterzuschlucken. »Großartige Kontrolle!«

»Ja, ich fühle mich auch beschissen deswegen«, gab Nick zu. »Moralisch schmuddelig. Aber sie hat zwei Menschen umgebracht. Ihre Schwierigkeiten gingen weit über das hinaus, wobei wir zwei ihr hätten helfen können.«

»Mag sein. Aber ... ach, zum Teufel, Nick, ich habe einmal bei einem Selbstmord zugesehen. Und du weißt, wie mich das verfolgt. Und wir hatten sie schon einmal beruhigt. Ich hatte gehofft —«

»Maggie, sie hatte eine Pistole! Welche Szene sie auch im Kopf hatte — oder du —, die Pistole war real. Das mußte Vorrang haben.«

Darüber grübelte sie einen Moment nach, dann kickte sie mit aller Kraft eine Budweiserdose in den Rinnstein. »Ja. Wahrscheinlich. Aber ich fühle mich immer noch wie der letzte Dreck.« Ihre trauernden Augen begegneten seinen. »Vielleicht bin ich am Sonntag keine tolle Sexpartnerin, Nick. Ich werde es wohl nur fertigbringen, ununterbrochen zu weinen.«

Er drückte ihre Schulter. »Wahrscheinlich halte ich mit. Hauptsache, wir tun es gemeinsam.«

Getröstet tätschelte sie die Hand auf ihrer Schulter. »Ja. Ich glaube, wir lernen gerade, wie man das macht. Und es wird noch andere Zeiten für uns geben.«

Sie näherten sich der Canal Street. Er blickte auf Sarah hinunter, die in der Trage schlief, dann wieder auf Maggie. »Tja, wir haben den Bullen ganz schön viel zu erzählen.«

»Und ganz schön viel nicht zu erzählen.«

»Bist du ihnen schon gewachsen?«

»Die sind noch ein paar Minuten ziemlich beschäftigt. Und ehe wir zurückgehen, muß ich noch etwas Zeug loswerden.«

Sie blieb bei einem Briefkasten stehen, zog einen frankierten Umschlag aus ihrer Aktentasche, kritzelte ihre Büroadresse drauf, und schickte Steves Ticket und seinen Paß auf den Weg. Dann sah sie Nick mit hochgezogener Augenbraue an. »Wir haben auch noch andere Probleme.« Sie fummelte unter ihrem Trenchcoat herum und zog eine Plastiktüte heraus.

Nick stieß einen Pfiff aus. Sie war vollgestopft mit Bündeln von Geldscheinen. »Du hast in der Lotterie gewonnen!«

»Eine halbe Million, hat Rachel gesagt.«

Neugierig stieß er die Tüte mit einem Finger an. »Glaubst du, die sind markiert?«

Sie schürzte die Lippen und zuckte die Achseln. »Steve hat in der Hochfinanz gearbeitet. Ich wette, es ist sauber.«

Er sah zu, wie sie es wieder unter den Mantel schob. »Was machen wir damit? Es gehört eindeutig nicht Steve.«

»Nein. Die Polizei wird es sicher dem alten Busby zurückgeben wollen.«

»Der es so nötig braucht wie ein drittes Ei.«

»Richtig. Und im Augenblick kann ich mich für seine Lieblingswohltätigkeit nicht recht begeistern«, sagte sie grimmig.

Nick nickte. »Tja, wir könnten ja behaupten, Jaymie hätte es einem hausbackenen Briten namens Merrypebble übergeben. Dann könnten wir es Elaine schicken. Oder Muffin.«

»Schon. Nur, daß es ihnen genaugenommen auch nicht gehört. Und brauchen tun sie es auch nicht. Und wie könnten wir es ihnen zukommen lassen, ohne daß Steve und Busby es rauskriegen?«

Sie bogen in die Canal Street ein, die hell und geschäftig in der späten Nachmittagssonne lag. Nick sagte: »Für uns?«

Ein langsames Grinsen. »Die bisher beste Idee. Wir könnten Fisher-Price für Sarah aufkaufen.«

»Und einen Reinigungsdienst anheuern.«

»Und einen größeren Computer kaufen. Und einen Laserdrucker.«

»Und ein Musical über das Leben Gladstones in Auftrag geben.«

Sie gingen ein paar Schritte weiter, überwältigt von den Möglichkeiten, aber nicht ganz zufrieden. Nick fühlte in seiner Tasche nach etwas und zog es heraus. Eine schmierige Karte.

»Eigentlich«, sagte Maggie, die einen Blick darauf geworfen hatte und dann nachdenklich mit einem Finger Sarahs verschlafene Wange nachzeichnete, »habe ich so ziemlich alles, was ich auf der Welt brauche.«

»Genau das dachte ich auch gerade. Vielleicht ist es Zeit, Menschen wieder zusammenzuflicken, statt Löcher in sie zu pusten.«

Sie nickte, blieb bei einem kleinen Papiergeschäft stehen, um einen großen braunen Umschlag zu kaufen, schrieb die Adresse drauf und 'Zur Erinnerung an Ramona' auf die Lasche, stopfte das Geld hinein und klebte ihn zu. Dann gingen sie zum Postamt in der Canal Street und gaben ihn auf.

»Ob sie wohl überrascht ist?« fragte Maggie.

»Nicht allzusehr«, meinte Nick. »Sie weiß, daß Gott verrückt ist.«

Dann schlenderten sie im schrägen Sonnenlicht Hand in Hand zurück zu den Polizisten.

Maggie Ryan und Nick O'Connor: Was bisher geschah ...

Ariadne 1012
ISBN 3-88619-512-0
304 Seiten, broschiert
DM 16,-/ÖS 125/SF 17,-

Als das Schauspielerehepaar Lisette und Nick O'Connor von einem Laientheater engagiert wird, sind nicht alle für die professionelle Unterstützung dankbar. Üble Streiche werden zur Lebensbedrohung, bis Maggie, die als Beleuchterin jobbt, eingreift ...

Ariadne 1022
ISBN 3-88619-522-8
256 Seiten, broschiert
DM 13,-/ÖS 102/SF 14,-

Eine Serie von Vergewaltigungen und brutalen Sexualmorden versetzt die kleine Universitätsstadt in Angst. Die Studentinnen versuchen sich tatkräftig zu wehren. Als wieder eine Frau ermordet wird, begibt sich Maggie auf die Spur des Mörders ...

Ariadne 1032
ISBN 3-88619-532-5
256 Seiten, broschiert
DM 13,-/ÖS 102/SF 14,-

Maggie ist in einem Forschungsprojekt tätig, als erschrekkende Dinge geschehen. Versuchstiere werden bestialisch getötet, und ein Mitarbeiter kommt bei einem Unfall ums Leben. Maggie beginnt – unterstützt von Nick – mit Nachforschungen.

Ariadne 1052
ISBN 3-88619-552-X
304 Seiten, broschiert
DM 17.-/ÖS 133/SF 17,-

Maggie und Nick sind begeistert von dem heruntergekommenem Haus. Auch die wehrhafte alte Dame, die nicht ausziehen will, erregt Maggies Neugier – schließlich gibt es Platz genug. Auch für den Toten im obersten Stock? Maggie und Nick sind gefordert ...

Welcher Ariadne Krimi darf's denn sein?

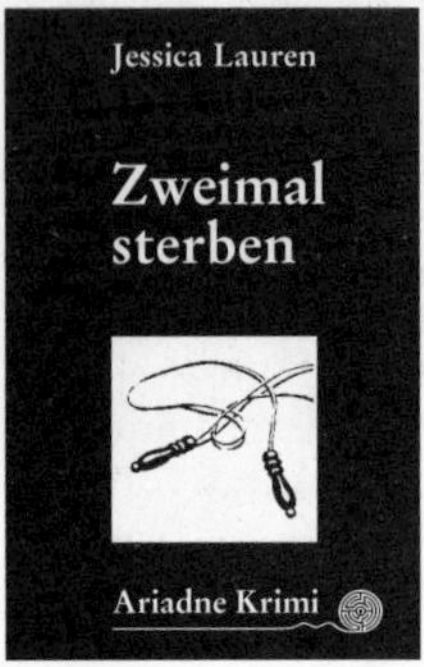

Ariadne 1051
ISBN 3-88619-551-1
230 Seiten, DM 15,-

Bei Bauarbeiten wird eine Leiche gefunden. Handelt es sich um die vor 17 Jahren verschwundene Natalie?

Ariadne 1053
ISBN 3-88619-553-8
224 Seiten, DM 13.-.

Als Macklin vor Jahren in den Knast mußte, schwor er Rache. Nun ist er wieder frei. Harte Zeiten für Caitlin!

Ariadne 1054
ISBN 3-88619-554-6
224 Seiten, DM 13,-

Durch ihren Aushilfsjob an der High School gerät Buchhändlerin Claire Malloy in gefährliche Bedrängnis ...

Ariadne 1056
ISBN 3-88619-556-2
192 Seiten, DM 13,-

Als Hilke mit zwei Freunden zu später Stunde im Meer taucht, geschieht etwas Furchtbares.

Ariadne 1057
ISBN 3-88619-557-0
288 Seiten, DM 15.-

Globetrotterin Cassandra Reilly widerfährt Mysteriöses in einem transsylvanischen Kurhotel!

Ariadne 1055
ISBN 3-88619-555-4
416 Seiten, DM 19,-

Privatdetektivin Michelle Knight legt sich mit der Südstaaten-Geldmafia an, was ihr überhaupt nicht bekommt!

Welcher Ariadne Krimi darf's denn sein?

Ariadne 1059
ISBN 3-88619-559-7
272 Seiten, DM 15.-

Lindsay Gordon gerät auf einer Tagung der Mediengewerkschaft in die Klemme, als ein Mord geschieht.

Ariadne 1060
ISBN 3-88619-560-0
192 Seiten, DM 13,-

Archäologin Tamara Hoyland kommt auf einer Ausstellung einem mörderischen Zusammenhang auf die Spur ...

Ariadne 1061
ISBN 3-88619-561-9
272 Seiten, DM 15.-

Krankenschwester Harriet freut sich auf die Zusammenarbeit mit Dr. Ammu Bai. Doch diese ist plötzlich verschwunden ...

Ariadne 1062
ISBN 3-88619-562-7
288 Seiten, DM 15.-

Ein dubioser Todesfall hält Anna in Atem, und Alys riskiert für eine Umweltorganisation Kopf und Kragen ...

Ariadne 1063
ISBN 3-88619-563-5
288 Seiten, DM 15.-

Wenn es darum geht, andere zu schikanieren, ist der Direktor nicht gerade zimperlich – bis er selbst zur Zielscheibe wird...

Ariadne 1065
ISBN 3-88619-565-1
336 Seiten, DM 17.-

Sie ist 7 Jahre alt. Sie braucht Geld. Von ihrem Bruder läßt sie sich erklären, wie Erpresser arbeiten und übernimmt den Job.